NF文庫
ノンフィクション

新装解説版

空母艦爆隊

真珠湾からの死闘の記録

山川新作

潮書房光人新社

本書では、太平洋戦争において命知らずの猛者として幾多の空を飛んだ日本海軍艦上爆撃機パイロットの奮闘を綴ります。

著者は数々の航空母艦に乗り組み、開戦時には空母「加賀」から真珠湾攻撃に参加しました。その後、アリューシャン、ソロモンの空で死闘を演じます。

急降下爆撃機搭乗員の不屈の闘志と日米空母の決戦、その最前線を描いた迫真のノンフィクションです。

空母艦爆隊——目次

第一章　空への憧れから

第二章　真珠湾攻撃

第三章　太平洋の南と北で

第四章　ソロモンの攻防

第五章 悲しき航空決戦

写真提供／著者・雑誌「丸」編集部

空母艦爆隊

真珠湾からの死闘の記録

第一章　空への憧れから

土佐湾のフランス機

ブーン……、いきなり教室を飛び出した。ぬけるように青い南国の空を三機編隊の海軍機が爆音を轟かせて飛んでゆく。

「飛行機だ……、万歳、万歳」

ただ一人、広い校庭で躍り上がりながら機影の見えなくなるまで立ちつくした。海軍機は筆山の向こうに消えた。小躍りしながら教室に駆けもどると、先ほど開いたガラス戸が開かない。先生に締め出されたのである。

これは小学校六年生のある日の出来事であった。

私は大正九年八月、南国土佐も室戸岬に近い安芸郡羽根村で、十一人姉弟の四番目（長男）として生まれた。私が生まれて間もなく、父は子供たちの将来を考えて高知市に居を移した。そして土佐セメント会社に勤めたが、なにしろ当時、七人の子沢山で、母も大変苦労しながら父とともに働いた。

うけた。

私たち兄弟はつねに幼い弟を背にしばりつけられながらも、誰にも負けないくらい遊びほ

昭和二年、高知市立潮江尋常小学校に入学して、毎日四キロの道を行きも帰りも歩いて通学した。五年生と六年生と級長、今の学級委員をつとめたが、飛行機の飛ぶたびに締め出された。

当時、呉海軍航空隊の水上機が、高知の玄関である浦戸湾に飛来して、場外の飛行訓練を実施していた（その頃、高知から県外の大阪、東京方面に出るためには、海路大阪に向かうのが唯一の路であった）。

その浦戸湾に、年一度か二度飛来する海軍機を見るために、私は学校が終わると家にとんで帰り、カバンを玄関に投げ出すやいなや脱兎のごとく浦戸湾に走った。そして水上機の離着水訓練をあきもせず、夕方暗くなるまで眺めていた。

夕闇のせまるころ訓練が終わり、岸辺に係留された飛行機から、パイロットが整備員にオンブされてジャブジャブと陸に上がって来るのを見ていた。

ある日のこと、パイロットが、

「ぼん、飛行機が好きか？」と問いかけて来た。

私は驚いた。私の親戚にも、また身近にも、パイロットはおろか、海軍軍人もいなかったし、まったく違う世界の人にいきなり質問されて、いささかとまどいながらも、

「うん好きだ」と即座に答えた。

「飛行機乗りになりたいか？」

「なりたいけど、どうすればいいの？」

小学校六年生の私は真剣に聞いた。

そのパイロットは、そのころ私が見たことも口にしたこともない珍しい航空食を、「食べろよ」と私に差し出した。

「そんなに飛行機が好きなら教えてやるか」といって、まず海軍に入ること、そして操縦術練習生を受けることだ、と教えてくれた。

私は尋ねた。

「むずかしいの」

「数学と国語をしっかりやるんだな」などと、岸辺に腰をおろしながら、暗くなるまでパイロットへの道を教えてくれた。

私の両親は長男である私を、当時、最も危険だといわれたパイロットへの道を許すべくもなく、将来平凡な会社員に進めようとして、商業学校に進学するように命じた。

私は中学校、今の普通高校に行きたかったが、多くの子供をかかえて苦労しながら、大切に育ててくれる両親を目の前にして、中学校をあきらめて高知城東商業実践科に進んだ。学校では水泳と柔道に精を出して、英語は落第点をもらいながら、数学と国語はつねに満点で二年を終了した。

その年の秋、両親には内緒で海軍少年飛行兵を受験した。学科に合格しながら身体検査で落ちた。育ち盛りの子供であるのに、いつも弟たちを背中にしばりつけられたせいかも知れない。

ともあれ学科は大したことはない、ようは身体だ。学校をやめて、当時、家の隣りにあった水上警察署に勤めて、毎日柔道に専念した。

身体作りにいそしんでいた昭和十二年の晩春、春雨に煙る南国土佐に、大ニュースが飛びこんだ。

飛行機が落ちた、という突然のニュースである。場所は月の名所で知られる桂浜の西側の諸木村だった。すわ一大事と、雨の夜道を自転車で突っ走った。

太平洋の荒波が砕け散る諸木村戸原海岸に、両翼は折れ、発動機は機体とバラバラになって砂にメリ込み、当時珍しい鉄製のプロペラも、弓のようにへし曲り、見るも無残な姿を横たえている。日の丸がついていない外国機だ。とっさにドレー氏の飛行機だと思った。だが土佐の海岸はコースではないはずだ。

警備の消防団員に、

「パイロットは」と聞くと、

「病院に運んだ」という。

「フランス人ではなかったか？」

「分からないが大きな外人だった」

やっぱりドレー飛行士だ。

昨年の秋、アンドレ・ジャーピー氏がパリ―東京間の早回り飛行で、九州の背振山に激突し、東京を目前に涙をのんだ数ヵ月前のニュースが頭の中をかすめた。

当時フランス航空界は、パリから東京まで、短時間でヨーロッパとアジア両大陸をつなぐ南方コースを開拓する気運にあった。

ドレー氏はわずか二百二十馬力のルノー発動機を搭載したコードロン・シムーン機を操縦して、通信士のミケレッチ氏とともに、五月二十二日午後二時六分、パリを離陸して、バグダッド、カラチをへて、ハノイまでを約五十七時間の快記録で翔破し、上海に到着した。

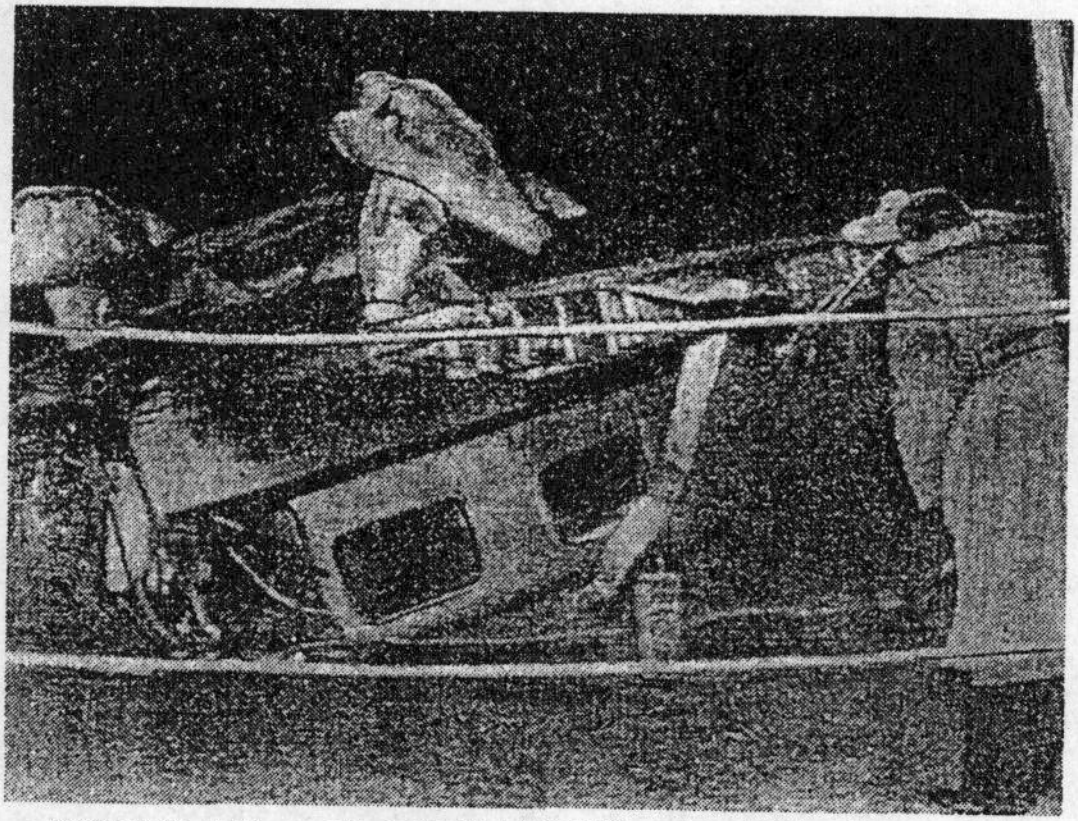

昭和12年5月、パリと東京を短時間で結ぶ航路に挑んだ仏人ドレー氏は、著者の故郷・高知県の戸原海岸に不時着した。

息つく間もなく、五月二十六日午後一時三十分、最後のコースに向かって一路、東京をめざして、上海の龍華飛行場を離陸した。

折りからの悪天候に難航また難航、あとでドレー氏の言によれば、上海出発後、すぐ深い霧と雨に悩まされた。視界は全くなく、まるで盲目飛行だった。朝鮮の海岸で方向を見失ったので、機上無電を発したが、降りしきる雨のなか応答もなく、位置の見当もつかず、ガソリンも切れてきたので、安全な場所に着陸して燃料を補給し、ふたたび東京に飛ぶつもりだった。

絶体絶命の難局面に「SOS」「SOS」を発しながら（午後七時二十分頃、英国汽船が傍受）午後七時三十分ごろ、高知県吾川郡諸木村戸原海岸に到着、一旋回ののち着陸をこころみたが、波打際の砂に機首を突っこみ、もんどり打って大破した。

近くの海岸付近で見た人によれば、七時二十分ごろ、霧雨の煙るなかを、超低空で桂浜方面にスマートな陸上機が飛び去った。やがて、ふたたび戸原海岸上空に姿を現わし、波打ちぎわに着陸したが、顚覆大破した。不時着と同時に大きな外人が機外に投げ出された。驚いて付近の人を呼び、いま一人の乗組員を、機外に救い出した。

その投げ出された外国人が、パリ―東京間の記録飛行をめざして飛んできたドレー飛行士で、救出したいま一人が通信士のミケレッチ氏であることがわかりびっくり仰天、村はひっくりかえるような騒ぎとなった。

両氏が最初に口走った言葉は、「東京へ何キロ、何キロ」であったという。

太平洋の荒波が砕け、霧雨の煙る戸原海岸に飛び散る愛機の残骸、二人にとっては悪夢の一瞬であったであろう。

しかし、わずか二百二十馬力の軽飛行機で、パリ―東京間約一万一千キロを飛びつづけたパイロットの素晴らしさ！　壮途のゴール寸前で、土佐の海岸に不時着せざるを得なかったパイロットの心を思い、暗い春雨の煙る太平洋を眺めながら、涙の滲むのをおぼえた。

警備の人に頼んで、布張りであった胴体の一部をもらい、宝物のように胸に抱えて、ぬかる夜道を、精いっぱいペダルを踏んで家路についた。

この遭難事故も当時の私にとって、かえって空に進む飛行士への夢を植えつけた要因の一つとなったのであった。

操縦練習生

ひたすら身体の鍛錬に専念した甲斐あって、昭和十三年六月一日、佐世保海兵団に入隊した。

海兵団では鉄砲をかついでの陸戦教練、手旗訓練、短艇訓練、通信など、艦船に乗り組むための基礎教育を受けた。炎天下での教練、酷暑のもとでの短艇競走、負けたら夕食は食べられないし、腰は打たれるし、何度親のもとに帰りたいと思い、涙を流したことか。

だがおれは飛行機乗りになるのだ。これしきのことがなんだと、ひたすら空をめざして、歯を食いしばって六ヵ月にわたる教育を修了した。

昭和十三年十一月の初旬、戦艦「金剛」に乗り組みを命ぜられた。艦の一番前にある主砲（三十六センチ砲）を担当する一分隊に配置され、乗艦早々に先任兵曹に呼ばれて、

「将来、大砲の練習生に進むのだな」といわれて、おそるおそる、

「私は飛行機に乗るために海軍に来たので、操縦術練習生に進みたい」と、卒直に希望を述

べた（当時、大砲分隊に配置されることは大変名誉であり、大砲以外のコースに進むことをほとんどの者は嫌っていた）。

先任兵曹は思いがけなく、

「そうか、本分隊は今までにも幾人かパイロットへのコースに送り込んでいる。それらの先輩に負けないようにがんばれ」

お目玉どころか逆にはげまされ、以後、とくに勉強の時間をあたえられた。

艦隊訓練は〃月月火水木金金〃の歌にあるとおり、太平洋上で激しい訓練がくりかえされた。私は耳を聾するばかりの主砲射撃訓練の中で勉強をつづけた。その甲斐あって、十四年春早々、艦内で行なわれた操縦練習生の選抜試験に、六十人ばかりの中からただ一人選ばれたのであった。

分隊長、分隊士、先任兵曹たち分隊の幹部の方々に大変喜ばれ、艦隊生活半年ばかりで、夢にまで見たあこがれの霞ヶ浦海軍航空隊に入隊することになった。

特務艦「室戸」に便乗して、春の佐世保港を出港して横須賀を経由し、生まれてはじめて東京に足を踏み入れたが、見物の余裕もなく、上野駅から常磐線で土浦に向かった。このわずか二時間ほどの汽車の旅が、どんなに長く感じられたことか。胸躍る思いで土浦駅頭に降り立った。

あこがれの土浦である。駅から航空隊行きのバスに乗って、航空隊に近づくと、爆音が聞こえてくる。大好きなエンジンの音だ。ほかに多くの人たちが乗車しているのに、窓からキヨロキョロと空を見上げて、落ち着かないのは私一人だ。

隊門前で、バスからとび降りた。これが少年の日から夢にえがいた自分の道の門であり、いま、これをくぐるのだ。

隊門まで百メートルあまりか、みごとな桜並木である。桜吹雪の舞う道を進む頭上を、つぎからつぎに着陸して来る練習機、歩くのを忘れていつまでも見上げていた。正に世は春、わが胸中も春爛漫である。

そのうちに、おかしいな、こんなに沢山の飛行機がいるのかな……と、ふとそう思い、胴体に記された番号を注意して見ると、同じ番号が何度も回ってくる。やっと同じ飛行機だと気づいた。これは離着陸訓練だった。

四十年余りの歳月が過ぎた今もいまだはっきりと、練習機が桜吹雪の頭上を赤トンボのようにスイスイと着陸していった、その日の事どもが、懐かしく思い出される。

入隊後約二ヵ月にわたって、身体検査、ペーパーによる適性検査、心理検査、身体の適性検査などがつぎつぎに行なわれた。椅子に目をつむって座わり、ぐるぐる回して急に止めて立たせたり、目をつむって片足で立ったり、目をつむって真っすぐに歩く平衡感覚の検査などがあって、最後に高島易断本家による人相骨相の検査。そして、つぎはいよいよ地上の三式初歩練習機を使っての機上適性検査である。

三つの舵の動き、使い方などを教わり、実際の飛行について、搭乗の要領などの説明も終わり、ついに空を飛ぶ日が来た。

教官の操縦する三式初歩練習機が、私を乗せてフワリと浮いた。

感激の一瞬、感激のつぎは「筑波山にヨーソロ」（この場合のヨーソロはその方向にの意）と指示された。

関東平野にそそり立つ筑波山に向けて水平飛行である。何とかふらつきながら、その方向に飛ぶことしばし……。

「右旋回」

「もどせ」

「左旋回」

「もどせ」

「上昇」

「降下」

矢つぎばやの指示に夢中で操縦した。

発表の日、半数以上が前に呼び出された。あとに残った私たちは顔を見合わせて、「だめか……」と目と目で話し合った。

結果は逆で、後ろに残った者が合格である。私たちは躍り上がって喜んだ。

そして六月の末、霞ヶ浦海軍航空隊から茨城県の百里ヶ原分遣隊に移動した。

「第四十八期操縦練習生を命ずる」いよいよ操縦練習生だ。

百里ヶ原分遣隊は、現在、航空自衛隊第七航空団が配置されている。奇しくも私が海軍のパイロットとして操縦をはじめたのも、航空自衛隊十五年間のパイロット生活にピリオドをうったのも、同じ百里航空隊であった。

広い松林の一部を切り開いてつくられた百里ヶ原分遣隊は、建物もいまだ工事中で、私たち練習生の隊舎もまだ甲板の板張りの最中であった。

一キロ平方の飛行場も芝張りの途中で、人夫の人たちとともに、勤労奉仕の婦人会のおばさんたちが、汗とほこりにまみれて設営作業に精を出していた。

昭和15年、厳しい初等教育を終えて第48期操縦練習生を卒業した著者（手前）

昭和十四年七月初旬、私のパイロットへの道ははじまった。学生数は百二十名ほどだった。

日課は、「総員起こし」「体操」、つぎは半分に分かれて、一方は甲板掃除、一方は飛行場の格納庫に早駆けで行き、飛行機の搬出である。

三式初歩練習機の尾部を、一人が担ぎ、他の二人が主翼を押して、列線に並べる。

三式初歩練習機は三式一号陸練と呼ばれ、

単発百五十馬力、空冷星型五気筒で、複葉（二枚翼）布張り、プロペラは木製であった。

整備員が始動をかけ、轟々たる爆音を立てて試運転がはじまる。われわれはふたたび隊舎へ飛んで帰り、食事をとる。食事をとるといえば格好が良いが、流し込むといった方がよいかもしれない。ろくに嚙みもせず、丸のみにして、終わるやいなや飛行場に駆け足でもどる（海軍の練習生は歩くことがない。隊内で二人以上の場合はかならず隊伍を組み駆け足、階段は二段ずつ駆け上がる）。

やがて午前の飛行訓練がはじまる。

指揮所の黒板に示された搭乗割にしたがって、

「山川練習生第五号機同乗します」と、格納庫も砕けよとばかり大声で報告し、重い落下傘を腰にぶら下げ、整備員に助けられながら危なっかしい動きでようやく座席に納まる。

やがてエンジンが始動し、列線を離れる。離陸位置についてエンジンの回転を増す。三式初練はスルスルと芝生の上を走り出す。芝生の流れが早くなったと思ったらフワリと浮く。地上を離れ、自分の操縦で飛行機が飛んだ。ただ感激の一言につきる。

その日の美しく晴れた空も、下界の景色もまったく覚えていない。上昇、降下、旋回、教官の言われるままに操作をすれども、飛行機はそのようには動いてくれない。

飛行訓練も、離着陸訓練、空中操作（失速、宙返り、急旋回、錐揉み）などと進んでゆく。

宙返りの頂点で、地平線が反対に見えたときの驚き。錐揉みで木の葉のようにヒラヒラと落ちるなどと、口ではうまく言うが、地球がぐるぐる回り、息がつまる思いであった。

一日の訓練が終わり、注意事項が伝えられると、こんどは罰直が待っている。打たれても倒れないように気をつけの姿勢から、両足を開き、舌を噛まないように歯を食いしばる。げんこつで力いっぱい殴られる。一回で倒れる練習生もいた。左右二回殴られると大半の者が倒れた。

これくらいはまだ生やさしい方だった。重い落下傘を腰にぶら下げて飛行場一周の駆け足はとくにつらかった。まだ芝生が完全に成長していないところでは、赤土のほこりがもうもうと立ち上り、汗にまみれた顔に容赦なくくっついてくる。全身汗と泥にまみれて、四キロの距離を走るのである。勤労奉仕の人たちにとっては、元気いっぱい若さの素晴らしさと見えたようだが、走る私たちは、目は開いていても、涙か汗か、何も目に入らない。ただ前の学生について、心もうつろに走るだけだった。

夕食が終わり、風呂に入ると、夜の自習時間がくる。今日の飛行訓練を反省する暇もなく教員（下士官で操縦教育をする人）が、

「今日の飛行作業は何だ、貴様たちの目は死んでいる。腐っている。いまから精神を入れてやる」と気合いを入れられ、週に二回ほど、野球用のバットで尻をうたれる。

「整列」

「一人ずつ前に出てこい」

「両足を開き、歯を食いしばれ」

練習生が命ぜられた姿勢になると、

「ピシッ！」

「ウッ！」

自分の順番が近づくと一段と恐怖心が走る。いよいよあと三人、あと二人、あと一人と数えているときの気持は、死んだほうがましだと思うほどつらかった。

ぐっと下腹に力を入れて、一撃を待つ瞬間の気持。

「ズシッ！」と骨まで痺《しび》れるような感覚が全身をつらぬく。つづいてまた一発、必死で耐える。それでもハンモックにとび込むと、打たれても叩かれてもわからない深い眠りにつく。

単独飛行と罰直

厳しい訓練が半月ほどつづいた。

ある日、場周を回り着陸すると、

「離陸地点に行け」といわれ、位置につくと、前席の教員がバンドをはずし、落下傘をはずして座席にしばりつけた。そして整備員が小さな赤い吹流しを尾部につけた。

「単独だ。いつもの注意を守って、あわてるな、さァ行って来い」そういって、教員は、ポンと私の背をたたいた。

指導教員の白い旗（当時は、まだ無線電話はなかった）がサッと下りる。

「離陸せよ」スロットルを静かに出す。スルスルと滑るように愛機は走り出した。スピードが増してくる。方向が振れないように、ラダーにかけた足に力が入る。
瞬間、フワッと浮いて地上を離れた。
いつもの教員の顔が見えない。おれ一人だ。筑波山が見える。「万歳、万歳」と心の中で叫び、躍り上がるほど嬉しかった。少年の日からの長い夢が実現したのだ。自分の操縦で空を飛んでいる。あの日の空の美しさは生涯忘れ得ない。

無我夢中で場周を回り、着陸姿勢に移った。うまくパス角に乗って着陸地点（布製のフワンが置いてある）に近づく、地面が浮き上がってくる。いつものようにスロットルを絞り、操縦桿を静かに引く。スルスルと滑り込むように着陸した。

地上で見ていた教員は、
「よし、もう一度行ってこい」と三回くりかえした。

その日の喜びを書き綴った日誌も、昭和二十年七月十五日、米空軍B29の空襲によって、高知市のほとんどが焼かれたとき、私の家も、大切な日誌も、灰燼に帰した。

ともあれ酷暑のなかでの猛訓練はつづけられ、課目

通称「赤トンボ」と親しまれた海軍の九三式中間練習機。昭和9年以降、著者をはじめ、数多くのパイロットを育んだ。

も進んでいった。

ある日、悲しい事故が起きた。百二十人のなかでただ一人の同郷人（高知県出身）であった西練習生が殉職したのである。

着陸練習中の西練習生機が、場周を飛行中に、アクロバット訓練で回復操作の遅れた一機が、西練習生機に重なるように激突した。地上で見ていた私たちの目には、二枚の木の葉が散るようにヒラヒラと落ちて行った。教員二人と練習生二人の四人が殉職した。西練習生はただ一人の同県人だったので、彼のお骨を抱いて飛行場に帰った。

海軍葬が終わると戦友の死に涙する暇もなく、悲しみも感傷も踏み越えて訓練がつづけられた。尊い犠牲者を目のあたりにして、若い私たちは大きな衝撃をうけたが、空への恐怖心はぜんぜん感じなかった。また、ある練習生はプロペラに頭をうたれて去って行った。

歯を食いしばり、血と汗の結晶が実を結び、八月末に初歩練習課程をぶじ卒業した。学生数は二十名ほど減り、百名くらいだった。

休む暇もなく、茨城県で筑波山の近くにある谷田部分遣隊に入隊した。

当時、この部隊も霞ヶ浦航空隊の分遣隊だった。ここでは九三式中間練習機である。三式初練に比し、馬力は倍以上の三百四十馬力、星型九気筒であり、スピードも倍近くの百十五ノットと性能は倍加した。

訓練課目は初歩練習課程とほぼ同じだが、野外航法訓練、高々度飛行や編隊飛行訓練などがはじまってくる。

野外航法訓練は練習生同志の互乗で、一人が操縦して一人が偵察員となって、風を測り、航空機の対地速度を計算して、時間、方位、方向を読みとり、修正針路を出して目的地に行く訓練で、卒業も近づいた一日、谷田部飛行場から千葉県の館山海軍航空隊への往復飛行が実施された。

今日のように航法器材、施設がない当時は大変で、航法ができないと、母艦から発艦しても、母艦に帰ることができないのである。

当日の航法は、往きが私の操縦で快適だったが、帰り路は偵察員となって後席に乗り組んだ。晩秋の気候は変わりやすく、西風が強くなってきた。気流は悪く、風が真正面から吹きつけるので、飛行機はなかなか前に進まない。後ろの席で風を測り、頭を突っこんで計算していると、ついに酔っぱらってしまった。

だが、反吐《へど》を吐いて座席や機体を汚しては、神聖な航空機を汚したと、バッターで殴られるのは必定である。とっさに自分の飛行靴を脱いでそれに吐いた。

飛行機から降りるときには、そのまま履いて指揮官に、

「山川練習生ほか一名、航法訓練終わりました、異常なし」と報告する、まことにつらい話である。

高々度飛行は、自記高度計を後ろの席に取りつけられて、五千メートルまで上昇する課目で、毛糸の靴下をはき、毛のついた飛行靴を履き、冬の飛行服と、すごい出で立ちだった。果てしない大空をただ一人、筑波山を見失わないように、オロオロと上昇、また、上昇す

る。一方では、どんなもんだ、おれは一人で地球からこんなに遠く離れたんだぞ、という誇りもある。太平洋が見える。中部アルプスが見える。富士山が見える。ついに五千メートル（一万五千フィート）に到った。

大声で「どんなもんだ」と叫びながら、しばし水平飛行、今度は一千メートル降下しては五分間水平飛行、また一千メートルを降下しては五分の水平飛行とくりかえしながら高度を下げてくる。一気に降下してくると耳の鼓膜を破るので、このように指示されていた。

編隊飛行訓練も経験し、飛行訓練がつぎつぎと新しい課目に進むのと同じように、罰直もつぎつぎと変わったものが来る。

海軍の先輩方、いや人類のといった方がよいかもしれない。大変頭が良くてバッター、アゴ、前に支え、ウグイスの谷渡り、重い衣嚢を担いで駆け足、フック下がり、衣嚢入れの升目に頭からもぐり込む蜂の巣などなど、数知れない罰直があって、実際にやらされた傑作の一つ、題して「遊牧の民」、もちろん羊は練習生で、この羊を追うジプシーは教員である。

われわれは手袋をはめることも許されず、格納庫の前の舗装路を四つん這いで、「メエ」「メエ」と鳴きながら必死に這い回り、競走群から離れると棒で尻をはたかれる。やがて手の皮が破れて血が出ても立つことは許されない。

正月の休暇で帰って、家の人たちに、「その手はどうしたの」と聞かれても、「羊になった」とはいえなかった。

「倒れてスリむいたのだ」と、やせ我慢で通した。

宙返りで逆さまになって驚き、横転で地球が回り、錐揉みで肝を冷やし、教員に怒鳴られながら、明けても暮れても操縦訓練に励んだ。訳のわからない罰直にも歯を食いしばり、明日の空飛ぶ夢を見て、昭和十五年一月、谷田部分遣隊を、パイロットのシンボル、翼のマークを左腕に、胸を大きく張って雛鷲は巣立って行った。

誇り高きヘルダイバース

私は自分で〝ヘルダイバース〟を希望した。そして土屋孝美、渡辺、向後栄、武居一馬、小野源、江種繁樹、坂井秀男、砥綿清美、望月伊作、加藤求、手沢久三、山川新作の十二名が艦爆専習を命ぜられた。

戦闘機十五名、あとの四十五名は艦攻と、それぞれ九州各地の航空隊に向かった。

太平洋戦争の開始前に、アメリカでは〝ヘルダイバース〟——地獄の底まで突っこむ猛者揃い——と呼ばれて、カーチス・ホーク複葉機が使用されていた。

一方ドイツにあっては、第二次大戦初頭にユンカース87〝スツーカ〟急降下爆撃機が連合軍をふるえあがらせていた。

霞ヶ浦で私が初めて見た急降下爆撃機は、九四式艦上爆撃機で、単発、複葉、布張り、五百八十馬力の空冷星型九気筒、ドイツのハインケルが原型であった。

数千メートルから禿鷹のごとく、目標にピタリと照準を合わせて、地上に真っ逆さまに急降下する。翼と翼の間に張られた鋼製の張り線と、空気の摩擦によっておこる無気味なうなり音、ものすごい絶叫音。地上でこの音を聞くと、みんなひとりひとりが、自分に向かって真っすぐに突っこんで来るような錯覚をおこした。

一月、厳冬の最中であるのに外套もつけず、左腕につけられたパイロットのシンボル、ウイングマークがよく見えるように、左肩を前に突きだして、昨日までの罰直も何のその、意気軒昂、東京見物の後、艦爆パイロット揺籃の地、宇佐海軍航空隊へ入隊した。

宇佐空は、大分県も北部の和気清麻呂で名高い宇佐神宮の近くにある。

最初に搭乗したのは九四式艦爆で、前記の性能に示されたように、いままでの中間練習機の倍近くの馬力で、まず爆音の高いのに驚いた。

実戦機の教育なので、これに取り組む私たちも、これまでの追われる勉強、訓練でなく、「おれは急降下乗りだぞ」という誇りをもって、積極的に勉強した。

教官・教員は、当時、日支事変の第一線から帰ったつわものぞろいで、なかには中国の南昌という飛行場に強行着陸して、格納庫の中にあった飛行機にマッチで火をつけて帰ったパイロットもいた。

学生十二名に教官十三名で、まず離着陸訓練からはじまった。アクロバット、航法、編隊など、いままでの訓練にやや似ているが、つぎには艦爆乗りの生命ともいうべき急降下訓練と射撃の訓練が待っていた。

射撃訓練は標的になる一機が麻で作った吹流しを、百五十メートルほどのロープで曳いて直進飛行をする。射撃隊は三機編隊で、二百メートルほど標的機より高い高度で、反対方向から進入してくる。直上（やや横より）を過ぎるやいなや、獲物を襲う猛鷲のごとくヒラリと翼をかえして突っこんでいく。つづいて二番機、三番機と標的の後上方から攻撃をかけていく。

急降下爆撃機乗りを希望した著者が、初めて操縦した実戦機
九四式艦上爆撃機。同機は九三中練の倍の馬力を発揮した。

しかし、最初から本当の弾を撃たしてもらえるわけがない。

七・七ミリ機銃のかわりに写真銃を搭載してあり、着陸後、フィルムを現像して、発射した角度、照準位置などを検討して、これなら当たっている、これは当たらないと検討され、それによって実弾を撃たしてもよいか、まだ練習が必要かの判定が下される。

そしてさらに激しい訓練がつづき、一同、合格となったところで、今度は一番機、二番機、三番機と、各飛行機の機関銃に使われる弾に赤、緑、黄などの着色がおこなわれ、それを自分の銃につんで離陸する。

洋上に出て汽船や漁船がいないことを確認して、実弾射撃に移る。進入が遅れてもたもたしていると、角度が浅くなって射撃ができなくなる（角度が無くなると吹流しを曳いている標的機を撃ってしまう)。

射撃が終わると、曳的機は飛行場に帰り、吹流しを投下して、ただちに命中弾を調べる。私の場合、三十発撃って命中弾なしということはなかった。

訓練が進み、いよいよ急降下訓練である。

飛行場の一隅に布製の布板で十字の標的を作る。急降下機は二千メートルまで上昇してから、風を背にして進入を開始する。

まず四十五度の角度で降下をくりかえす。もちろん地上の指揮所で測定器を使って正確な降下角度を測り、各人に教える。技量が進めば六十度の降下角である。急降下に入ると、スピードがぐんぐん増して角度が深くなり、見る見るうちに点であった爆撃目標が大きくなって、地面がおおいかぶさるように迫ってくる。このまま地球に突っこんでしまうのではないか、と度肝を抜かれる。

「打て」

六百メートルで投弾操作ののち、飛行機を立て直す。この瞬間、身体にものすごい重力がかかる。いくら首に力を入れてがんばっていても、頭が座席の中にもぐりこみ、目から星が飛び散り、一瞬目が見えなくなる。身心ともに大変な荒行である。

やがて、滑りもなく、目標が捕捉できるようになると、海岸線に標的が作られて、これに一キロの爆弾を投下する。一キロ爆弾の弾道(弾が飛行機を離れて地上に到着までの弾の軌道)は二百五十キロ爆弾の軌道とほぼ同じであった。

この爆弾には赤リンが入っているので、爆発と同時に（標的、もしくは地上、海上に）煙と赤色が散る。この一キロ爆弾を主翼の下部に一個づつ二個を吊り下げて行くので、一回の訓練に二発、二回の急降下が日課であった。

急降下爆撃は、目標に向かって一直線に突っこんでくるから、はた目には弾の当たるのが当然のように思われるが、なかなかそうではなかった。それはつぎのように種々の要素がすべて満たされてはじめて「命中」するのである。

要素とは、飛行機の速力、爆弾の投下高度、風向風速、主として動いている目標なのでその目標の針路・速力などを瞬時に計算し、照準器に入れて投下する。この一瞬に飛行機にわずかの滑り（操縦が下手）があっても弾は目標を遠く離れてしまう。

急降下から機首を立て直し、わが落とした弾や、いずこにと探せども、煙は見えず「何だ不発か」と思ったら、はるか彼方に立ちのぼる煙、自分の弾かと疑いたくなることもたびたびである。

当たって「喜び」はずれては「よしこんどは」と意気ごみながら、季節は早くも初夏を迎えた。

私たち十二名と、病気のため一期遅れた丸山兵曹を加えて、十三名がそろって補習教育を終わった。

艦爆乗りの雛鳥は、大きな夢を抱いて、同じ大分南部にある佐伯海軍航空隊に移動した。いよいよ実戦部隊である。

宇佐空の使用機は九六式艦上爆撃機となり、母艦に乗り組むための訓練と、明日にでも戦争に行けるようにとの厳しい訓練が開始された。

この訓練中に、私にとって忘れることのできない大事故が発生した。

夜間飛行訓練中、ちょうど私は飛行が終わり、指揮所で腰を下ろしていた。すると突然、着陸地点で火の柱が立ち、鈍い衝突音がした。

「やった！」と、だれかが叫んだ。

私たちは一散に駆け出した。走りながら、着陸機が着陸に失敗して転倒し、火災をおこしたのだと思った。

現場につくと、一機でない二機だ。パイロットが一人火達磨になって炎の中から転げ出した。後の三人はと見ると、一人が真っ赤な炎の中で手を上げている。まだ座席にいるパイロットが燃えている。無我夢中で近づく瞬間、ガソリンタンクに火が入って爆発し、大きく火の手を吹き上げた。

ああ、燃える戦友を目前に、ほどこす術なし――。

この事故で三人が殉職し、一人が瀕死の火傷を負った。重傷のパイロットは私と同期の学生長だった土屋孝美兵曹だった。三人のお通夜がはじまったが、私はうす暗い淋しい病室で土屋兵曹につきそった。

いまにも息を引き取るかのように見えるので、顔を近づけると息も絶えだえで、呼吸のたびにガソリンの臭いがする。飛行眼鏡で守られた目の回りを除いて、口も鼻も焼けただれ、生肉の臭いにガソリンの臭いがまじって、鼻をつく異様な臭いである。何度か軍医を呼びに走る。軍医も看護兵もてんてこ舞いである。

しきりに譫言《うわごと》をしゃべる。

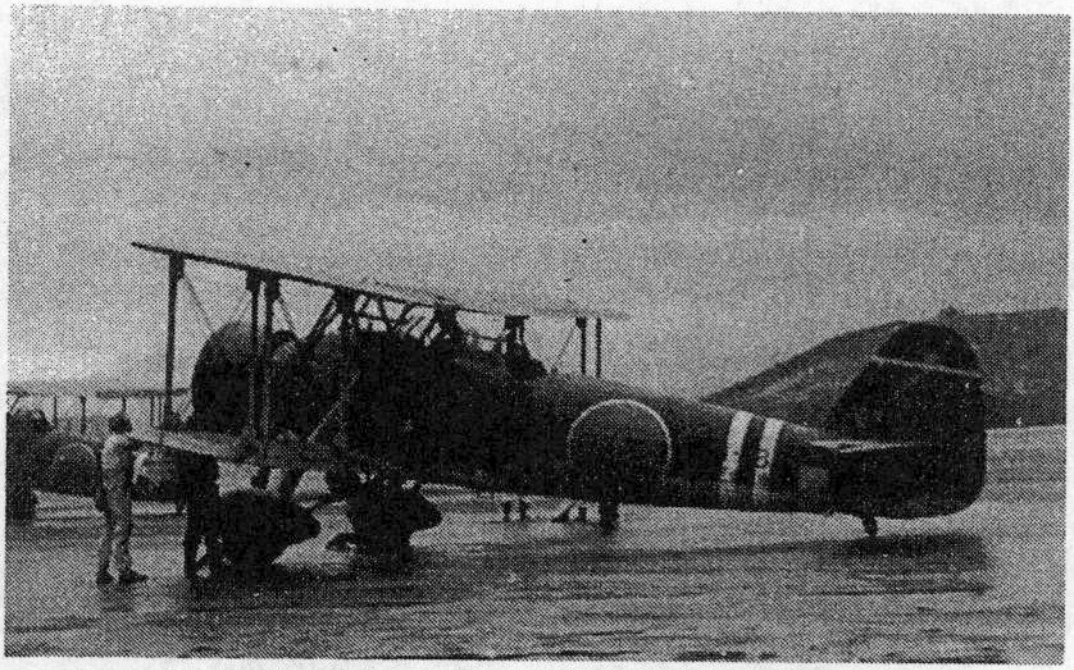

昭和16年、艦爆乗りとして実戦部隊に配属された著者は佐伯空で九六式艦上爆撃機（写真）で、母艦発着訓練にはげんだ。

「〇〇兵曹、〇〇兵曹はどうした」と自分の偵察員の名を呼ぶ。

「大丈夫だ隣りの部屋にいる」と大きな声で告げてやると、スウスウと静かになる。

自分が生と死の境を彷徨しながらも、これほどに友を思い、気づかう。いつもおとなしい土屋のこの激しい気迫——私はこの気迫に感動した。

家族に危篤の電報が打たれた。そして永い永い夜が明けた。土屋兵曹はすさまじい根生で自分の生命をこの世に引きもどした。

土屋兵曹がしばらく訓練を離れている間にも、私たちは母艦パイロットとなるべく、ひたすら訓練にはげんだ。佐伯の町に同期の小野源兵曹の家があり、やさしい御両親に御迷惑をかけながら、ついに母艦に乗り組む日がきた。

ついに空母へ

十一月中旬、「航空母艦『飛龍』に乗り組みを命ず」となり、嬉しかった。いままでの労苦が一度に実を結んだのだ。同期の江種繁樹君と佐世保港に停泊中の母艦に挨拶に行った。荷物の整理が終わると、ただちに艦爆一機をもって大村海軍航空隊に基地訓練のために連れて行かれた。母艦パイロットの基本である発着艦訓練のためである。

私たち二人の若いパイロットに、九九艦爆を一機と、古いパイロットが一名ついて来た。朝食が終われば離着陸訓練、昼食が終われば離着陸訓練、夕食が終われば夜間離着陸訓練と、ほかの課目は何もせず、ただ離着陸訓練に励む。古いパイロットが、着陸地帯に布板を五十メートル幅に置き、その横に赤と白の指導板（パス角に乗せるため）が置かれ、先輩はそばの椅子に腰かけ、私たちのアプローチをじっと見ている。

「アプローチの速力が一ノット多い」「二ノット少ない」とか、「起こしが足りない、三点まで起こせ」「滑りが残る」などと一ヵ月ほどくりかえされた。ようやく定められた進入角度、速度などの諸元が守れて、どうやら着陸操作ができるようになった。

そこで佐世保港に停泊中の「飛龍」に、アプローチの練習に行った。最初は母艦に近づくだけなので何の心配もなく気楽に離陸した。

母艦の尾部を曳船で押して、母艦を風に正対させ、私たちは母艦甲板に近づく操作を行ない、地上指揮官が「良し」と判断するといよいよ母艦が出港である。波おだやかな佐世保港外に向かい、戦闘機、艦爆、艦攻の新参パイロットばかりが大村基地を離陸した。

洋上に出た母艦はほんとうに小さい点であり、木の葉のようである。果たして甲板に降りられるだろうか。一抹の不安をいだきながら一番機につづいた。母艦の後方二百メートルくらいに、駆逐艦が一隻ついて航行している。これは私たちが誤って海に落っこちたときに救助してくれるのが主任務で、いわば助けの神である。さらに着艦のための最終旋回の位置標示の役もかねていた。

海はおだやかだが、なんとも小さい飛行甲板（実際は二百十七メートルもあるのに）だ。それでも一ヵ月有余の猛訓練の甲斐があって、みごとなアプローチ（母艦に着艦するための接近操作）と自分では思っていても、艦上で見る指揮官にとっては、お粗末である。だが、「まあ着艦さしても事故にはつながるまい」くらいだったかもしれない。

ともあれ最初は、飛行甲板上に制動索は張らず、航空機の着艦フックも下ろさず、走る母艦の甲板に車輪を着けてコロコロと滑走し、ふたたびエンジン回転を増して発艦して行く。甲板をはなれた瞬間、ホッとする。

さらにいま一度、同じ要領で甲板に車輪をつけた。危険なしと判断した指揮官から、「着艦せよ」の旗旒信号がマストに上がった。

「さあ着艦だ！」

母艦の飛行甲板には六本の制動索が張られた。私は愛機の着艦フックを下ろした。うまくパスに乗ってくる。母艦の中央線にピタリと合わせて……。艦尾が近づく……。息のつまる思いだ。

艦尾を過ぎる。飛行甲板が大きく浮き上がってくる。エンジンを絞る。操縦桿をグウッと引いた。愛機が三点姿勢になったかと思った、瞬間、グウッと引き止められる感じがした。ピタリと愛機は止まった。

「やった!」嬉しかった。着艦できた。祝福してくれる伊吹分隊長、先輩の顔がチラット見えた。

つぎの一瞬、発着指揮官が「フック巻け」の信号、中島一飛が大急ぎでフックを巻く。つづいて早くも「発艦」の指示旗となる。ふたたびエンジンを増速した。スルスルと飛行甲板の中央を走る。艦橋で、甲板の横で、多くの人たちが見ている。フワッと甲板を離れた。ふたたび果てしない海原、その海原が美しい。

私は、二回三回とつづけて着艦発艦をくりかえした。

その日の訓練においては、全機合格して、ぶじ着艦訓練を終了した。

大村基地に帰ったら、なんと飛行場の大きいことか。さあこれでお世話になった基地ともお別れだ。母艦に帰るのだ。

私たち新参パイロットを乗せた空母「飛龍」は、艦隊訓練のため佐世保を離れた。

昭和十六年の二月一日、仏領インドシナ(現在のベトナム)に、急遽、進出の命があった。

母艦は時間がかかるので、飛行機隊のみ雪の岩国基地を離陸した。

途中、燃料補給のため鹿屋に行ったが、雪のため飛行場がわからずに困った。しかし、基地の人たちが飛行場の周囲に紺の制服で立ってくれたので、どうにか着陸して、燃料を補給し、ふたたび雪の鹿屋航空隊を飛び立った。

内地では大雪であったので、毛糸、電熱服と冬のいでたちなので、沖縄上空につく頃には汗ばんできたが、狭い座席で飛行服を脱ぐこともできず、落下傘のバンドを脱して飛行靴を脱いだ。

やがて、台湾（台北）上空にかかるころには汗が吹き出した。高雄航空隊に着陸するやいなや、指揮所に行かず、飛行機を止めてまず飛行服をぬぎ、軽い姿で指揮所の前に飛行機をもって行くと、

「こんな行儀の悪いヤツらは見たことがない」と、こっぴどく叱られた。

高雄に着陸して母艦の到着を待っている間に、情勢が変わり、仏印行きは中止となった。

飛行機隊は母艦に帰ることになったが、若い私たちは面白くなかった。当時、日支事変に参加している人たちは戦地勤務である。われわれは、その人たち以上に激しい艦隊訓練を受けたが、生命を落とした者は殉職である。戦地勤務の人たちは戦死となる。同じことなら戦地がよいと、戦地希望を口に出してみても、「お前たちは艦隊用のパイロットとして養成されたのだ」と、転勤さしてはもらえない。

そのころ、そのようなわれわれの不満を解消するためかどうか、中国の福建省の福州を爆

撃することになった。

私は、生まれてはじめて二百五十キロ爆弾を抱いて、伊吹正一大尉の三番機として、「飛龍」を発艦した。

中国大陸の広いこと広いこと、どこに何があるのかさっぱりわからず、一番機につづいて急降下していった。

地上からの対空射撃があるのかないのかすらわからない。一番機の落とした付近に二百五十キロ爆弾を投下した。着艦後、戦果報告で元気よく、

「三番機弾着タンボ」といったら、

「違う、あれはトーチカだ」と訂正された。

これが生まれてはじめての戦争であり、急降下爆撃だったのである。

福州爆撃の後、航空母艦「加賀」乗り組みを命ぜられた。

半年あまりではあったが、いろいろの想い出をいだき、空母「飛龍」を発艦した。三十分ばかりで、「加賀」上空に到着し、母艦はただちに航空機収容の態勢に入った。

飛行甲板の長さは、「飛龍」二百十七メートル（幅二十七メートル）にたいして「加賀」二百四十八メートルである。わずか三十メートルほどの差であるのに、いま目の下に見る「加賀」は馬鹿に大きく感じられた。

「なんだ、こんなに広い着陸場をもっているのか」と、やや馬鹿にして、最終のパス角に乗

開戦近い昭和16年夏、著者は空母「加賀」に乗り組んだ。初めて見た飛行甲板は他艦に比べあまりに巨大で圧倒された。

せた。速力は二ノットほど多めだった。

艦尾を過ぎてエンジンを絞り、操縦桿を引いた。いつもならとんと軽く落ちる感じの着艦なのに、速力が少し多いので、スルスルと滑り込むような着艦になった。制動索にいまかかるか、いまかかるかと待ったが、またたく間に六本の制動索を踏み倒してしまった。

「しまった！」着艦失敗である。

ふたたびエンジンを入れて発艦してやり直した。パイロットほか、多くの人たちが見ている前での失敗である。

「なんだ、あれが『飛龍』のパイロットか」といわれ母艦生活に少しなれて天狗になりかけた私に良い薬となった。基本はあくまで大切だと痛感した。

着任後まもなく、伊吹大尉を指揮官に、九機の艦爆が「龍驤」に派遣された。飛行甲板の長さは百六十メートル、幅二十三メートルと、母艦の中では最も小さく、着艦に際して少しでも中心からずれると、凄いスピードで走る海が目の下に見えてふるえあがった。

それから約二カ月、当時日本領であった南洋諸島サイパン、トラック、クェゼリンなどを回りながら、艦隊訓練が行なわれた。やがてこれが太平洋戦争につながる研究とも知らずに……。

ある日、私は中島一飛と九九艦爆に乗り組み、艦隊の前路哨戒に発艦した。

発艦後百二十カイリ飛び、三十カイリ横に飛び、それから母艦に帰投の予定だった。もちろんその間、艦隊は走っているので、自分たちが二時間ほど飛ぶ間の母艦の位置を正確に計算して、航法をしなければならなかった。

その日、南の空も海もあくまで青く、波は静かで、珍しく艦隊の前方にいた潜水艦を発見して、模擬の攻撃運動を行ない、さらに横のコースにおいても、一隻捕捉して演習の成果は上々だと、意気揚々と母艦をめざした。

時間の上では艦隊の近くなのに、まだ見えない。目を皿にしてさがした。だが、母艦はおろか艦隊の影も見えない。ただちに捜索方法の基本にしたがって、現在の位置を標示する信号弾を投下して、正方形に広大していった。

母艦から位置を聞いてきた。「現在母艦の近くで艦をさがしている」旨の返電をうった。

三十分ほどさがしても艦は見えず、偵察の中島一飛に「航法の図板を見せてくれ」といって、見せてもらったが、正確な位置がつかめず、こんどはいままで飛んだコースの反方位で飛び、母艦に帰ろうとした。時間が大きく遅れてしまったので、母艦からしきりに心配の電報が入る。

「いま艦攻を飛ばして吊光投弾を落とす、注意せよ」

四つの目でそれをさがすが、まったく光は見えず、「吊光投弾見えず」と電報した。

つぎは、「駆逐艦が煙幕を展張する、水平線に注意せよ」といわれ、目をこらしてさがしたが、雲も煙も見えない。

だんだん燃料が少なくなる。母艦を出て五時間近い（航続時間は約五時間三十分くらい）。次第に心細くなる。後席がいやに静かになった。ふと見ると中島一飛が短刀を出している。

「どうするんだ」

「山さんに申し訳ないことをしたので」

自分の命を断つ考えのようだ。

「よせ、もし海に入れば、力を合わせてがんばろう」と力づけながら飛びつづける。日も沈み、ついに暗くなった。ふと故郷のことが、両親のこと、姉弟のことが頭に浮かんだ。いまごろ、何をしているのだろうかと。

母艦からの電報である。

「全艦隊が探照灯を照らす、注意せよ」

「燃料あと三十分」と打電して、暗い海上を飛びつづける。

「最後まで努力せよ」と母艦から電報が追いかけてくる。

「母艦見えず」の返電。

「だめか」

ふと、なんとなく旋回に入った。そのとき前方に何か光のようなものを感じた。

「何か見なかったか」

「見えない」と中島一飛の返事である。

私はたしかに光だったたと思い、その方向に機首を向けた。何分くらい飛んだか、暗い海上に白く光る船の航跡――たしかに船の航跡らしい白波を追った。

突如、目の前に黒い船の影だ。嬉しかった。さっそく発光信号で、

「船名を問う、船名を問う」と発信すると。

「サントス、サントス」と返ってきた。

これはおかしい。サントスはアメリカの船だ。これはスパイだ。日本の艦隊演習を見に来たのだ、と二人で話し合った。つぎの瞬間、

「母艦の位置知らす」と発光信号を送ってきた。

私たちは驚いた。まだこちらが尋ねていない母艦の位置を教えるとは、これは本当のスパイ船だ、どうしよう、不時着しても助けてもらえないし、と話し合っているうちに、

「二百七十度、三十マイル」ときた。

ますますおかしい。だが、燃料はまもなく切れてエンジンは止まるであろう。不時着水してアメリカ船にひろわれるより、海に入った方がよいと覚悟を定め、ふたたび教えられた方向に高度をとりはじめた。

十分も飛んだか、前方に光が見える。近づくにつれて、大都会のように光が見える。艦隊だ、母艦だ。

嬉しい。ぐんぐん艦に近づいていった。母艦「龍驤」はすぐわかった。ただちに「着艦よろしい」の発光信号――。

着艦フックを下ろして進入をはじめ、パス角に乗せた。艦尾に近づき、やがてエンジンを絞る。直前、エンジンがパンと音をたてて止まった。どうにか艦尾を過ぎ、飛行甲板に、たたきつけられるように停止した。燃料が切れたのだった。

艦長以下、伊吹大尉、整備の分隊士ほか、みんなに、よかった、よかったと祝福されて、その夜はグッスリ眠ったが、つぎの日、艦長に呼び出され、中島一飛と二人で、こっぴどく注意され、ついに中島一飛が涙を流した。艦長のそばの高松宮様（当時、少佐）が、「もう勘弁してあげなさい」と目で合図された。それでようやく艦長室から出された。そのときの海の空気はうまかった。

やがて「龍驤」は内地に帰り、ふたたびわれわれは「加賀」に帰った。（じつは、サントス丸は当時、海軍に編入されて、特務艦として艦隊行動をしていたのであった）

骨身をけずる訓練

昭和十六年の秋、宮崎県の富高基地では、帝国海軍伝統の〝月月火水木金金〟の猛烈な艦隊訓練が、日夜くりかえされていた。

私たち艦爆隊も、この艦隊訓練に併行して――というより、それ以上の激しさで、母艦からの発艦、急降下爆撃、射撃訓練、そして、着艦といった具合に、早朝から夜遅くまで訓練にはげんでいた。

とうじの急降下爆撃機には、操縦員が用いる固定機銃（七・七ミリ）二梃と、偵察員が使用する後席の旋回機銃が一梃ある。固定機銃の射撃訓練のために、曳的機が、麻製の吹流しを尾部に曳き、反対の方向から進んでくる。射撃隊はこの標的から約二百メートル高く高度をとり、曳的機が近づくと突撃隊形（編隊をといて各機の間隔二百メートル）になり、曳的機が、自分の真下にきたとき、反転急降下しながら、吹流しから百メートルの距離で発射し、五十メートルで射撃をやめて、いったん吹流しの下へ避退し、さらに高度をとって編隊を組み、ふたたび曳的機に近づいて突撃隊形に移る――というふうにくりかえすのである。この訓練方法は、戦闘機の場合も同じである。

しかし、なんといっても弾丸を命中させたい一念で、照準器をにらみながら夢中で撃っているうちに、吹流しにぶつかる機が続出するので、これを見かねた分隊長が、格納庫の前に吹流しを張り、五十メートルの距離をおいて、飛行機の尾部を台上に上げ、照準器を開き、搭乗員を集合させて、

「お前たちの距離判断は非常に悪い。あれではいくら飛行機があってもたまらん。これはちょうど五十メートルの距離だから、よく見ておけ」と、そういって搭乗員の解散を命じた。

搭乗員は、一人一人座席に入った。そして、それぞれ照準器をのぞいて帰った。

やがて食事が終わり、午後の訓練が開始される。そのとき分隊長は、

「みな、よく研究したか。ただいまより飛行作業を開始する。かかれ！」――

合図とともに、飛行機は発動し、射撃隊は砂塵を巻いて離陸すると、曳的機をもとめて海上に出た。

まもなく曳的機を捕捉し、「編隊を解《と》け」の合図で突撃隊形（射撃体形ともいう）に移った。分隊長機が先頭を切って反転急降下に移ってゆく。列機がこれにつづく。

一番機が射撃を開始した。あッ、と思った瞬間に、分隊長機自ら吹流しに食いついてしまった。これは分隊長が下手なのではなく、必中弾を浴びせるためには、何よりも近接することが必要であり、つい衝突するのである。こうした訓練を、くりかえしくりかえし実施するのだった。

急降下爆撃訓練もなかなか猛烈だった。

ひらりと機体をひるがえして急転直下、地獄の底までもと、阿修羅のごとく敵艦めがけて突っこんで行く急降下爆撃機――。

はらわたをかきむしるような爆音とともに、機首を引き起こした瞬間、海の王者不沈戦艦も空母もあったものではない。一瞬の後に、巨艦をも大洋の藻屑と化す近代兵器の生んだ空の花形急降下爆撃機――。

この急降下爆撃機が海軍で研究されはじめたのは昭和九年で、翌年にはドイツのハインケル社製の九四式艦上爆撃機が登場した。

およそ犠牲のともなわない進歩はない。ほかから見ていると痛快、壮絶をきわめる急降下爆撃も、なかなかなまやさしいものではない。多くの先輩の汗と血と熱涙の結晶が、今日の急降下爆撃隊を築いたのである。

この年（昭和十六年）の暮れ、同期生手沢久三三空曹が急降下の途中、空中火災にあって志布志湾上に散った。

しかし、私たちは未知の世界の開拓には、いかなる猛訓練も躊躇しなかった。

急降下爆撃の長所は、非常に命中率がよいことであるが、急降下を行なうと速度が出過ぎて危険なので、エア・ブレーキ（空気抵抗板）を出しているが、それでも高度計の針は物凄い早さでグルグル回り、高度の低下を示す。

この指針が一回転すると五百メートルで、もし針の回転を一回りまちがえたら、飛行機はそのまま地球に激突し、地獄へ直行である。

また、爆弾の投下高度が百メートルちがっても命中しない。

このわずかの間に、偵察員は飛行機の降下角度を測り、照準距離を計算し、風に対する修正を操縦者に知らせ、操縦者はこれによって目標を正確に狙って降下してゆく。

爆弾投下とともに飛行機を引き起こした瞬間、非常に大きな重力（普通静止時の重力の六倍から六倍半に達する。したがって六十キロの体重の人なら、三百六十キロから三百九十キロの重さを感ずるわけである）がかかり、体は下方に圧しつぶされそうになり、頭は両膝の間に押し下げられ、目の玉から真っ赤な星が四散し、完全に視力はなくなる。

その刹那は、もうまったく体験による勘と気力だけである。そんな具合で、偵察員の苦労もまた大変なものであった。

訓練は午前午後、ぶっつづけで行なうのであるが、まず一キロの小型爆弾を搭載し、高度五千メートルくらいで、飛行場前方にある海岸の岩を標的にとって、六百五十メートル（実戦時は四百五十メートル）まで降下して一キロ演習弾を叩きつけ、ふたたび高度をとってから、再度急降下に移って行くのだった。

この訓練をくりかえして一応の仕上げをし、つぎは海上に出て、標的艦「摂津」に対して急降下爆撃を反覆訓練するのだが、抱えていった二発の爆弾を、二発ともはずすような下手な搭乗員はいなかった。

上手なものは、何回やっても命中率百パーセントで、「赤城」「加賀」「飛龍」「蒼龍」の爆撃競技では、伊吹正一大尉を分隊長とする「加賀」の私たちの中隊が一番だった。

母艦搭乗員のまず第一歩は発着艦作業で、発艦は比較的容易であるが、着艦は飛行場自体が動いているのでちょっと難しい。

前方に動くだけならともかく、右に傾き左に傾き、また艦尾が大きく浮き上がったと思うと、つぎの瞬間には、ぐーっと大きく下がって行く。それにまた、艦尾が大きく左右に振りまわされる。すなわちピッチング、ローリング、ヨーイングと、三軸の周りに大きく揺れるので、これら三つの揺れを充分頭に入れていないと、最後のパス（着艦前、飛行機が一定の姿勢、一定の降下角で飛行甲板に近づいてくること）がうまくゆかない。

飛行甲板が近づいてきたり、またすーっと遠のいたりするので、これを追いかける結果、着艦間際まで飛行機はふらふらと、まるで酔っぱらい然として千鳥足のため、母艦の艦尾に激突するか、あるいは横に滑り込み、飛行機もろとも海水浴としゃれてみたり、または飛行甲板を後ろから前端まで一気に走り過ぎて、艦首の方からざんぶり海中に飛びこむこともある。そのいずれの場合も、飛行機はもちろん、命もまず二度とふたたび使い物にならないものと覚悟しなければならない。

艦隊一年生はいうまでもなく、経験三年生もともにこの際は全身全霊を集中するのであるが、また一面、スリル満点のスポーツでもあるわけだ。

しかし、母艦搭乗員は、ただそれだけでは満足せず、昼間の発着ができれば、こんどは夜間着艦である。暗夜の洋上に、小さな木の葉一枚ほどにもない母艦を見出すことすら大変な難事であるが、さらに、赤と青の着艦指導灯一つをたよりに、着艦を行なうことはまったく文字どおりの命がけである。

つぎに待っているものは、夜間急降下爆撃である。これは照明隊と攻撃隊とが、緊密な連絡のもとに母艦を発進し、まず照明隊が先発し、急降下爆撃隊の進入する反対側、高度約五千メートル付近に、大きな吊光投弾を投下する。

攻撃隊は、この吊光投弾の光に浮き上がってくる敵艦隊に対し、昼間と同じ高度、同じ角度で急降下を実施する。このとき、敵艦隊の探照灯に直接照射されると、パイロットの目はその光芒により眩惑され、みずから墜落してしまう。そのことを予期して、あらかじめ光芒による眩惑に対しての予備訓練が必要になってくる。これは駆逐艦が探照灯を照射し、みずからこの中に突入して、だんだんと目の訓練を重ねてゆくのである。

このようにして、くる日もくる日も訓練に明け、訓練に暮れ、その毎日その瞬時々々が、生死を度外視した超凄烈な訓練であり、文字どおり骨も身もけずる力闘である。

こうして、どうやら一人前の艦隊パイロットを養成してゆき、そして、その訓練の最後の総仕上げとして、四隻の空母の飛行機隊の総合訓練が行なわれたのだった。

「飛龍」「蒼龍」「赤城」「加賀」をそれぞれ飛び立った急降下爆撃隊、雷撃隊、それに直衛戦闘機隊が豊後水道を北上すると、敵戦闘機隊の猛攻が開始される。

——敵戦闘機に食い下がる零戦直衛隊。グングン高度を下げて雷撃姿勢にはいる雷撃隊、ダイブ（急降下）にはいる爆撃隊——まさに大空にくりのべられた一大航空ページェントであろう。

このような総合攻防戦訓練が、佐伯湾に在泊中の艦隊を相手に実施されたのであった。

第二章　真珠湾攻撃

行く先不明の出港

訓練に明け、訓練に暮れた十一月のある日だった。

各自に貯金通帳がわたされ、三日間の休暇が出た。同時に、身辺の整理をしておくようにと言いわたされた。

当時、私たち搭乗員がもらっていた航空手当は、半強制的に貯金させられ、小遣が足りないとか、飲み代が不足したからといっても、貯金を引き出して使うことはほとんどできなかった。

「なんだか変だな」

私たちは、そういい合ったものの、金と上陸には、いい知れぬ魅力があった（海軍では、陸上勤務の場合でも、外出のことを上陸といっていた）。

なにしろ血気盛んな若い者たちばかりである。全貯金をおろし、久しぶりにポケットとともに胸もふくらまし、たいていの者は宮崎へくりこんだ。私も、遊山気分になり、宮崎神宮や青ヶ島の対岸にある宇戸神宮などを回って帰った。

その数日後のことだった。

「本日、全機母艦に収容する」訓示とともに飛行長がいった。

すでに基地整備員やその他の各科員も母艦に帰り、基地に残っているのは、搭乗員と飛行機と、若干の整備員だけだった。

「本日は如何なることがあっても必ず着艦するように。基地に引き返した者は置いてきぼりにする」

十一月中旬のことだった。飛行機隊の出発直前に、厳しい達示があった。

全機、長い間、親しんだ富高基地を飛び立った。風が強く、日向灘は白波が立っていた。母艦「加賀」の飛行甲板が、右に左に、大きく揺れている。

飛行機収容が開始された。

牧野大尉の一中隊、小川大尉の二中隊が順序正しく着艦していく。つぎは、わが三中隊である。伊吹正一大尉を先頭に着艦姿勢に移った。高野兵曹機の約二百メートル後に、私の機がつづいて下りていく。

艦尾に、高野機がかかった、と思った瞬間だった。母艦の後部が大きく浮き上がった。あッと思うまもなく、高野機は甲板に叩きつけられ、そのはずみに後部が折れて、海中に落ちていった。

私の機に「やり直し」の信号が来た。すぐさまエンジンを入れて、やり直す。後続機も同様に、やり直しに移った。

艦上を低空で通過しながら、発着甲板を見ると、高野機の搭乗員は二人とも無事らしい。整備員が大急ぎで、半分にちぎれた飛行機をとりかたづけている。

私は、改めて着艦コースに入った。ところが、また「やり直し」の信号である。さらに一回りしたが、こんどもまた「やり直し」の信号である。

「ちえッ！」

思わず舌打ちしたが、少々上がっているのかもしれないと反省し、深呼吸をして、三度目の着艦コースに入った。

――今度こそ絶対大丈夫……。

そう思ったが、またしても「やり直し」である。私は、自信を失いかけた。だが、今日だけは、基地に引き返すわけにはいかない。置いてきぼりをくっては、やりきれない。

「新ちゃん、頑張れ！」と、そのとき伝声管がどなった。後部の偵察員中田一飛（一等飛行兵）が私を激励したのだった。この中田一飛は熊本県出身で、私より海軍は一年後輩だが、じつにしっかりした男で優秀な偵察員だった。

私のほかにも、同じように二機がやり直しをしている。二十分ほどかかって、どうにかぶじに着艦できた。

全機の収容を終わった母艦は、強風の日向灘を南下して行った。

「総員発着甲板に集合！」

やがて、拡声機が命令を伝えてきた。

発着甲板は、長さ二百二十四メートルある。その長く広い甲板上に、総員整列して待つ。

「ただいまより、本艦は出て行く。行く先はいえないが、これが、内地の見納めかもしれない。よーく見ておけ」

艦長が、訓示の後に、そうつけ加えた。

私たちには、何がなんだかわからない。けれども、内地の山影を見るのも、これが終わりかと思うと、眼前にそびえる高千穂の峯々が急に懐かしく思われ、発着甲板に腰を下ろし、搭乗員たちはみな頬杖をつきながら眺めるのだった。

その高千穂も、やがてうす紫にかすみ、しだいに霞の中に消えていった。見えるのは、はてしなくつづく大海原だけであった。

「加賀」の後に、駆逐艦が大きく揺れながら、白波を艦橋にかむってつづいている。

「本艦はどこへ行くのですか」

太平洋戦争開戦時の艦爆隊の主力・九九式艦上爆撃機。真珠湾攻撃では華々しい戦果を飾り、終戦まで第一線で働いた。

折りから私たちのかたわらにやって来た分隊長にそれとなくきいてみた。

「さア、どこへ行くのかな」

分隊長も知らないらしい。

集まっていた分隊員が、がやがやいい出す。そのうち、だれかが、

「主計科に行ったら、防暑服を沢山積みこんだといっていたから、きっと南方に行くんだろう」という。すると、他の一人が、

「防寒服を大量に積みこんだそうだよ。北へ行くんだよ」と、反対説を披露する。

「じゃ、飛行機のコンパスを見ろ。南を指しているぞ」

その説に、なるほどそうだ、とばかり、二、三人が飛行機のコンパスを検分に行った。その結果、やっと南方説に落ちついたころ、

「本艦は東に向かっている」と知らせた者がある。

ところがまもなく、針路を北にとりはじめた。私たち搭乗員には、いよいよ判らなくなってきた。

こうして、空母「加賀」は、後続する駆逐艦一隻とともに、青海原を、どこへともなく航行するのだった。しかし、若い私たちは、どこへ行こうとままよ、と元気なものだった。

私たちには、訓練のない、したがって仕事らしいこともないまま、いささか若さをもてあまし気味な退屈な日がつづいた。

出港以来、五日ほどたった十一月二十二日だった。

「寒いなア」と、同僚と呟きながら、搭乗員室のベッドにもぐり込んでいると、

「島が見えるぞ！」と叫び声がきこえる。

昭和16年11月22日、ヒトカップ湾に集結した機動部隊。左に戦艦「霧島」と、著者の乗り組んだ空母「加賀」が見える。

「うそをつけ」といいながらも、すでに飛び起きている。だれしも陸地が懐かしいのだ。素早く飛行服を身につけ、飛行甲板にかけ上がっていく。その間一分とかからない早さであった。この素早さは、日頃の訓練によることはいうまでもない。

母艦の前方はるかに、たしかに氷山のような真白い島が見える。

「おい、どこだ？」

「北にちがいない」

「日本だろうか」などといい合っているうちに〝入港用意〟のラッパが鳴る。

港の姿が、だんだん、はっきり浮かび出てきた。

それにつれて、艦隊が集結しているのが見える。空母が数隻、そのうち大きいのは見覚えのある「赤城」だ。その他、巡洋艦、油槽船などが、ずらりと浮かん

でいる。

やがて、ここは千島列島中のエトロフ島ヒトカップ湾だと知らされた。だが、私たちにはこの大艦隊が、なんの目的でここに集結したのか、そして、何をするのか――という疑問を拭い去ることはできなかった。


北の海は、荒れつづけていた。

入港後二、三日目だった。

私たち搭乗員に、「赤城」に集合の命令が達せられた。

私たちは、しぶきで濡れないように、雨衣を着て出発準備をした。しかし、波が高く、ラッタル（艦に乗降する階段）が使用できない。仕方がないので、綱にぶら下がって、滑り下りることになった。カッターが、ぐうッと浮かび上がったときに手をはなし、落ち込むようにして一人ずつ乗り移った。

「加賀」を離れ、「赤城」に着いたが、乗り移るのがまた大変だった。一人一人後甲板から引き上げてもらって移った。

搭乗員室に行くと、手沢久三三空曹を除いた級友たちの顔がそろっている。小野、武居、望月、渡辺、土屋、加藤、江種、向後、砥綿、坂井、それに私の十一名は、第四十八期操縦練習生の中から選ばれて、急降下爆撃の訓練を専修し、艦隊乗組員になったのだが、その顔が全部そろったのである。（この会合が最後だった。その後、ミッドウェー海戦以来、一人、二人と戦死し、比島沖、沖縄戦をへて、最後まで生き残ったのは私一人だけである）私たち十一名の同期生が、たがいに健康を祝しあっているうちに、艦隊の全搭乗員が集合した。そこには、島の模型が一つあった。

やがて、第一航空艦隊司令長官南雲忠一中将が幕僚をしたがえて現われた。

その席上で、私たちは、島の模型がハワイであり、机上の模型艦は、米太平洋艦隊であることを知った。しかも、十二月八日を期して、ハワイ空襲を敢行するのだということを聞かされた。

私は、その重大事を知って、胸はひき緊められ、わくわくと感激にふるえる思いだった。長官の話を、一言も聞きもらすまいと耳を傾けて聞いた。

「――現在、米国とわが国との間に外交交渉が行なわれており、最後まで戦争は避けるが、最悪の場合、十二月八日黎明を期して攻撃する」とのことだった。

さらに、山本五十六連合艦隊司令長官の訓辞を、「赤城」艦長が代読した。

「――諸子十年養うは、一日これ用いんが為なり」の言葉が強くひびいた。

アメリカ海軍の艦型の写真、飛行機の写真を貰い、ハワイ列島の状況、ことにオアフ島、真珠湾の形を充分頭に入れ、「赤城」から「加賀」に帰ったが、海の荒れるのも気がつかないほど昂奮していた。

母艦では、飛行機を磨き、七・七ミリの機銃弾――徹甲弾、焼夷弾、曳光弾などを綴り合わせ、また、弾倉に入れて、着々と戦闘準備がなされていった。

私たちは、暇をみては、これがメリーランド型、これがサラトガ型、これがレキシントン型などと、アメリカ海軍の艦種の見分けと、飛行機種の研究に、二、三日は、またたくまに過ぎていった。

ひるがえるZ旗

十一月二十六日、まだ明けきらぬうす闇に、軍艦マーチが鳴りひびいた。

〽護るも攻むるもくろがねの
浮かべる城ぞ頼みなる

出港である。

いつものことながら、出港のときの軍艦マーチは、若い私たちの胸を躍らせるに充分だった。この日のそれは、さらに、胸高鳴るものがあった。各艦は、実弾射撃を行ないながら、ヒトカップ湾を出港しだした。

〽海ゆかば水漬くかばね
山ゆかば草むすかばね

最後の曲が終わった。エトロフ島は、低く垂れこめた雲の中に薄れていった。

空襲部隊　長官南雲忠一中将直率　空母六隻

第一航空戦隊「赤城」「加賀」
第二航空戦隊「蒼龍」「飛龍」
第五航空戦隊「翔鶴」「瑞鶴」
支援部隊　第三戦隊司令官三川軍一中将　戦艦二隻、重巡二隻
第三戦隊「霧島」「比叡」
第八戦隊「利根」「筑摩」
警戒隊　第一水雷戦隊司令官大森仙太郎少将　軽巡一隻、駆逐艦九隻
哨戒隊　第二潜水戦隊司令今泉喜次郎大佐　伊号潜水艦三隻

このほか油槽船からなる大艦隊は、まさに舳艫相銜んで、偉風あたりを払う壮観だった。北の海は狂ったように荒れている。艦隊は東進している。十四ノットほどだった。途中、はるか彼方にソ連船を認めたが、彼らは、悪天候のため、わが艦隊に気づいたようすもなく遠のいたという。

洋上で、最後の補給を終わり、油槽船団は引き返すことになった。船上の人々は、帽子をふり、手をふりながら反航して行った。

私たちは、それだけが日課の——飛行機の手入れ、機銃弾の点検、米艦と米飛行機の識別などに専念した。

日米交渉妥結の際は、機動部隊に対して引き返しの命令が発せられることになっていた。十二月二日、機動部隊に引き返せの命令は遂に発せられなかった。連合艦隊司令長官山本大

将より、祖国日本の生か死かの運命を決するところの〝新高山登レ〟の暗号電報を、機動部隊は受信した。

「開戦だ!」(新高山登レは、予定のごとく攻撃を決行せよという意味だった)

そのころ、すでに先行していた潜水艦から、真珠湾の状況を知らせてきたという。戦艦がどこ、母艦がどこ、そして、各何隻といったふうに、逐次、詳細な通報だった。

艦隊は、速力を二十四ノットにあげて、一路南下しだした。攻撃が迫ったのだ。電波は、一切出してはならない。隠密の行動だった。

十二月七日、日米交渉は、いよいよ失敗に帰したとのことだった。

総員、飛行甲板に集合が命ぜられた。艦隊は全速力で進んでいるため甲板上は風が強い。「君が代」の斉唱が、強風とともに海原を圧し、つづいて、艦長の訓示——明早朝を期してハワイ攻撃を決行する、とのことだった。

夜の食卓についた。高速力のため、艦の動揺が激しく、食器が躍るので、それに気を奪われ〝最後の夕食〟だという感慨も湧かなかった。なにしろ、食い気盛りの私たちであった。

明日は早いので、各自、無駄話をする者もなく、それぞれ搭乗員室へ引き取った。私は、明朝着換える肌着類の準備をした。私物はすでに整理してある。

同室の山中隆三兵曹が遺書を書いている。先日、分隊長から、遺書を書いておくようにといわれたので、私も何回も書きかけたが、何も書くことがないような気がして、まだ書いていなかったので、

「おれのも書いてくれ」

そう頼むと、

「自分のは自分で書け」

素っ気ない返事である。仕方なく、机に向かって、何か書こうと思うが、どうしても書き出せない。とうとう面倒くさくなってベッドにもぐり込んだ。艦の高速と、そのうえ、荒天のため、物凄い揺れ方だった。

昭和十六年十二月八日。

午前零時、総員起こし。どやどやと、ベッドから飛び出した。どの顔も、どの顔も、みんなニコニコ微笑をたたえている。

昨夜までの時化は、いくらか収まったらしい。だが、波のうねりと風は、まだ強い。

母艦のまわりは風速十五メートルから十七メートルの強風である。暁闇のなかに南海特有の大きなうねりが激しく母艦の舷側を打つ。十メートル以上もの飛行甲板にまでも、白い滝のようなしぶきが打ち上げてくる。

海上はまだほの暗い。巨大な空母も、大自然の前に木の葉のごとく、前後左右にまた上下に大きく揺れ動く。傾斜は十五度ないし二十度か。

朝食は、素晴らしかった。三大節以上のご馳走だった。出陣を祝う主計科の心づくしだ。

食事を終わって、飛行甲板に上がった。断雲の間に、月が残っていた。甲板上には、翼端を触れあうように飛行機が並び、試運転の轟音がとどろいていた。わが「加賀」の第一次攻撃隊は、雷撃機十八機、水平爆撃機九機、戦闘機十八機である。

出撃する搭乗員の白鉢巻が、夜目にもくっきりと浮かんで、きびきびと動いている。

「搭乗員整列！　搭乗員整列！」拡声器が伝えている。

艦橋指揮所前に集合し、このときばかり、きびきびと、しかし落ちついて整列した。

艦長山田丑衛大佐以下、艦幹部の顔は緊張している。

檣頭には、Z旗とともに戦闘旗が風にはためいていた。

「皇国ノ興廃カカリテ此ノ一戦ニ在リ、粉骨砕身、各員ソノ任ヲ完フセヨ。

連合艦隊司令長官　海軍大将山本五十六」

黒板に大きく書いてある。

「本職よりすでに言うべきことはいった。ただ、このうえは諸子の健闘を祈る」

艦長の訓示は簡単に終わった。母艦は転舵し、北寄りの風に艦首を立てた。

午前一時三十分。

第一次攻撃隊の発艦が開始された。身軽な零戦隊が最初に発艦する。一機、また一機と発艦する機を見送る総員は、腕も折れよとばかり帽子を打ちふる。

しだいにうす明るくなってきた。日付変更線を越えたが私たちの日時は日本時間である。

零戦につづいて、艦上攻撃機は、魚雷を、あるいは爆弾を抱き、最大回転で、グワーンと耳を聾する爆音をあげながら発艦する。魚雷が重いのであろう。甲板を離れた雷撃機の一機は、一瞬、艦首の下に姿を消した。

「あッ！」

「どうした？」

思わず叫ぶ声がする。だが、その機は、うねりすれすれに姿勢を立て直して上昇する。またある機は、飛行甲板を横滑りしながら発艦する。なにしろ、ローリングとピッチングが激しいうえ、ぎりぎりいっぱいの重量を積んでいるので、攻撃機の発艦操作は相当苦労しているようだった。

愛機九九艦爆の前に立つ著者。尾翼の記号と数字は一航戦二番艦艦爆56号機を示す。

艦上攻撃機すなわち艦攻は、魚雷攻撃と爆撃に使用され、魚雷のときは雷撃機、爆弾のときは水平爆撃機ともいう。ただし、艦上爆撃機すなわち艦爆とは機種が異なって、艦爆は一発必中の捨て身戦法である急降下爆撃を主任務とするのに対し、艦攻は急降下ができない機種なので水平爆撃を行なうのである。

生きてふたたび相見ようとは、だれ一人予期する者もない戦友たち、ただ与えられた任務、敵撃滅の意気のみすさまじく、二ッコリと微笑を浮かべて、発艦して行く。〝月月火水木金金〟の艦隊訓練によって熟達した技量は、揺れる不安定な飛行甲板上を、なんの苦もなく飛び立っていく。

全機、ぶじ発艦した。

大編隊は濃紺のまだ明けやらぬほの暗い洋上を、真珠湾に向かって消えて行った。

「第二次艦爆隊用意」拡声機が叫んだ。こんどは私たちの番だ。

私は確かめるように、千人針を巻いた腹に手を当ててみた。ずっと以前に郷里から送ってきたものだ。

肉親の顔、隣人の顔、知人の顔、それらの人びとが、ひとしお懐かしく想い出された。

お父さん、お母さん、私はかならずアメリカ艦隊を撃滅します——はるか祖国に向かって心に叫んだ。

軽く愛機に搭乗する。この機は報国全日本女学生号—九九式艦上爆撃機であり、可憐な乙女たちが小遣を節約して醵金し、献納したものである。私はいま祖国の運命を担って攻撃に参加できる喜びと、国民の愛国心の結晶である報国全日本女学生号に乗っていることに、何かいい知れぬ力強さを感じた。

そして、私が母艦「加賀」を去るまで、これが私の愛機だった。

機付長中田三整曹（三等整備兵曹）が「しっかり頼む」と励ましながら、彼の白鉢巻を差し出した。これは彼が日支事変当時、海軍陸戦隊員として縦横に奮戦したときに用いた、大切な記念品なのだ。それを知っていた私は、彼の贈物がむしょうに嬉しかった。

「ありがとう。がんばります。待っていて下さい」

私はさっそく、飛行帽の下に堅く結び込んだ。

「全機発動」一斉にエンジンが唸りはじめた。海を圧する爆音、艦上くまなくおおう翼、まったく偉観である。

中田三整曹の念入りの整備で、愛機の調子は上々である、一番機伊吹大尉に、「出発準備よし」の合図を送った。

それと前後して、全機の準備は完了した。

「全機出発準備よし」

ときに午前二時三十分。

「発艦開始」の信号が上がった。

身の軽い零戦隊から順次滑り出す。海上は漠々たる密雲におおわれていたが、もはや夜明けであった。

第一次攻撃隊出発のときより、海上はいくらか静かであるが、まだ巨大なうねりは母艦めがけて殺到する。吃水線上十メートルの艦首には、白滝の飛沫が上がっている。

つぎは艦爆隊である。まず牧野大尉機が勇ましく滑り出した。いよいよ三中隊指揮官伊吹大尉機、つづいて二番機西森兵曹（八期予科練、高知県出身）、そのつぎがいよいよ私だ。

車輪止めがはずされた。私は発着指揮官の白い旗をじっとにらんだ。

さっと上がる白旗、発艦だ！

静かに、そして力強く、スロットルを全開した全日本女学生号は滑り出した。腕も折れよとばかりに打ちふる帽子の波が、整備員の顔が、後方に流れ去っていった。

艦首がちょうど浮き上がったときに離艦できるように、加減しながら艦橋の横を通り過ぎた。

艦長以下、総員期待の目にニッコリ笑って応えた。

うまく離艦できた。ぐんぐん高度をとり、大きく旋回しながら編隊を組んだ。夜は完全に明けた。めざすはオアフ島だ。

戦爆連合百七十一機、これが第二次攻撃隊の総兵力だった。内訳は零戦三十六（指揮官進藤大尉）、艦爆八十一（指揮官江草少佐）、艦攻五十四（指揮官宮崎少佐）であって、第二次攻撃隊の全体の指揮官は、艦攻隊の宮崎少佐だった。

なお第一次攻撃隊は、板谷少佐指揮の零戦四十五機、高橋少佐指揮の艦爆五十四機、村田少佐指揮の雷撃機四十機、淵田中佐指揮の艦攻五十機、合計百八十九機で、淵田中佐は第一次、第二次攻撃隊の総指揮官であった。

第一次、第二次総計三百六十機、これがハワイ空襲の総兵力であった。

編隊は、南へ南へと針路をとる。洋上は、白波に煙っている。

ヒトカップ湾出港以来、連日天候が悪かったので、母艦の正確な位置が出ていない。したがって、めざすオアフ島にぶじ到達するだろうか、などと、末輩らしく案じながら、編隊をくずさぬように進む。

発艦するまでは、乾坤一擲の大海戦に参加するという昂奮と緊張があったが、こうしてしばらく飛んでいるうちに、演習のときと少しも変わらないような気持になってきた。

「突撃準備隊形つくれ！」

「全軍突撃せよ！」

電報が入ってきた。第一次攻撃隊のものである。彼ら先発隊は、いまや敵艦隊に第一撃を加えようとしているのだ。

――いまごろ、郷里の人々はどうしているだろう？

ふと反射的に、そう思った。

日本の津々浦々は、まだ深い眠りの最中にちがいない。朝、目覚めてから、日米開戦を知って、きっと驚くにちがいないだろう。

――私も参加していますよ。

父母に知らせたかった。生還は期し難いが、今日の、このことだけは、なんとかして知らせたかった。

「到達三十分前」後部席から、中田一飛が報せてきた。

われにかえって、前方を見る。行く手に大きな雲がある。

十五分、十分。ぐんぐん雲に近寄る。あたり一面、雲になった。と、雲の下にちらりと島影が映った。

飛行機隊行動調書・空母「加賀」第二次攻撃隊の部（昭和十六年十二月八日）

○二四五　艦戦九機　艦爆二十六機発艦
○三〇〇　母艦上空発艦オアフ島ニ向フ
○四二五　制空隊ハワイ上空ニ達シ、各飛行場上空ヲ哨戒ス
○四三五　制空隊ハ、フォード、ホイラ、ヒッカム各飛行場ヲ銃撃

ハワイ第二次攻撃隊「加賀」艦爆隊編成（十二月八日）

中隊	小隊	機番号	操縦員	偵察員	被害
1	21	1	大尉　牧野　三郎	飛曹長　鋤田　末男	行方不明
		2	二飛曹　田中　武夫	一飛曹　藤野　惣八	被弾三
		3	二飛曹　平島　文夫	三飛曹　坂東　敏明	行方不明
	22	1	一飛曹　樋渡　利吉	大尉　渡部　俊夫	被弾四
		2	一飛　小野　源	二飛曹　佐藤　直人	被弾四
		3	一飛　岡　巌	三飛曹　南崎　常夫	行方不明
	23	1	一飛曹　秋元　保	飛曹長　中島　米吉	無
		2	一飛　角田　光威	一飛　川口　俊光	無

○四二〇　艦爆隊ハ全軍突撃命下ル
○四三一　艦爆隊ハ、カリフォルニヤ型及ビ、ペンシルバニヤ型各一隻ヲ爆撃
　爾後、爆煙ノタメ互ニ連絡ヲ失シ、各機、バーバースポイント、フォード各飛行場ヲ銃撃
○七二四～各隊分離シテ、母艦
○八一六ニ帰着

2	24	1	大尉　小川　正一	一飛曹　吉川　克己	被弾五
2	24	2	二飛曹　津田　信夫	一飛曹　今井　福満	行方不明
2	24	3	三飛曹　坂口　登	三飛曹　朝日　長章	行方不明
2	25	1	中尉　相川　嘉逸	一飛曹　市町　準一	被弾五　偵負傷
2	25	2	二飛曹　村上　吉喜	三飛曹　渡辺　政造	被弾四
2	25	3	一飛　岡田栄三郎	三飛曹　長渕　弘	無
2	26	1	一飛曹　内門　武蔵	飛曹長　鶴　勝義	被弾四
2	26	2	二飛曹　石塚　重男	一飛曹　東郷　幸男	被弾一
2	26	3	一飛　山川　光好	一飛　三宅　保	被弾七
3	27	1	大尉　伊吹　正一	一飛曹　内川　祐輔	被弾四
3	27	2	二飛曹　西森　俊男	二飛曹　野田　絢治	被弾四　操負傷
3	27	3	一飛　山川　新作	一飛　中田　勝蔵	被弾三
3	28	1	一飛曹　今宮　保	中尉　三浦　尚彦	被弾一
3	28	2	三飛曹　吉元　実秀	一飛　長嶺　雪雄	被弾二三
3	28	3	一飛　山中　隆三	一飛　伊藤　郷実	無
3	29	1	一飛曹　高野　秀雄	飛曹長　清水　竹志	被弾七
3	29	2	三飛曹　鬼倉　成徳	一飛曹　桑畑　一義	行方不明
3	29	3	一飛　芥川　武志	一飛　佐々木三男	被弾一八

効果
命中
カリフォルニヤ型　八
（不確実　十三）
ペンシルバニヤ型　二
（不確実　一）
撃墜　二機
炎上　六機
（ソノ他は略ス）
被害
行方不明　八機
戦死　十四人
軽傷　二人
被弾　十九機
（行方不明八機中艦爆八六機）
使用爆弾数　二百五十キ
ロ二十六
（六千五百トン）

眼下の真珠湾

眼下の島はオアフ島の北東端だった。ただちに島の東南上空に迂回した。雲の切れまに、赤い屋根の並ぶ美しい町が見えた。「赤城」で見た模型のホノルルだ。

母艦の位置すら正確でなかったのに、悪天候の中を、いささかの迷いもなしに、ここまで誘導した二中隊一番機の技量に感嘆した。

「加賀」の急降下爆撃隊一中隊長は、操縦の牧野大尉(「加賀」艦爆隊長)、その偵察員は鋤田飛曹長。二中隊長は、日支事変中、敵の南昌飛行場に着陸し、焼き打ちしてきた豪胆な小川正一大尉。三中隊長は、のちに神雷特攻隊長になった伊吹正一大尉である。それぞれ海軍屈指の名パイロットであるが、とくに二中隊長機の吉川克己一飛曹のことを記したい。

吉川一飛曹は、予科練第一期生で、技量抜群であるが、酒豪であるために進級に禍いし、同期生はすでに少尉に進んでいるのに、彼は、まだ一等飛行兵曹なのである。だが、今日の晴れの攻撃行に、指揮官機の偵察員に選ばれた理由は、偵察通信に、彼の右に出る者がいないからだった。飛行機の自差修正については、絶対の自信をもっていた。

いま、ホノルルの町を眼下にして、「さすが吉川兵曹だ!」と敬意を表するのだった。

第一次の攻撃がすんだ後なのに、ホノルルの町は、ひっそりと静まり返っている。編隊は、パールハーバーに進路をとった。

島一面の雲だったのに、ぽっかりと、真珠湾の上空だけが雲がなく、きれいに晴れ上がっている。高空から目標を狙って急降下爆撃する私たちにとって、雲は最大の障害物だった。その雲がないことは、正に天佑であり、神助といっても過言ではなかった。

私たちは湾内の上空を一周した。港内のフォード島には、米国太平洋艦隊の主力艦が二隻ずつ行儀よく並んでいた。

すでに夢にまで描いたアメリカ艦隊、脳裡に深く刻みこんでいた艦型だが、それらはすでに第一次攻撃隊の猛襲に、いまや黒煙濛々、断末魔の様相を呈している。

突如、雲の間に黒点が浮かんだ。

「敵戦闘機だ！」一瞬、さっと緊張した空気が流れた。

日支事変当時、母艦「飛龍」から発艦し、大陸の福州爆撃に参加したことがあるが、当時は敵機は在空せず、空中戦はこれが初めてである。私は敵戦闘機の攻撃を覚悟した。

さあ来い――と緊密な編隊をがっちりと組んだ。（急降下に移るまでの艦爆は、敵戦闘機の攻撃に対して個々の空戦は不利なために、その弱点を補う目的で編隊をより一層緊密に組み、集中機銃砲火で対抗していた）

瞳をこらしながら進むと、しだいに影が薄れていく。

おや？　よくよく見ると高角砲弾の炸裂した黒煙だ。まだ若い――と自戒した。

高角砲陣地から、猛烈な防御砲火が弾幕を張ってきた。ヒッカム飛行場の大火災は、ものすごい黒煙を吹き上げ、十五メートルの風に流され動いている。

編隊はぐんぐん目標に近づいていき、敵弾は増加する。パッパッとあたりに光が瞬くと、黄色い煙、黒い煙が浮かび、しだいに薄れていく。フォード島対岸の陣地からも、猛烈な防御砲火で弾幕を張ってきた。私たちの頭上は、その煙で覆われたかのようであった。

さすがに米国が「ハワイ防備は完備せり」というだけのものはあって、ものすごい弾幕である。これが急降下爆撃隊の周囲を取り巻く。そして砂礫でもまき散らすように炸裂する。

このとき、第二次攻撃隊艦爆隊指揮官江草少佐（「蒼龍」艦爆隊隊長）から、「突撃隊形つくれ」つづいて、「突撃」が下令された。ときに四時半ごろであったろうか。

ヒッカム飛行場を右にして、指揮官江草少佐が、まず一番に真っ逆落としに急降下に移っていった。「蒼龍」「飛龍」の艦爆隊がこれにつづいて急降下に移っていく。高度五千メートル。私たちは湾の上空を旋回しながら、爆撃の順番を待っていた。

「加賀」の爆撃隊は最後である。

「赤城」の爆撃隊が降下した。

火柱が黒煙とともにさかんに立ち昇る。弾幕が猛烈に炸裂するなかに、指揮官機を先頭に急降下に入っていく。

ものすごい黒煙と火柱が、強風に流れ動いていく。巨艦めがけて突っこんでいく艦爆隊、その機影がたちまち黒煙のなかにかくれ、つづいていくつもの轟然たる爆発が、甲板上に、または艦橋に起こる。

いまや米国太平洋艦隊の主力は、致命的な打撃をうけ、濛々たる黒煙のなかに瀕死の様相を呈するにいたった。

つぎは私たちだ。「加賀」爆撃隊指揮官牧野大尉の、「突撃隊形つくれ」によって、最後の在空編隊は解散した。ひらりと機体をひるがえした一番機は、矢のごとくまっしぐらに急降下していった。

朝の陽光は真珠湾をいつものように明るく照らしている。しかしそこに見られるものは、米国主力艦隊の惨憺たる形相である。艦体は折れ曲り、どす黒い重油で光る海面に残骸をさらす戦艦、炎々と燃え上がっている艦艇――。

一中隊が全機急降下に移った。つづいて二中隊小川正一大尉を先頭に、つぎつぎと突っこんでいく。

炸裂する高角砲弾で、機体は激しい衝撃をうける。気は苛立つが、旋回をつづける以外にほかの行動は許されない。

黒煙がむくむくとゆっくり上昇して、それがしだいに風に流されてゆく。二中隊は全機その黒煙のなかに、猛然と突っこんでいった。

いよいよ三中隊の番だ。伊吹大尉は手を挙げて、ニッコリ笑って急降下に移った。つづく西森兵曹が、反転急降下に入っていく。つぎは私の番だ。

「勝！　急降下にはいるぞ」（後席の熊本県出身の中田勝蔵一等飛行兵を、私はそう呼んでいた）

「オーイ、高度五千メートル」中田一飛は、落ちついた声でそう答えた。彼は今日の攻撃隊員の中では、おそらく最年少であろう、たしか十七歳だった。

命中！　後部煙突

スロットルレバーを静かに引いた。エンジンは全開である。機首を少し上げた、つぎの瞬間、機体をひねるように反転、急降下に入った。

後席で中田一飛の声がする。なんだろう。注意して聞くと、耳なれた節である。

桐の小箱に錦着て……

私たちがよく唄った白頭山節だった。彼は鼻歌を唄っているのだった。敵砲火をくぐり、いよいよ突撃に移り、日ごろの訓練にものいわせて、敵戦艦に一撃必中の爆弾を叩きつけようというときに、鼻歌とは恐れ入った。

しかし、馴染み深い唄声を聞いて、私は、思わず微笑んだ。すると身心ともに緊張感がほぐれて、訓練のときと同じように軽い気持になった。

前続機との距離を二百メートルにとり、急降下していく。風が強かった。降下角度がぐんぐん深くなっていく。風速はいぜんとして十五メートルくらいだ。

「高度四千メートル」私たちの目標は、フォード島に碇泊中の戦艦群である。二列に並んだ六隻と、ほかに一隻がはなれて碇泊している。

外側の戦艦は、先刻の雷撃に致命傷を受け、内側の戦艦は水平爆撃の巨弾八百キロ爆弾を叩きこまれている。そのうち幸運にも、水平爆撃、雷撃の両方の攻撃隊から見落とされた艦

爆撃をうけたフォード島付近の米戦艦群。右上オクラホマ、下メリーランド。中上ウエストバージニア、下テネシー。左下アリゾナ。左端ネバダ。

は、こんどは急降下爆撃隊に狙われて、恐れおののいている。

どれにしようかと思案した。まだ目標を決めていない。まだ、どれにでも変更可能だ。なにしろ敵戦艦群は密集しているので、どれを狙ってもよい。獲物はよりどりみどりの状態である。

ともあれ、いま照準器に入っている外側の戦艦は、くの字に折れ曲がっている。雷撃隊の魚雷を食ったらしい。

その内側フォード島よりに、いまだ被害のないらしい戦艦がある。メリーランド型だ。照準器を通じて見ると、どの艦もみな外舷（艦の外側）が真っ赤になっている。第一次攻撃隊の戦果だなと、いまだ地上砲火の恐ろしさを知らぬ私は、そう思った。

ところが、そう思いながらよく見ると、とんでもない誤認だ。

猛烈に黒煙とともに炎を噴き出している中から、彼らは必死に対空砲火を撃ち上げているのだ。初めて見る地上対空砲火の恐ろしさ、熾烈だが、いまはただ美しくさえ感ずる防御砲火、黒煙の中に見える灼熱の砲火が一緒になって、全艦真っ赤になっていることがわかった。

「高度三千メートル」中田一飛が知らせてきた。

戦艦の形が、ぐんぐん大きく迫ってくる。敵の高角砲、機銃の撃ちだす弾丸が、閃光が、はっきり見える。機は激しくあおられる。私は目標艦の機銃台を照準器に入れ、機銃掃射を加えた。

「ダダダダダ……」小気味よい音とともに、最初の曳光弾は目標をそれたが、しだいに修正しながら射撃を続けていった。七・七ミリ機銃二梃が、軽快な音をたて続ける（急降下で固定目標の場合は、高度三千メートルから射撃することになっていた）。

すでにその頃は、照準器に入るものは敵弾ばかりである。

沈みゆく艦からもまた、自分の飛行機に向かって撃ちかえしてくる。その戦闘精神の勇ましさは、なかなか敵ながら天晴れなものである。

どれもこれも、全部の敵弾が私の飛行機を狙っているようだ。私は、しゃにむに突っこんだ。敵弾は照準器の中に大きくなって迫ると、すいすいと機側をかすめて流れていく。

猛烈な黒煙のため、もはやわが機の曳光弾の行く方は皆目わからない。

「高度二千メートル」敵弾はいよいよ激しくなった。機が爆風にあおられている。

照準器の中は、一面の火である。暑い、全身が汗ばんできた。高度が下がったための暑さが、敵砲火の灼熱のせいにすら感じられた。

「高度一千」中田一飛は、案外落ちついていた。

だが、照準器の中は、いや、風防から見すかす前面は、紅蓮の火の海だった。炎の切れ目にわずかに艦型を認め得るだけだった。

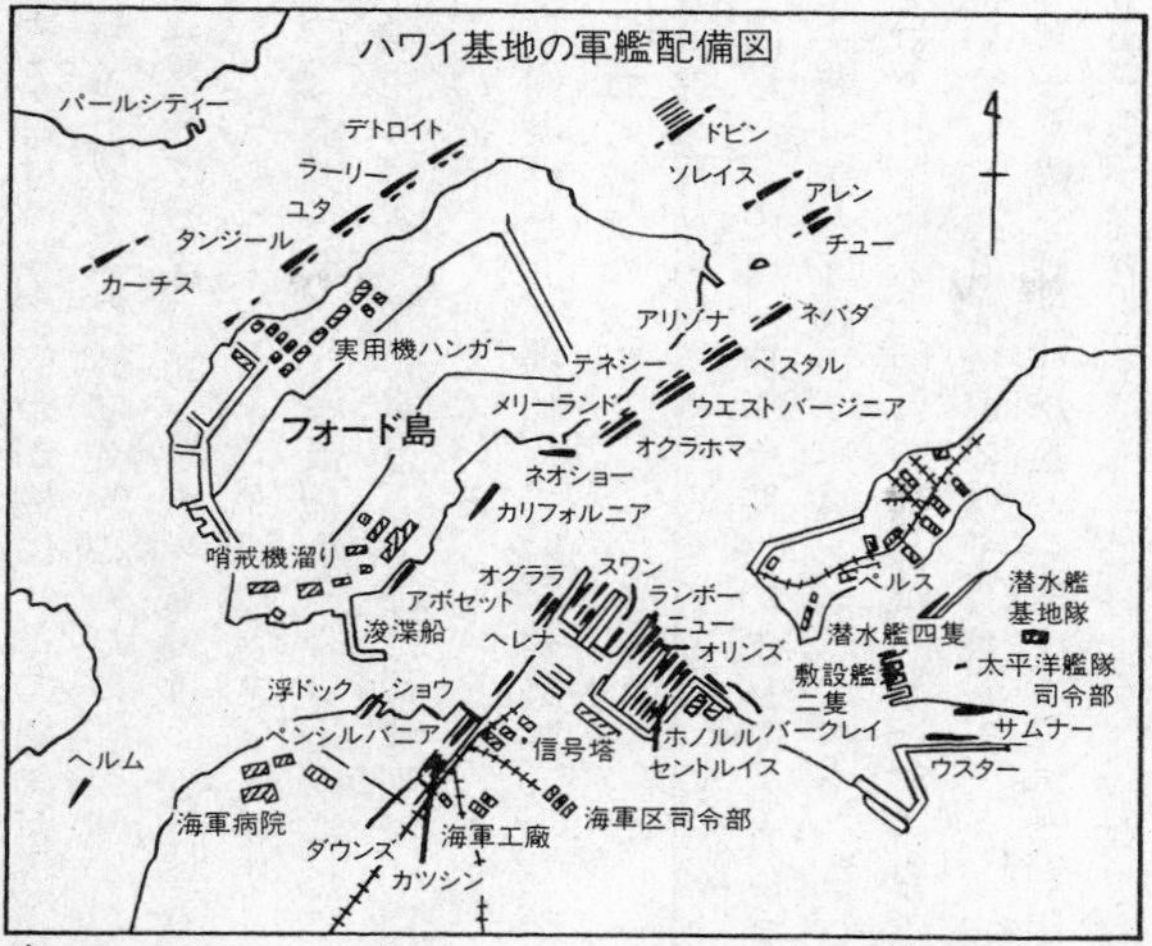

フォード島が、その岸が、戦艦が、ぐんぐんせり上がってきた。煙と炎を通して、戦艦の艦橋が照準器内いっぱいに拡がった。

「高度六百、ヨーイ、四百五十、テー」その声に、爆弾投下の把柄をぐいッと握りしめた。

二百五十キロの爆弾は機を離れた。

私は、機首を起こして、外側の艦から、狙った内側の艦上を横ぎった。

「命中！　煙突後部」中田一飛が伝えてきた。

私は、愛機をわずかに傾けてふり返った。

もくもくと立ち上る黒煙の中に、籠マストがフワリと舞い上がって傾いた。そのとき、猛烈に曳光弾が、機側をかすめるのに気づいた。はッとして、弾道の方向を辿ると、前方フォード島の反対側に碇泊している艦からである。反撃するには、すでにわが機は、その艦の付近を飛んでいる。それを越え、機位を立て直して、撃ち上げてきた艦に突っこんだ。

「タッタッタッタッ」銃身も焼けよとばかり、焼夷弾を撃ちこんで通り過ぎた。

ふり返って弾着を確かめたとき、一番機を見失った。しまったと思うが、もう遅い。単機で、市街へ出て、屋根をかすめるようにしてバーバス飛行場に向かった。チラチラと人影が動いている。飛行場は、すでに黒煙と炎の海だった。だが、ピカピカ光る真新しい双発が、まだ行儀よく並んでいる。

操縦桿を前へ押して、射撃態勢に入った。機銃弾は、尾を曳きながら双発の機体に吸いこまれていった。

操縦桿を引いて機首を起こした。高度は約十メートルだった。すると偵察席の機銃が唸り出した。中田一飛が、待ってました、とばかり撃ちまくっているのだ。

「勝、がんばれ！」声援を送るのも束の間、ふたたび機を切り返して突っこんだ。先刻の機は燃えている。隣りの新品機を狙って銃撃した。これも、うまく命中するのが当たり前とはいえ、やはり若い私には、うれしかった。

一番機を見失ったことも忘れて、三度くりかえした。そのたびに、機首を起こすとき、中田一飛が撃ちやすいように心をくばった。上空には、味方機が一機チラリと見えた。

地上は、燃える格納庫、奔流のように吹き上げて来る対空砲火——凄絶をきわめた阿修羅の巻であった。地上砲火の手薄なところを縫って、私は海上に避退を開始した。

真珠湾の入口にさしかかったときだった。突如、湾口に、真っ白な海水を吹き上げた。数にして五～六十個所もあったろうか、爆弾投下にしては、余りにものすごい一瞬の状況であった。上空を見回したが、飛行機はいない。

「なんだろう？」

「なんだろうな」と、私たちは、そういい合って不思議がりながら、集合地点に向かった。

右横のオアフ島は、もくもくと黒煙を上げ、五百メートルから四千メートルほどの間に雲とはちがった巨大な雲になって盛り上がっていた。

集合予定点にたどりついたが、味方機は一機もいない。予定時間を大分経過していた。

「帰ろうか」

「うん、帰ろう」

後席からの返事で、味方機をさがすことをやめ、単機、帰投針路についた。

未帰還十五機

オアフ島を後にしながら、幾度かふり返ってみた。まだ近い間は雲と煙との区別がはっきりしていた。立ち上る黒煙は、風に流されて、黒々と煙だけの雲をつくっていたが、それもしだいに、雲と煙が溶け合い、やがて私たちの視界から消えていった。

どこを見渡しても海である。不思議に、海の広さが、海の大きさが、まるで初めて見るもののように感じられた。たった一機で飛んでいる感傷であったろうか。

島を離れて一時間が経過した。しかし、海上には何も発見できない。エンジンは快調な響きを立てているが、速力がにぶっている。不思議に思っていると、

「あッ、やられている」中田一飛が、突然、叫んだ。

「何だ」

「ガソリンタンクの横をやられている。機銃弾です」

見ると、タンクの横を十センチほど離れたところに穴があいている。

「危なかったな」

「本当に危なかったですな」

「ほかにやられていないか、調べてみろよ」

中田一飛がさがすと、翼の根元、偵察席の後ろとエンジンの近くなどに、計四発の被弾が発見された。しかし、いつ撃たれたのか全然覚えがない。とはいえ、まるで雨嵐のような対空砲火の中を突きぬけてきた愛機が、たったこれだけの被弾だったとは、運が良かったというべきであろう。

献納した女学生たちの祈りが通じたのでもあろうか、被弾を見て、いまさらのように運の良さを感じるのだった。

やがて、一時間半たった。だが、まだ母艦も、艦隊の姿も見えない。

「勝、航法はまちがいないか」

「大丈夫」

「本当か」

「まちがいないです」

けれど、心細い。青海原だけが無限につづいている。

なんとかして帰りたいと思った。いまごろは、日本中に知れわたっているだろう。父母たちは、どんな顔をしてラジオを聞いているだろうか。またしてもそう思うと、ぜがひでも帰りたいという気持でいっぱいだった。

二時間たった。燃料は、あと三十分しか残っていない。帰り着けないかもしれないという不安がつのってくる。

「引き返そうか」

「絶対まちがいないです。もう少し、がんばって下さい」

「海に突っこむより、島にいこう」

「そんなことといわず、もう少し、がんばって下さい」

不安になる私の気持を、こうして偵察員が励ますのだった。事実、島に引き返す燃料はないのだ。それを知りながら、そう言わずにおれないほど心細かった。

予定の時刻を過ぎても艦影を認め得ないのは、速力がにぶっているからだが、残りの燃料で、果たしてたどりつけるであろうか。

戦前、「龍驤」で南洋方面を巡航したとき、母艦を出て約六時間飛び、ついに夜になって母艦に帰りついたときのことを思い出し「がんばろう」と自分で自分を励まし、艦影を求めながら懸命に操縦をつづけた。

心細い思いをしながらも、なんとか帰りたい一心で操縦しているうちに、はるか前方に艦影らしいものを認めた。高度を六百メートルに下げ、エンジンを全開にして進んだ。

「潜水艦らしいぞ」と、後席にそういって、さらに高度を下げた。敵か味方か、ともあれ、帰路にはじめて発見した艦だった。ぐんぐん近づくと、艦は浮き上がった。味方の潜水艦であった。

「助かったぞ」さっきまでの不安はどこへやら、もはや、助かった、といううれしさで、海面すれすれまで降下して旋回した。

艦橋の人たちが、日の丸をふっている。私たちの攻撃が成功したことを知っているのだろう、打ちふる小旗にも喜びの色があふれているかのようだった。

私は、不時着の姿勢に入った。と、その瞬間、前方に巡洋艦がいるのを認めた。不時着するなら、大きな艦の方がいいだろう。

「向こうに行くぞ」

「それがいいです」と、相談は決まった。

ふたたびエンジンを入れ、高度をとって艦に近づいた。巡洋艦の甲板には、たくさんの人がいる。それが、旗をふり、帽子をふり、中には上衣をふりながら躍り上がっている者さえある。

一旋回して不時着の姿勢に入った。と、さらにまた、前方に戦艦がいるのを発見した。

「どうします？」中田一飛から問いかけてきた。

「向こうにしようか」

燃料は残っている。戦艦のかたわらに不時着することにして、ふたたびエンジンを入れて高度をとった。

戦艦に近づいた。この艦もまた、旗と帽子の波だった。甲板を通過するとき、下をのぞくと、おびただしい人々が、一様に喜んでいる様子が見えた。

戦艦がいる以上、母艦の位置は近いはずである。ここまで帰ったことを知らせ、方向を知りたいが、電波を出すことは禁じられている。高度をとって、四辺をさがした。

「いた！」二人はほとんど同時に発見した。だが、「加賀」かどうか、まだわからない。

「勝、あの母艦へ行くぞ。燃料がなくなれば、どっちにでも行けるように高度をとって行くぞ」

そう知らせて、エンジンを全開し、高度を六百にとり、戦艦と母艦の中間にきた。見覚えのある母艦だ。

「おい、『加賀』だ」

「『加賀』だ」

二人は雀躍せんばかりに叫びあった。私は嬉しかった。たまらなく嬉しかった。嬉しさに頭の芯が痺れるようだった。

母艦「加賀」は、風に向かって艦首を立てた。

私は、ただちに着艦姿勢に移った。飛行甲板が大きくせり上がってきた。艦尾を過ぎた。

スロットルレバーを絞り、操縦桿を引いた。

「パン」と、ふいにエンジンが止まった。燃料がきれたのだ。まさに間一髪というところだった。

飛行中は機体を水平にしているが、着艦するときは二つの前車輪と尾輪を同時に接着させるため、機首をやや上に向けるので、ガソリンの残量が微量のため後ろの方へ溜り、エンジンのところは無くなって空気だけを吸うので、はじくような音をたててエンジンが止まったのである。

機体は、軽く甲板に着き、するすると惰性で走る。いつもなら、フックが掛かって止まるのに、どうしたことか、ずるずると、そのまま前方の緊急制動索に近づいて行った。思い切ってブレーキを踏んだ。と、ゴツンと激しい音をたてて、プロペラが甲板を打ち、機体は止まった。(緊急制動索とは、機体が滑り落ちるのを防ぐため、艦首に近く、約三メートルほどの高さに太い索を三本横に張ってある)

伊吹分隊長が走りよってきた。牧野隊長も走って来た。そのすぐかたわらを、機付長の中田三整曹が、そのほか分隊の整備員も走りよってきた。

「おめでとう」

「よかったですね」

だれかが肩バンドをはずしてくれた。整備員たちが抱くようにして降ろしてくれた。担がれるようにして艦橋の下へ行った。

艦長、飛行長、それに隊長も分隊長も加わり、それを中心に、先輩や友だちが、両横を取りまくように集まっている。

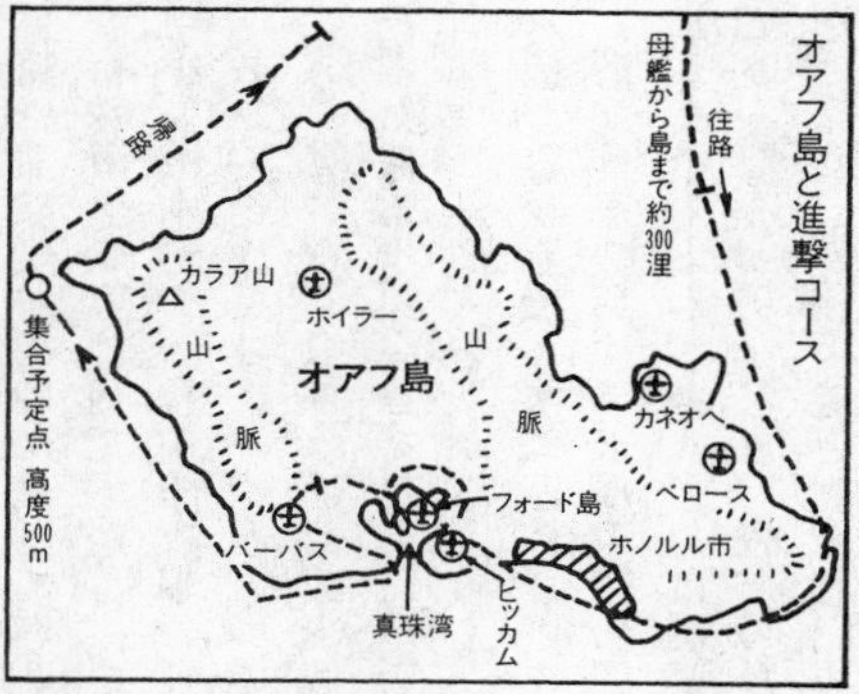

私たち二人は、隊長の前に整列して戦果を報告した。

「報告、三中隊一小隊三番機、ただいま、帰りました。弾着、戦艦メリーランド型後部艦橋。終了後バーバス飛行場銃撃、三機炎上。終わり」

「御苦労だった。友軍機は見なかったか」

「戦果確認のとき、前続機を見失い、その後、飛行場銃撃のとき一機認めたのみ、他機に会いません」

「そうか。まだ帰らない飛行機が十五機だ」

隊長の声は沈痛だった。

そのとき、航空参謀が、

「湾内で何か変わった物を見なかったか」ときく。

「何も変わったものは見なかったです」

「特殊潜航艇が湾内に入っているはずだが」

「特殊潜航艇とは何ですか」

「小型潜水艦で、空中の攻撃に呼応して魚雷攻撃をやる」

「あッ、それなら——」といって、私は、湾口で見た状況を報告した。

あの真っ白く噴き上げた数十個の水柱は、味方特殊潜航艇の進入にあわてた敵が、敷設した電気機雷を爆発させたのだ、とわかった。

搭乗員室に入ってから、みんなの話をきいて、他機の状況がわかった。未帰還機は、艦爆六機、艦攻五機、零戦四機だとのことだった。私が一番最後に帰投したわけである。

搭乗員室の話は、未帰還機の話でもち切りである。どこかで味方の艦に救われているかもしれない、とか、いまごろは閻魔の前に呼び出されているのではないか、潜水艦に収容されているだろう、などと、戦友の身を案じながら、同じことをくりかえし語り合うのだった。

なにしろ、帰投不能と判断した場合は、「ニイハウ島の南東に不時着せよ、味方潜水艦が待機しているから」と指示されていたので、帰らぬ戦友たちが、あるいは救助されているかもしれないと、一縷の望みを持ちたかった。

そこへ、私の機を格納し終わった中田三整曹を先頭に、分隊の整備員が話を聞きにきた。

「機の状態はどうでした」まず聞くのはそれだった。

「ありがとう、おかげで調子は大変よかったです。被弾のため、帰路は速力が落ちて、予定より遅くなりましたが……」

「いや、無事でよかった。おめでとう」

私たちは、手を握りあって喜びあった。それからは、真珠湾の模様、爆撃、銃撃などの様子を話した。彼らは、いかにも満足そうにうなずきながら立ち去った。

そのころ、わが母艦は、第三戦速二十八ノットで北上を開始していた。

私は、急に疲労を覚え、ベッドにもぐりこんだ。ぐっすり眠りこんで、眼覚めたのは夕食の前だった。

夕食は、祝いのご馳走だった。しかし、第一次、第二次を合わせて未帰還十五機の人たちの席が欠けているのが淋しかった。わが「加賀」の被害が最も多く、三十人前後の犠牲を出したのだった。


明くれば十二月九日。

海は静かになり、母艦は巡航速力十二ノットで内地に向かって進んでいる。私たちは、昨日の昂奮もおさまり、それぞれ攻撃時の状況を語りあってにぎやかだった。そこへ整備の分隊士が入ってきて、

「山川兵曹ちょっと」と私を呼ぶ。立ち上がってかたわらへ寄ると、

「昨日、君の飛行機はフックの故障だったかね」という。しまった、私は忘れていたのだ。

「分隊士、出すのを忘れました」

「そうかね、それならよいが……」

まったく、うんざりだった。顔が赤くなる思いだった。着艦の場合は、必ず母艦を見たらフックを下ろせ、とつねに教えられていたし、いままでの訓練に、一度も忘れたことがないのに、昨日は、心細い思いをしたあげく、母艦にたどりつけた嬉しさに、すっかり忘れていたのだ。母艦側でも、燃料いっぱいに転り込んできたので見逃してくれたのだ。

フックとは、母艦に飛行機が着くとき、飛行甲板に高さ一尺ほどにワイヤロープを一定間隔に七個所張っておき、飛行機は尾部から鉤を下ろしておくと、このロープのどれかに引っ掛かって止まるようになっている。その鉤のことである。そのフックの処置を忘れた上に、甲板にプロペラを叩きつけたのである。まったく汗顔の至りだった。

そこへ中田三整曹がきて、

「プロペラを交換しておいたからね」という。整備員の熱心さ、作業の迅速さには、いつものことながら頭が下がる思いであった。こうした陰の努力があるからこそ、私たちは存分に働けるのだった。

「飛龍」と「蒼龍」がウェーキ島攻撃に分かれて行った。機動部隊は、対潜警戒に、一機ずつ飛ばしながら、西進した。

私たちは、ハワイ攻撃の日をのぞき、母艦収容以来すでに一ヵ月近く飛ばないので、脾肉の嘆に堪えなかった。若い私たちは、訓練より戦争が楽だ、などとむだ口をたたきあったりして、無聊を忘れるのだった。

母艦の飛行機は、入港前に、どこかの陸上飛行場へ行くことになっていた。これは、碇泊している母艦に収容されていると、飛行機は全然飛ぶことができず、その機能を失うからである。つまり、母艦の甲板は、陸上基地の滑走路に比較するとずっと短く、停止したままでは発着できないからである。だから入港前に発艦させ、出港のときは、港外に出てから収容するのである。これは、艦を風に立て、風のないときは速力を増し、少なくとも十五メートルの風速にして、風圧と艦の速力で滑走路を伸ばし、飛行機を発着させる必要があるからである。

いよいよ明日、飛行機は発進する予定だとのことだった。すなわち、母艦は、明日入港するのだ。私たちは喜びあった。久しぶりに内地の土が踏めるのだ。

そこへ、艦爆二機が、本日先発することになった。発艦搭乗割は、一番機は三分隊長伊吹大尉、二番機は私である。私は、躍り上がって喜んだ。

やがて「発艦用意」「発艦用意」と拡声器が報ずる。

身のまわり品を携えて甲板に出ると、すでに艦爆二機が試運転を行なっていた。指揮所前には、ほかの搭乗員たちが、うらやましそうな顔をして集まっていた。

出発時間が迫った。愛機「全日本女学生号」に乗って、エンジンのスイッチを入れた。エンジンは好調だ。

発艦の信号とともに、一番機が滑り出し、軽く甲板をはなれた。わが機も、チョークをはずし、スロットルを入れ、静かに滑り出し、速力を増して母艦をはなれた。

発艦後一時間、二時間——青黒い冬の海とうす曇りの空以外には何も見えない。二時間半ほどたったころ、はるかに山が見えだした。一ヵ月前まで、毎日飛びまわった懐かしい九州の山々がしだいに近づいてきた。

先頭の伊吹大尉が、私をふり返って、ニッコリ笑った。私たちは、馬腹に鞭をあてるような思いで、急げ、急げとばかり、豊後水道に差しかかった。

まもなく佐伯航空隊が見えてきた。出撃前に総合訓練で攻撃目標にした佐伯湾が静かに横たわっていた。一旋回して着陸し、格納庫の前に機を運んだ。

指揮所には、崎長少佐がいた。私がはじめて母艦生活に入ったとき、「飛龍」の隊長だった人だ。伊吹隊長とともに、発着艦の訓練や、その他、艦隊搭乗員としての私をつくり上げてくれた人である。

「おめでとう、おめでとう」と祝ってもらい、清酒をいただいた。十二月十八日のことだった。

翌日、岩国飛行場に移った。すでに飛行隊は全機が到着していた。訓練準備は早くも完了し、ふたたび猛訓練が開始された。休暇は、年末から正月五日までもらい、家郷に急いだ。

第三章　太平洋の南と北で

運命のラバウル占領

真珠湾攻撃、マレー沖海戦とあいつぐ快報に、国民の喜びはまた、大きかった。

真珠湾攻撃を終わり、波静かな瀬戸内海の緑の松陰に艦を横たえた機動部隊も、年があらたまると、搭乗員を鹿屋、笠ノ原の両基地に移動し、ハワイで戦死した人たちの補充も終わり、ふたたび猛烈な訓練が開始された。

とうじ、南方作戦における海軍の主任務は、洋上に敵艦隊を求めて決戦するよりも、まず上陸作戦を支援することであった。

ウェーキ島攻略で別行動をとった二航戦（「蒼龍」「飛龍」）をのぞいて、「赤城」「加賀」「翔鶴」「瑞鶴」の四空母は、正月気分と戦捷気分のまださめぬ呉軍港を出港して、内海西部で飛行機を収容後、豊後水道を通過し、一路南下、トラック島に向かった。

トラック島に着いたのは一月十二、三日ごろであった。一月十九日、トラックを出撃、ラバウル、カビエン方面に向かった。（途中、「翔鶴」「瑞鶴」は別行動をとった）

つぎの攻撃目標はニューブリテン島ラバウルとのことである。その名前もまだ聞いたことがなかった。さっそくチャート（海図）を取り出して開いて見ると、べつに大した重要性もありそうにないニューブリテン島の東北端である。説明によると、敵は大した設備もしていないとのことだが、わが方の事前の研究は充分できていたらしい。

一月二十日には陸兵の上陸を援護して、第一回ラバウル攻撃が行なわれ、「加賀」からは艦攻二十七機、艦戦九機が出撃し、自爆一機、不時着一機を出した。

翌二十一日には、カビエン攻撃が行なわれ、「加賀」からは、小川正一大尉指揮のもとに艦爆十六機がこれに参加し、私もその中の一機だった。

一月二十二日は、第二回のラバウル攻撃が行なわれ、午前十時、「赤城」「加賀」の艦爆隊（急降下爆撃機隊）それぞれ十六機ずつは、二空母から出された三十六機の直掩戦闘機隊（零戦）とともに発艦を開始した。編隊は一路、ラバウルをめざして進んだ。

午前十一時ごろ、前方に島が見えはじめた。情報によるとラバウルには、若干の敵戦闘機ありとのことで、警戒を厳重にしながら進む。だが、戦争とは思えないほどまったく無関係な表情で、遠く近く折り重なっている大小の山々を背景に、静かな湾を抱いている緑の景色に見惚れていると、突然、編隊解散、「突撃隊形つくれ」の合図に、ハッとわれにかえってあたりを見わたすと、敵機の影は見あたらない。高角砲弾が思い出したように炸裂しているが、それもはるか彼方の方であって、まったく近くには飛んでこない。

ゆっくりと旋回しながら目標を選ぶ。ところが出発に先立って、爆撃目標は主として砲台

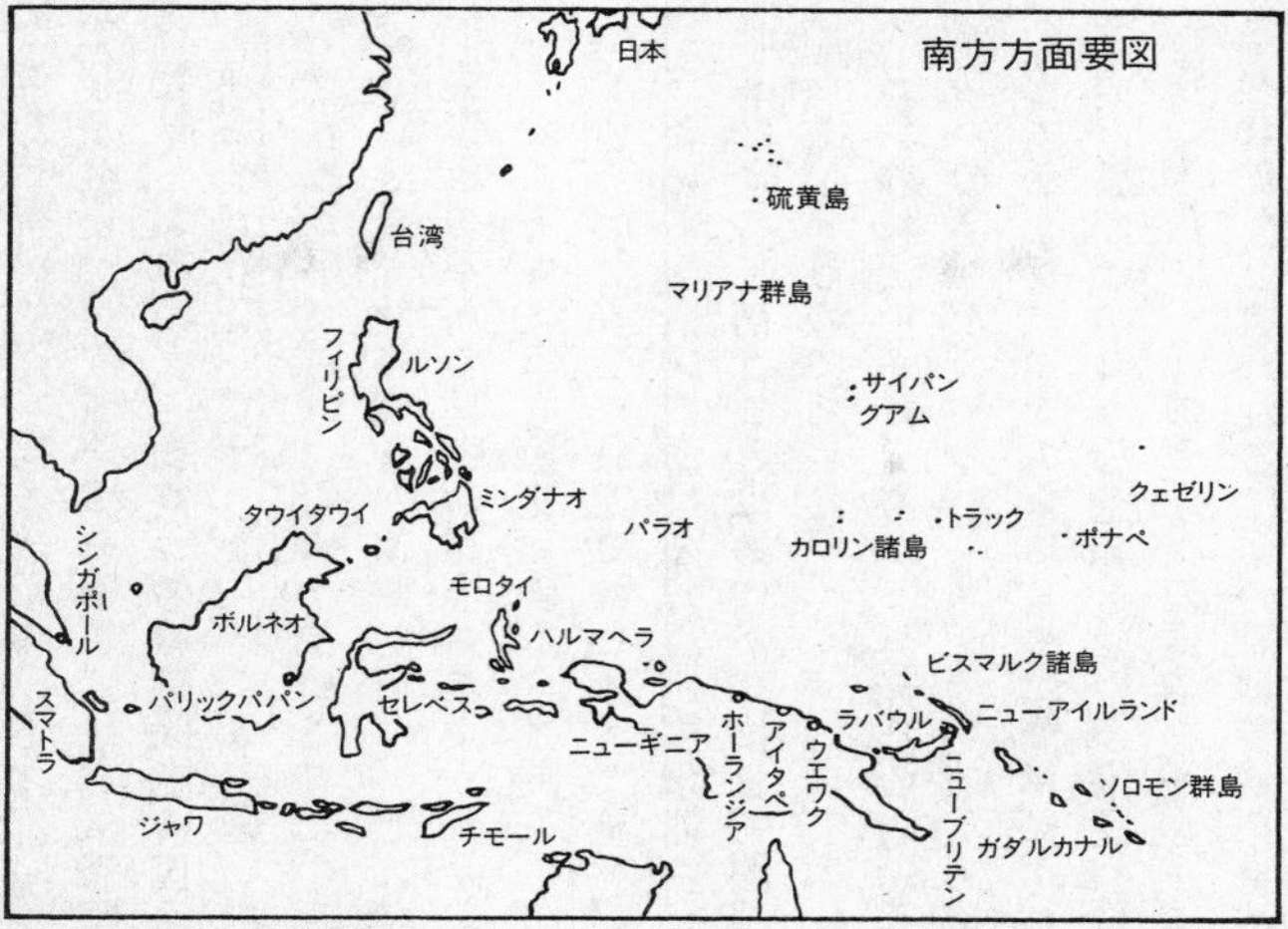

南方方面要図

とされ、飛行場や付近の設備は、明日、海軍陸戦隊が上陸するので破壊しないようにと注意されたのを思い出し、やっと砲台を発見した。

「急降下にはいる」と後席に知らせると、このとき、「高度五千」と後席の中田一飛からの元気のよい第一声が伝声管を伝わってきた。

目標の砲台はちょうど凸レンズをのぞいて見るようにだんだん拡大されてくる。つづいて、

「三千」

「一千」

「高度六百」

「テー」

爆弾投下、ただちに避退しながら、山肌すれすれに下降し、敵宿舎をのぞいて見るようにしたが、もうすでに避退してしまったのか、人影ひとつ見あたらない。

切り返して銃撃に移ったが、飛行場には敵機の影は見えず、草屋根の宿舎が、瞬間、火の海

に変わっていく。ハワイ攻撃のときにくらべて、まったく張り合いのない攻撃である。それでも芥川一飛が敵機一機を撃墜、味方に被害なしということであった。

翌日、「赤城」「加賀」の戦闘機隊の直掩だけで上陸作戦が決行された。夜明けとともに戦闘機隊が発艦して行った。結果は完全な無血上陸に終わった。ただわずかの敵兵が、ジャングルめがけて逃げこむのが視認されたのみである。陸戦隊の後日談によると、砲台の砲身に二百五十キロの爆弾が直撃して吹っ飛んでいたということで、いまさらながら、わが急降下爆撃隊の不断の訓練が報いられたうれしさがこみ上げてきた。

このころまでは、戦えばかならず勝ち、向かうところ敵なく、訓練の辛さに引きかえて、実戦のあっけなさが物足りないようであった。

ワシントン会議における建艦制限以来、わが海軍の五・五・三の不利打開策は、すなわち訓練によって補うことにあった。まして開戦前年からの猛訓練は、体力、精神力の限界を越えた激しいものであった。

われわれ若い者はともかく、先任の古い連中がよくも体がつづいていると、不思議に思うくらいであった。

とにかく、こんな具合にじつに簡単にラバウルを占領してしまったのであるが、ニューブリテン島のこのような意味もない小港ラバウルが、後々あれほどの数多くの空戦の中心点となり、さらに、このように天馬空を征くがごとき勢いでたやすく占領したこの地が、〝航空隊の墓場〟と言われるほどの悪戦苦闘を重ねようとは、当時だれが予想しえたであろうか。

カビエン攻撃「加賀」攻撃隊戦闘行動経過概要　（昭和十七年一月二十一日）

○五〇〇　零戦九機、九九艦爆十六機発艦
○五一五　旗艦上空発進
○五四〇　艦戦隊先行
○五五五　カビエン上空ニ達シ上空制圧、次イデ倉庫、汽船ヲ銃撃
○六二二　艦爆第一中隊ハ兵舎群、大建築物、機銃陣地爆撃
○六二七　艦爆第二中隊ハ飛行場付属建物ソノ他、軍事施設及ビ船舶ニ対シ爆撃銃撃
○六五〇　集合帰途ニツク
○八一〇　全機母艦帰着

カビエン攻撃「加賀」艦爆隊編制　（一月二十一日）

中隊	小隊	機番号	操縦	偵察
1	21	1	□大尉　小川　正一	一飛曹　吉川　克己
		2	二飛曹　田中　武夫	一飛曹　市町　準一
		3	二飛曹　石塚　重男	二飛曹　松家　正則
	22	1	一飛曹　今宮　保	▷中尉　三浦　尚彦
		2	三飛曹　吉元　実秀	一飛　永岑　雪雄
		3	一飛　山中　隆三	一飛　伊藤　郷実

指揮官　大尉　小川正一（艦戦隊ハ二階堂易大尉）
機数　艦戦九、艦爆十六計二十五機
使用爆弾　二百五十キロ爆弾十六、四千トン
効果　小型商船（約百トン）ヲ爆撃、兵舎十数棟爆破、ソノ他、建物一棟炎上、市内家屋等銃撃、効果不明
被弾　五機

2	23	1	一飛曹　内門　武蔵	▷飛曹長　鶴　勝義
		2	三飛曹　前間　佐喜	一飛曹　東郷　幸男
		3	一飛　角田　光威	一飛　川口　俊光
	24	1	一飛曹　樋渡　利吉	□大尉　渡部　俊夫
		2	一飛　小野　源	一飛曹　藤野　惣八
		3	一飛　山口　利七	三飛曹　岩政　将雄
3	25	1	一飛曹　藤本　卓馬	▷飛曹長　中島　米吉
		2	二飛曹　西森　俊雄	二飛曹　野田　絢治
	26	1	二飛曹　村上　吉喜	▷一飛曹　内川　祐輔
		2	一飛　山川　新作	一飛　中田　勝蔵

第二回ラバウル攻撃　戦闘行動経過

概要　（昭和十七年一月二十二日）

（第一回ラバウル攻撃ハ昭和十七年一月二十日、艦戦九機艦攻二十七機「加賀」ニヨリ行ナワレ、自爆一機、不時着一機ヲ出シタ）（第二回ラバウル攻撃編制ハカビエン攻撃ノトキト同ジ）

○五〇〇　零戦六機、九九艦爆十六機
　計二十二機発艦
○五一五　旗艦上空発進
○六三〇　ラバウル上空ニ達シ、艦戦隊ハ飛行場ヲ偵察、次デソノ付近ノ燃料集積場ヲ銃撃
○七一〇　艦爆隊「プラエト」砲台ヲ爆撃銃撃
○七二二～艦爆隊ハ兵舎爆撃
○七二五　集合帰途ニツク
○八五二　母艦上空帰着
○九一〇　二十三小隊二番機不時着水沈没
○九一五　二十二小隊三番機不時着水沈没
使用爆弾　二百五十キロ十六、四千トン

（注、表中の□は中隊長、▷は小隊長を示す）

ポートダーウィン攻撃

わが機動部隊は、まるで無人の広野を進撃するごとく、ほとんど大した抵抗を感じなかった。

二月十九日の攻撃目標は、豪州最北端の要衝ポートダーウィンであった。

豪州のどぎつい太陽が、見渡すかぎり波ひとつ立たない漠々とした広大な海上に照りかえっていた。

その日は、天候快晴、絶好の攻撃日和だった。機動部隊の「赤城」「加賀」「飛龍」「蒼龍」は、赤道を越えてはるかに南下、ポートダーウィンの北方洋上において、各艦から発進した飛行機隊が大きく旋回しながら編隊をととのえつつ進撃を開始した。

今日の爆撃機の総指揮官は江草少佐で、「加賀」艦爆隊の指揮官は小川大尉であった。

やがて、静かな洋上にポッカリと豪州が浮かんで見える。出発前の状況では、飛行場が二つ、これは零戦隊が受け持ちで銃撃を加え、さらに艦攻隊が水平爆撃を加えることになっている。

私たちの攻撃目標は、湾内に碇泊する艦船にあった。まず艦攻隊の水平爆撃実施後に、残存する艦船に止《とど》めを刺すのが役目だった。

数十分後の恐ろしさを知るや知らずや、ポートダーウィンは、いとも静かに眠っているように見える。

飛行場の方向に爆煙が上がりはじめた。上空に黒点がポカリポカリと見える。高角砲の炸裂だ。

「突撃隊形つくれ」編隊は解散して、湾上空を大きく旋回しはじめる。隊形は単縦陣、まず「蒼龍」の飛行機が急降下に移る。艦船約五十隻か、母艦や戦艦は見当たらない。軽巡らしい艦と駆逐艦一隻、ほかは輸送船のようだ。

湾の上空にはほとんど高角砲弾はこない。ときどき思い出したように炸裂している。「飛龍」の艦爆隊、それにつづいて、「赤城」「加賀」の艦爆隊は、高度五千メートルでゆうゆうと旋回をつづけている。

湾上の敵艦船は、つぎつぎと、黒煙、火柱、水柱に包まれてゆく。あわてて走り出す船、これに食い下がる攻撃隊、黒煙とともに消えて行く船——。このとき、私ははじめて轟沈を見た。

いままで盛んに対空砲火を撃ち上げていた大型駆逐艦か軽巡らしい艦が、大火柱を噴き上げた。その火柱は約二百メートルほどだろうか。火柱の上部が黒煙に変わったとき、火柱の消えた跡にはどす黒い油の波紋が残っているだけで、ほかには何ものも見えなかった。瞬間の出来事であり、みごとな轟沈だった。

いよいよ「加賀」艦爆隊が最後尾で急降下にはいった。高度は五千メートルだ。

「急降下に入る」

「目標大型輸送船」

愛機は逆落としに降下していく。船が照準器のなかにどんどん大きくせり上がってくる。

高度三千メートル、機銃の把柄を握りしめると、二梃の機銃から二条の尾を曳いて、きれいに船にすい込まれていく。高度千メートル、一番機の弾丸が舷側に水柱をあげ、二番機もまた同じところに水柱をあげた。私の責任はいよいよ重い。

高度四百五十メートル。どうしても命中させねばならないこの爆弾である。思い切って高度を下げた。

「高度三百」

「テー」

爆弾投下把柄を力いっぱい倒した。

高度をあまりにも下げたので、速度がつき過ぎて、急激な引き起こしに目先が真っ暗になり、目頭から星が飛び散った。だが、力いっぱいに操縦桿を引いた。海面すれすれに機は水平にかえった。同時にやっと目が見えるようになった。ふり返って見る弾着、無念、舷側に上がる大水柱。

「しまった！」

規定の四百五十メートルで落とせば直撃するはずの弾丸が、投下高度を下げただけ、前方に落ちた。

口惜しい、どうして欲を出したか自分にもよくわからない。ただ命中させたいばかりに、好機を逸した。弾丸は一発、やり直しのきかない一本勝負である。

「エイ糞ッ！」とばかり、思いきり操縦桿を引き、反転して銃撃に移った。船の直上を越すときよく見ると、敵船は三発の二百五十キロ爆弾を舷側すれすれに受けて、外鈑が破れたのか、すこしずつ傾いていく。止めを刺すことができなかったが、三発の爆弾で一船を沈めたわけだ。

湾口に避退しながら、母艦に帰ると伊吹大尉がどんな顔をするかな——と、そんなことがちらっと頭の中を通り過ぎる。

このとき、湾口を走っていた駆潜艇らしい船が、十三ミリくらいの機銃弾を撃ち上げてきた。とっさに機銃の引金を引き、私の機に向かって撃ってくる機銃に対して、ダダダダダダと撃ちまくった。

機銃員が戦死したのか、船から撃ち上げてくる銃弾が止まった。ただちに反転して、ふたたび銃撃を加える。

するとこのとき、甲板から煙が出はじめた。また三度、切り返して機銃弾を撃ちこむと、こんどは何を置いてあったのか、パッと甲板上から火を噴いた。そして、いままで走っていた船がピタッと止まってしまった。

下から撃ってさえこなければ、船は無事だったろうに！

口惜しまぎれに、帰途につくわが機に銃撃を加えてきたばかりに、みずから好んで墓穴を掘ったことになった。馬鹿なことをしたものだ。いや、可哀そうなことをした。遅ればせながら、予定集合地点にかけつけた。みると、一機足りない。だれだろう、一中隊の三小隊長機だ。操縦員内門一等兵曹、偵察員鶴兵曹長だ。

内門一飛曹は日支事変以来の猛者であり、笠ノ原基地出発直前に妻をもらったばかりである。出撃前のあわただしいバラック建ての基地に、土産物を山ほど持って来てくれた若くて美しい奥さんだった。まだ若い私たちにはよくわからなかったが、何かしら運命の測り難さを感じた。代われるものなら代わってやりたいと思った。

ハワイ攻撃に多くの戦友を失い、いままた先輩を失う。

戦争というものが、おぼろげながらわかるような気がする。好むと好まざるとにかかわらず、生死はすでに何ものかによってあらかじめ決定されているのか。冷酷かぎりなく、苛酷きわまりないものである。

「今日の味方被害は一機」

私たちの空襲後、陸上攻撃隊（一式陸攻）が再度空襲したが、湾内には一隻の艦影も見えなかったとのことである。それはわが機動部隊の攻撃が、いかに激しいものであるかを如実に物語るものである。

ともあれ、この大戦中、私は数十回の攻撃に参加したが、命中しなかったのは、このときばかりであった。

かくしてポートダーウィンの空襲によって、豪州をふるえ上がらせたわが機動部隊は、じつに神出鬼没、ついでジャワ沖に姿を現わしたのであった。

ポートダーウィン攻撃戦闘行動概要 (昭和十七年二月十九日)

艦戦隊

〇六五五　艦戦九機旗艦上空発

〇七三五　十七小隊二番機、敵飛行艇 (コンソリデーテッド) 一機ヲ発見、コレヲ攻撃、一撃ニテ海上ニ撃墜、味方編隊ヲ見失ナイ、ダーウィンニ先行

〇八一〇〜ダーウィン上空制圧

〇八三五

〇八三五　敵小型機 (P40) 二機ヲ発見、協同攻撃ニテソノ二機撃墜 (内一機不確実) ツヅイテ軍用飛行場北方及ビ南方上空ニ敵小型機 (P40) 二機ヲ発見、協同攻撃ニヨリ二機撃墜、爾後、軍用飛行場ノ地上敵機ニ対シ銃撃ヲ加エ五機炎上

〇八〇七　十七小隊二番機ハ、ダーウィンニ進撃中、敵小型機 (P40) 五機ヨリナル編隊ヲ発見、空戦ニヨリソノ四機ヲ撃墜 (内一機不確実) 爾後、市街南東方海上ニ繋留中ノ飛行艇 (コンソリデーテッド) ヲ銃撃十一機炎上

〇九二〇　集合点ニテ攻撃隊ト合同帰途ニツク

艦攻隊

〇六五五　艦攻二十七機旗艦上空発進

〇八一一　総指揮官機ヨリ「全軍突撃セヨ」下令

○八三〇　第一中隊港内商船ヲ照準セシモ、ヤリ直シ、目標ヲ官庁街ニ変更、全弾命中
○八三二　第二中隊ダーウィン官庁街爆撃
○八三三　第二中隊湾内鉄道桟橋横着中ノ商船（七百トン並ビニ五百トン）ニ対シ爆撃
○九二五～
○九五五　第一、二、三中隊敵仮装巡洋艦ヲ発見

ポートダーウィン攻撃「加賀」艦爆隊編制　（二月十九日）

中隊	小隊	機番号	操縦	偵察
1	1	1	□大尉　小川　正一	一飛曹　吉川　克己
		2	二飛曹　田中　武夫	一飛曹　市町　準一
		3	二飛曹　石塚　重男	二飛曹　松家　正則
	2	1	一飛曹　今宮　保	▷中尉　三浦　尚彦
		2	三飛曹　吉元　実秀	一飛　永岑　雪雄
		3	一飛　山中　隆三	一飛　伊藤　郷実
	3	1	一飛曹　内門　武蔵（戦死）	▷飛曹長　鶴　勝義（戦死）
		2	三飛曹　前間　佐喜	一飛曹　東郷　幸男
		3	一飛　角田　光威	一飛　川口　俊光

一〇〇八　第一中隊母艦上空帰着八機収容
一〇三五　第一中隊二小隊三番機、被弾ノタメ左車輪パンク且脚出ズ、駆逐艦側ニ不時着、搭乗員「谷風」ニ収容サル
一〇四〇　第二、第三中隊十八機収容

艦爆隊（十八機）
○八四五～第一中隊一、三小隊、東飛行場格納庫、二小隊西飛行場格納庫及ビ兵舎爆撃
○八四六
○八四六・三十秒　一中隊三小隊一番機、東飛行場九十度二千メ

ートルニ自爆

中隊	小隊	機	操縦	同乗
2	1	1	一飛曹 樋渡 利吉	□大尉 渡部 俊夫
2	1	2	一飛 小野 源	一飛曹 藤野 惣八
2	1	3	一飛 山口 利七	三飛曹 岩政 将雄
2	2	1	▷中尉 相川 嘉逸	一飛曹 内川 祐輔
2	2	2	二飛曹 村上 吉喜	三飛曹 渡辺 政造
2	2	3	一飛 岡田栄三郎	二飛曹 北村 健三
2	3	1	一飛 藤本 卓馬	▷飛曹長 中島 米吉
2	3	2	二飛曹 西森 俊雄	二飛曹 野田 絢治
2	3	3	一飛 山川 新作	一飛 中田 勝蔵

○八四七～第一中隊敵機追蹤並ニ地上

○九〇〇 飛行機、砲台、兵舎及ビ方位測定所銃撃

○八五三 第二中隊ダーウィン市南方鉄道桟橋ニ繋留中ノ五千トン級商船二隻ニ対シ、爆撃大破沈没セシム

○八五三～第三中隊ダーウィン市東方

○八五八 砲兵陣地、無線方位測定所銃撃、装甲車一炎上、哨戒艇銃撃

一〇〇〇 敵仮装巡洋艦一隻発見

一一四五 第一中隊九機収容

一一五〇 第二中隊九機収容

指揮官 少佐 橋口喬

出撃機数 艦戦九 艦爆十八 艦攻二十七計五十四

使用爆弾

八百キロ 二十七

二百五十キロ 十七

(表中の□は中隊長、▷は小隊長)

効果
　空戦　　撃墜　七　　　　　　　　重量計　二万五千八百五十キロ
　　　　　不確実二
　銃爆撃　地上飛行機六機炎上、兵舎爆撃、陣地爆撃、市街爆撃、商船一隻（炎上）、五千
　　　トン級一隻（沈没）、小型商船二隻

命を大切にしろ

ラバウル、カビエンを占領したわが軍は、破竹の勢いでジャワ沖に進んだ。

蘭・米・英の連合軍は、ただ洋上を逃げまどうばかりであって、わが母艦群も敵艦を発見しても交替制で少数の攻撃隊をくり出すのみで、まるで爆撃訓練を実施しているような具合であった。

ある日、「敵輸送船発見」の電報が入った。

ところが、その日は、わが戦艦が艦砲射撃を行なうというので飛行機は発進せず、みんな発着甲板上で味方の砲撃ぶりを拝見させてもらっていた。

敵輸送船が水平線上に見えはじめるやいなや、猛然とわが戦艦の三十六センチ砲が火を噴いた。やがて船のすぐ近くに、大きな水柱が立ち昇るのがはっきり見える。つぎつぎと主砲

の発射が行なわれ、まるで訓練射撃のような、じつにのん気なものである。

水柱はほとんど一個所にみごとに集中して、一塊に見える。いまさらながら、わが方位盤射撃の正確さにただ舌を巻き感心するばかりである。

またたくまに輸送船は水平線上から、完全にその姿を消してしまった。まるで嘘のような一瞬である。

ついで哨戒機から、アメリカ特務艦発見の報が入ってきた。こんどは飛行機隊の番だ。順番は、「加賀」艦爆二中隊の九機、指揮官渡辺大尉、その操縦は樋渡兵曹長である。私たち三中隊はお休みだという。

ところが、ちょうど二中隊の山口一飛が病気で一機足りないというので、三中隊長にこのことを話すと、

「山川、行ってこい」といわれた。偵察員はいつもの中田一飛である。お客様のような、また荷についた瓢箪のような具合に、米国アジア艦隊所属の特務艦ペコスめざして進んで行った。

発進後まもなく、ペコスを発見した。味方編隊の高度は五千メートルである。純白の断雲が多いが、爆撃には絶好の天候である。編隊解散で突撃隊形をつくる。敵はさかんに高角砲を撃ち上げてくるが、なんのこともない。

まず指揮官機が急降下にはいった。つづいて二番機、三番機と、つぎつぎに突っこんで行く。私は元来、お客さんであるから、一番最後である。順番が来るのを待つまでもなく片が

つくだろうと思って、悠々と旋回をつづけながら見物させてもらう考えであった。

私が見ていると、一番機、二番機がぐんぐん突っこんで行った。敵艦は直進している。味方機は私を除いて全部が急降下にはいってしまった。

敵艦からはポムポム砲（多連装の高角砲）をさかんに撃ち上げている。やがて一番機が投弾し、ぐっと引き起こした。

ペコスは最大速力で、航跡を真っ白く長く曳きながら右に変針した。その航跡が弧を描くと見たとたんに、艦首の左前方に大水柱が上がった。

つづいて二番機が投弾した。艦は面舵《おもかじ》一杯で必死の形相が感じられる。二番機は惜しくも一番機と同じく、艦首の左前方にこれも大水柱を上げた。

敵艦の航跡は早くも四十五度方向に変わった。ついで三番機が投弾する。敵艦はものすごく傾斜しながら転舵している。またも爆弾はそれた。

「おしい！」いま少し船の転舵が遅いか、飛行機が思いきり船の旋回を見込んでいたならば命中していたものを――しかし、敵ながら大したものである。艦長はよほど熟練した人であろう、みごとにわが爆弾をはずしていく。

四番機、五番機とつづいて投弾したが、敵艦は、いぜんとして面舵一杯、すでに針路は九十度以上変針している。おしくも全弾艦首の左前方十メートル付近に炸裂し、大水柱を林立させたにとどまった。

敵ながらなかなかもって天晴れだ。味方も、六番機、七番機とつづいている。爆弾投下は四百五十メートルの高度である。いままでにこんなに命中しなかったことはない。私は不思議な思いで、いぜんとして見物している。

こんどは、どうでも当たるだろうと、敵の航跡、味方の弾着を見守っていると、爆弾の跡が白い波紋を残して航跡と併行している。六、七、八番機も投弾は完全にそれてしまった。

今度はいよいよお客さんの番だ。おかげで私に順番が回ってきた。そのとき、照準器の蓋を開いたのであるが、

「しまった!」と、思わず声を出してしまった。

その瞬間まで、敵艦のみごとな操舵ぶりに思わず見惚れていて気がつかなかったが、前方遮風板が油漏れで汚れ、照準器が見づらいのだ。爆弾はただの一発、責任重大だ。

急降下に移った。高度はグングン下がっていく。四千メートル、三千メートル、二千メートル……。

敵艦からは、機銃をしきりに撃ち上げてくる。その間、八発の爆弾をもののみごとに避けた敵艦に、ちょっとの油断が感じられた。瞬間、爆弾はまったく無意識のうちに投下されていた。ぐうーっと操縦桿を引くと同時に、機を傾斜させてみた。

艦全体が浮き上がったと見たとたん、ちょうど船の中央部の高角砲を撃ち上げていた付近に、猛烈な火煙が噴き上がった。

「やった!」と、たとえようもなく嬉しかった。

よーし、ついでに銃撃してやれ、とばかり、敵艦上二百メートルくらいで左に反転しよう

とした。

あまりに急激に引っぱり過ぎたのか、目がくらんだが、一瞬の後には、また視力が回復した。バンク角九十度付近のとき、ガクンと激しいショックを感じた。私のすぐ目の前の発動機に、大きな穴がポカリとあいている。

やられたな、と思い、敵艦の方を見ると、後部のポムポム砲がさかんに撃ち上げている。射撃はなかなか正確だ。

私がちょうど急降下してきて操縦桿を引き、降下速度が落ち、さらに銃撃姿勢にはいるために横転したときで、空中に一瞬、停止したような具合だったのだろう。このときだ、やられたのは……。

このように急降下直後、その船に銃撃を加えることは、厳重に禁止されていたところである。私はその反則をやったためにやられたのである。

しかしながら、沈み行く艦上からなおも撃ち上げる敵機銃員は天晴れだと思った。

そんなことを考えたのも、わずか一瞬のことであった。私は愛機を真横にしたまま落ちていった。敵機銃

昭和17年３月、日本軍の砲撃をうける英重巡エクゼター。ジャワ方面では著者は水上艦艇の砲撃を眺める余裕があった。

は、まだ正確に銃撃してくる。真っ赤な火の玉が、流星のごとく私に向かって迫ってくるのがよくわかる。

この間、ほんのわずかに何秒間かであったろうが、私の頭の中は、決して乱れてはいなかった。いままであゆんできたあれこれの過去が、走馬灯のように頭をかけめぐった。そのつぎの瞬間には、一艦と一機、決しておしくはないと思った。

海面が大きくせり上がってきた。海の青さが目に沁みてきた。いよいよこれで終わりだ。本当につぎの瞬間には完全に終わりなのだ。

自分もなく敵艦もない。ただ、いま見るこの海の青さだけが残って、そのほかは何物もなくなってしまうのだろう。もちろん地獄も極楽も、いや、生死すら、そんなややっこしい気持は全然ない。ただ有から無への転換だけだ。

簡単な、しかもきわめて自然な変化がやってくるのだ。それだけしかわからない。

高度五十メートル――。

ところが、不思議な現象が起こった。それは敵の機銃射撃が急に止まったのである。私を墜としたと思ったのであろう。

私は操縦桿を思いきり右に倒してみた。プロペラの風で海面に白波が立った。まったく紙一重ともいいたい危機一髪のところで、愛機は水平姿勢にもどった。

「助かった!」敵機銃は完全にわが機を撃墜したと思ったのだろうが、ほんの一秒射撃止めが早過ぎた。しかし、そのおかげで私たち二人は命びろいをしたのである。

オイルパイプを撃ち抜かれたのだろう。遮風板は油で真っ黒で前方が見えない。愛機はものすごい震動を生じている。ふり返ってみると、ペコスは急激に傾斜しはじめた。愛機の投下した二百五十キロ爆弾一発で参ったのである。

この間、後席の中田一飛と一語も話す暇がなかった。このときはじめて、

「オイ、やられたぞ。大丈夫か？」

「大丈夫です」二人とも不思議に微傷だも受けていない。が、愛機は翼の付け根および偵察席の後部に大穴を開けられている。

味方の編隊が近づいてきた。心配そうにみんなが見ている。一番機が、「大丈夫か」と手先信号できいてくる。

エンジンは油を噴き出しているが、まだ感心に回転をつづけているので、不時着水は少し早い。がんばれるだけがんばってみよう。渡辺大尉機はじめ、みんなが心配そうにピタリと寄りそっていたわってくれる気持がよくわかる。

「勝、すまんなア」

「いいですよ」

「帰ったらしぼられるぞ！」と機上で話しながら、早くも笑い声になっていた。

帰途は一時間足らずだが、飛行機はガタガタと猛烈に震動して、いまにもエンジンがはなれ、機体が分解を起こしそうである。後席から、

「新ちゃん！　この辺の海にも鱶がいるだろうな」と心配そうな声で、中田一飛が話しかけ

てくる。

「暑いから少し泳ぐか」などと馬鹿げた話を交わしながら、やっと母艦の近くに帰投した。

「もう海面に不時着しても大丈夫だ」と思ったが、この感心な愛機全日本女学生号は、まだエンジンが回っている。

いよいよ着艦に移る。他機はまだ燃料も充分なので、私をまず一番に収容させてくれたのである。

さて、着艦することになったが、遮風板が油で汚れて、発着甲板が全然見えない。横から顔を出すと、飛行眼鏡が真っ黒になった。手袋でぬぐいながら、それでもどうやら無事に着艦できた。

やれやれと思ったのも束の間、全機着艦と同時に、戦果報告が終わると、飛行長にさっそく呼ばれた。いよいよ覚悟のお目玉だと思っていると、

「命を大切にしろ」とただ一言だけ叱られた。

敵艦一隻を沈めたので、それでも大したこともなく、油を絞られなくてすまされた。私が今次大戦を通じて、最も被弾が多かったのは、このときであった。

また敵ながら、わが自慢の急降下爆撃による爆弾を八個までも避け、しかもなお沈みゆく艦上に最後まで踏みとどまって銃撃し、終始正確な弾着で射撃しつづけたペコスの、あの敵の機銃手といい、またあの艦長といい、ともに天晴れなものだと、いまなお感心している。

ジャワ沖掃討戦は終わった。破竹の勢いでわが機動部隊はインド洋に進出したのである。

だが、空母「加賀」のみはポートダーウィン空襲からの帰途、パラオ東水道通過に際しての船底損傷個所が懸念されたのであろう、ただ一隻で内地に帰還することになった。

米給油艦ペコス、駆逐艦エドソール攻撃、艦爆隊十七機出撃、行動経過概要（昭和十七年三月一日）

第一次九機

一二五五　艦爆九機旗艦上空発
一三二一　敵発見
一三二七〜一三三〇　給油艦爆撃
一三五三　二十六小隊一番機、オイルタンク及ビ胴体タンク、電信機、送信モーター被弾ノタメ帰途ニツク
一三五五　二十五小隊、二十六小隊三番機帰途ニツク、二十四小隊二番機、敵船状況偵察
一四〇五　二十四小隊、二十六小隊二番機帰途ニツク
一四三九　艦爆九機収容

第二次八機

一八〇〇　八機発艦
一八二〇　敵発見

一八四〇～　爆撃、二十一小隊ヤリ直シ
一八五七　二十一小隊二、三番機、二十二小隊、二十三小隊帰途ニツク
一九〇〇　敵艦沈没
一九〇五　二十一小隊一番機帰途ニツク
一九一〇　艦爆八機帰艦収容
一九四六　昭和十七年三月五日　チラチャップ（ジャワ島）攻撃「加賀」ヨリ艦戦九、艦攻二十七計
三十六機出撃（コノ日、艦爆ハ出撃セズ）

愛機との別れ

航海の途中はつねに飛行機を飛ばし、敵潜水艦に対する警戒、および前路の敵を警戒していた。

ある日、私が対潜警戒の番にあたり、警戒任務についていた。割り当てられた警戒時間二時間も終わり、つぎの者と交替のため、母艦上空に帰ると、母艦は風に向かって走り出していた。

母艦が飛行機の発着の際は、かならず風上に向かって進路をとる。それは母艦の飛行甲板は陸上の飛行場と異なり、非常に狭く短いので、飛行機の滑走距離を短縮するためである。

次直の飛行機が発艦したので、私は着艦誘導コースに入った。第三旋回も終わり、最後の旋回に移った。

波は静かで、艦は全速で風上に向かって走って行く。最後の旋回が終わり、甲板に近づいていく。何秒かの後には、私の任務は終わると思ったとき、突如、大きな黒い物が母艦の左後方に浮き上がった。

——しまった、潜水艦だ！

エンジンを全開するが、高度をとるひまはない。体当たりだ、と私はとっさに決心した。そして機首を突っこむべく、思いきって操縦桿を前方に押した。瞬間、潜水艦は艦首を海中に没した、と思ったら、大きな尻尾が跳ね上がった。

鯨だ、と感じた瞬間には、操縦桿を引き、機は水平に復していた。母艦は面舵一杯、右に進路を変えていた。

ああよかった——と思ったと同時に、鯨も同じ思いか、海中深くもぐっていった。まったく大きな鯨だった。

母艦は佐世保に入港し、私たち飛行機隊は千葉県館山に基地を設け、実戦以上に激しい急降下の訓練がくりかえされた。

飛行場の端千メートルくらいの海上に三メートル四方の標的が置かれ、一キロ爆弾を抱いた艦爆は、高度をとってはダイブ、また高度をとってはダイブと、急降下のくりかえし訓練をやった。このときなぜか知らないが、標的の近くにドイツの船が入港していた。飛行機を急降下の姿勢から引き起こして上昇しながら、ふと見ると、ドイツ船の船員たちが舷側に鈴なりになってわが急降下爆撃を見ていた。

世界で有名な、かのユンカース急降下爆撃機を持つドイツ人たちが、日本の急降下爆撃機九九艦爆の威力に驚異のまなこをそそいでいたのは印象的であった。

四月半ば過ぎ、米機動部隊から発進したB25爆撃機がはじめて日本本土を空襲したその翌日、私と中田勝蔵一飛は転勤命令をうけ、佐世保に飛ぶことになった。

開戦劈頭から太平洋ところ狭しと戦ってきた空母「加賀」に、また愛機全日本女学生号に別れを告げるときがきた。挨拶を終わり、「加賀」を去ったのが四月二十九日だった。これが、空母「加賀」と全日本女学生号との永遠の別れになろうとは、そのときは考えもしなかったが……。

転勤先は新しく改造された空母「春日丸」だった。飛行関係では、飛行長兼飛行隊長の五十嵐少佐ただ一人である。そこに私と中田一飛の二人が、初代搭乗員として乗り組んだわけで、母艦では宝物をあつかうがごとく二人は大切にされた。

「春日丸」は、いままでは出港すれば乗組員全員が、敵潜水艦に対する見張りに神経をすり減らしていたのだが、これから先は、この任務を私たちが引き受けるので、安全な航海ができると大喜びであり、乗組員の中には、いままで搭乗員を見たことがないからと、大きなシャモジを手にしたままで、搭乗員室をのぞきにくる主計科員もいた。

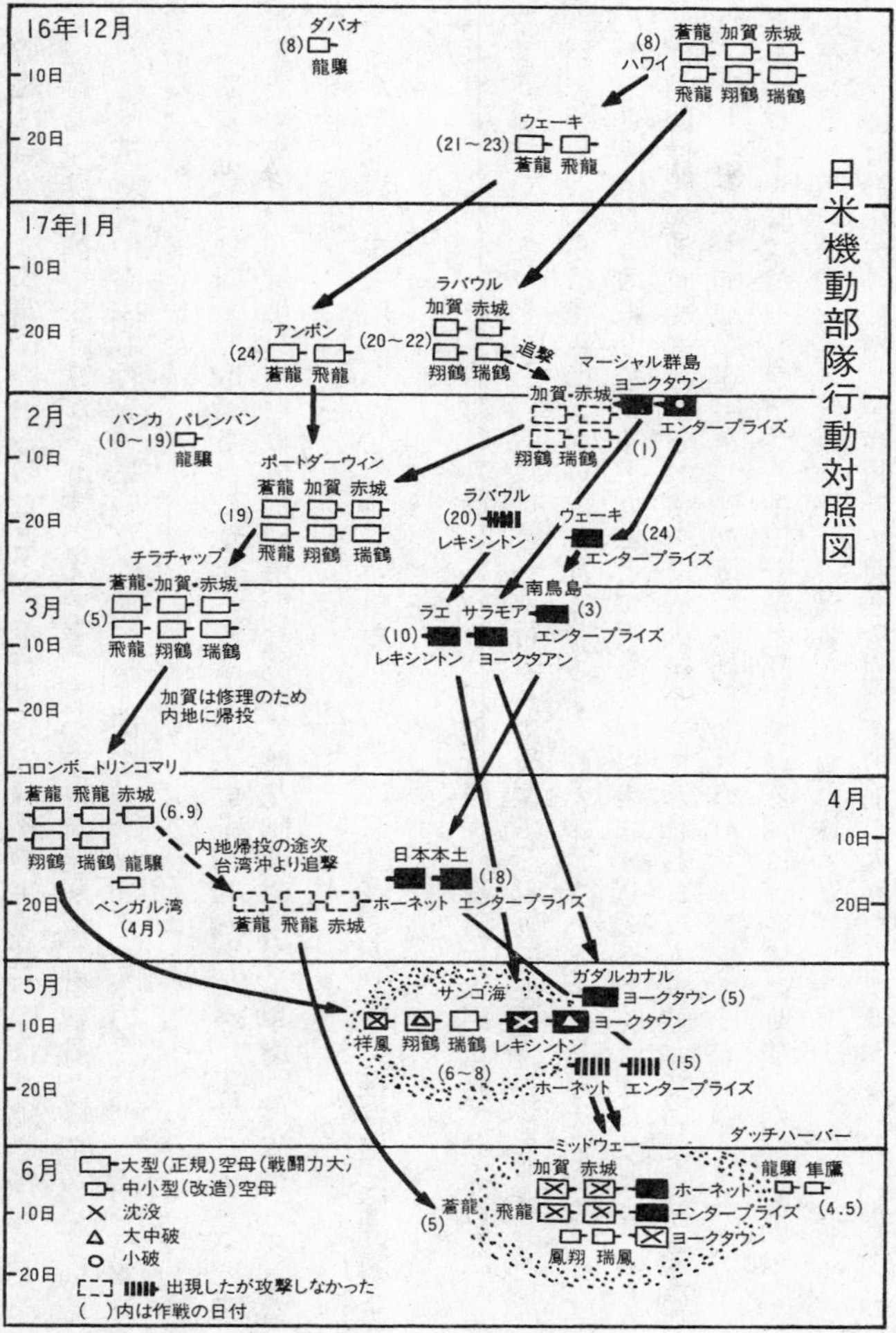
日米機動部隊行動対照図
16年12月
10日
20日
ダバオ
(8)
龍驤
(8)
ハワイ
蒼龍 加賀 赤城
飛龍 翔鶴 瑞鶴
ウェーキ
(21〜23)
蒼龍 飛龍
17年1月
10日
20日
ラバウル
加賀 赤城
(20〜22)
翔鶴 瑞鶴
追撃
アンボン
(24)
蒼龍 飛龍
マーシャル群島
ヨークタウン
加賀・赤城
翔鶴 瑞鶴
エンタープライズ
(1)
2月
10日
20日
バンカ パレンバン
(10〜19)
龍驤
ポートダーウィン
蒼龍 加賀 赤城
(19)
飛龍 翔鶴 瑞鶴
ラバウル
(20)
レキシントン
ウェーキ
(24)
エンタープライズ
チラチャップ
蒼龍・加賀・赤城
3月
10日
20日
(5)
飛龍 翔鶴 瑞鶴
南鳥島
ラエ サラモア
(3)
エンタープライズ
(10)
レキシントン ヨークタアン
加賀は修理のため
内地に帰投
コロンボ・トリンコマリ
4月
10日
20日
蒼龍 飛龍 赤城
(6.9)
翔鶴 瑞鶴 龍驤
ベンガル湾
(4月)
内地帰投の途次
台湾沖より追撃
蒼龍 飛龍 赤城
日本本土
(18)
ホーネット エンタープライズ
5月
10日
20日
ガダルカナル
ヨークタウン (5)
サンゴ海
ヨークタウン
祥鳳 翔鶴 瑞鶴 レキシントン
(6〜8)
(15)
ホーネット エンタープライズ
6月
10日
20日
ミッドウェー
ダッチハーバー
加賀 赤城
ホーネット
龍驤 隼鷹
蒼龍
(5)
飛龍
エンタープライズ
(4.5)
ヨークタウン
鳳翔 瑞鳳
大型(正規)空母(戦闘力大)
中小型(改造)空母
沈没
大中破
小破
出現したが攻撃しなかった
( )内は作戦の日付

母艦は当分、横須賀に碇泊とのことで、飛行隊は大分県の宇佐航空隊に基地を移した。飛行場には空高くひばりがさえずっている。この宇佐航空隊は、練習航空隊であると同時に、艦隊搭乗員の養成も行なっていたので、私と中田一飛は加勢をたのまれて、若い搭乗員の着艦訓練の指導をした。

ある日、さらに新しく改造された空母「隼鷹」に転勤を命ぜられ、さっそく二人そろって汽車で「隼鷹」が碇泊している佐伯に着いた。佐伯航空隊の隊門で「隼鷹」に転勤してきたことを告げると、

「そんな母艦は知らん」というので、いささかしゃくに障り、こんどは当直将校に電話をすると、

「『隼鷹』はただいま佐伯湾に入港しているが、飛行隊長阿部善次大尉が来ておられる」との返事なので、さっそく士官室に行き、飛行隊長に会って、転勤(着任)の挨拶をすませた。話を聞くと、飛行機隊はまだ編成されておらず、したがって、飛行機はほとんどなく、これから受け入れる段取りであるとのことだったが、ひとまず母艦へ行くことになった。

佐伯防備隊の波止場に行くと、すでに内火艇が来てわれわれ二人を待っていた。桟橋を離れてまもなく、変てこな煙突をつけた母艦が見えはじめた。

「あれが『隼鷹』だろうか?」と中田一飛と話している間に、舷側に到着した。

「チンチンチン」内火艇の艇長が停止の信号を機関員に送った。

どうした誤りか、このとき機関員が前進全速にギアーを入れた。艇はドシンと「隼鷹」の

外舷に艇首を激突した。これは艇が壊れたと思った。ところが、よくよく見ると「隼鷹」の外舷が凹んでいたのである。

これには、私も中田一飛も驚いた。

こんなへなちょこ船が、戦争に使えるのだろうかと二人で話し合った。しかし、使えたか使えなかったかは、その後の戦歴が証明している。

暗い北の海へ

従来の一航戦、二航戦、五航戦に対して、「隼鷹」「飛鷹」によって四航戦（第四航空戦隊）が新しく編成された。

「隼鷹」の飛行長は、昨年末、ハワイ空襲から帰ったとき、祝ってもらった崎長少佐で、隊長兼第一分隊長は阿部善次大尉、二分隊は偵察の三浦大尉（南太平洋海戦で戦死）であった。

私は、同期の武居兵曹、同年兵の小瀬本兵曹の三人とともに、新しい九九艦爆を受領してさっそく試験飛行を行ない、固定機関銃を搭載――前部の固定機銃二梃は、プロペラの間を通って弾が出るようになっているので、プロペラを射抜かないように、また三百メートル前方で二梃の弾が一緒になるように修正したりすることで忙しかった。

そうこうしている間に、昭和十七年も五月の半ばを過ぎたころだったと思う。基地を撤収して母艦に帰ることになった。

呉軍港で臨戦準備を完了した母艦は、豊後水道で飛行機隊の収容を開始した。それが終わると、「総員集合」が発令された。

「今回の作戦はミッドウェーを攻略するにある。これには一航戦の『赤城』『加賀』、二航戦の『飛龍』『蒼龍』を主体とする第一機動部隊があたり、本艦と『龍驤』は、この作戦支援のため、アリューシャンのダッチハーバーを攻撃し、ミッドウェー攻略を容易ならしめるにある」

艦長から作戦命令が知らされた。しかも、ミッドウェー攻略後、同島に上げる零戦隊を搭載しているとのことだった。

わが「隼鷹」は、駆逐艦一隻を従え、五月晴れの関門海峡にさしかかった。ハワイ出撃のときは、隠密裡の母艦収容だったが、今日は、両岸の人々が、日の丸の旗をふっての見送りだった。私たちは、甲板からこれに応えながら日本海に出た。

するとさっそく「合戦準備」が令され、訓練になり、それぞれ戦闘配置についた。日本海なので、対潜哨戒機は出ない。搭乗員と整備員は、一丸となって飛行機の手入れに機銃の手入れ、機銃の弾丸づくりに従事し、新しい搭乗員は、米英両国軍艦の写真、飛行機の正、横、上の三面図などによって、その識別訓練に専念しつづけた。

ハワイ攻撃当時は、搭乗員の中で年若い方だった私も、いまでは艦隊生活も約一年半余りとなり、三等飛行兵曹として中堅である。そして、ペアは一年先輩の西山二等飛行兵曹に変わった。彼は、じつに立派な口髭を有し、風呂などでは、上級者も彼に敬礼することさえあった。

搭載機は、「赤城」「加賀」に比して少なく、急降下爆撃機十八、雷撃機十八、戦闘機十八である。ちなみに「赤城」「加賀」は戦闘機二十七〜三十六、艦爆二十七、艦攻二十七機ほどである。「飛龍」「蒼龍」級は戦闘機二十七、艦爆二十七、艦攻十八機である。それにくらべて「隼鷹」「飛鷹」は、トン数も飛行機も少なかった。

五月二十七日、海軍記念日に大湊に入港した。五月末だというのに、瀬戸内海方面に比較してそうとう寒い。

集結を終わった第二機動部隊「隼鷹」「龍驤」の二空母に、巡洋艦二隻、駆逐艦六隻が従い大湊を出港したのは五月末日だった。

機動部隊は、東へ東へと進む。進むにつれて海はしだいに荒れてきた。

前路警戒、対潜哨戒はほとんど艦攻隊があたり、私たち艦爆隊はのんびりとしたものだった。「龍驤」は艦が小さいので、零戦と艦攻だけを搭載し、艦爆は「隼鷹」の十八機だけだった。

六月三日、曇。いよいよ明日は、ダッチハーバーを攻撃するという。私たちはさらに念を入れて、攻撃準備に忙殺されていた。

「本艦のマストに鷹がとまった」と、拡声器が艦内に伝えた。

急いで甲板に出てみると、檣頭に鷹が止まっている。鷹の下に戦闘旗がはためいている。陸地も見えぬ海の只中に、どこから飛んで来たのであろうか。一同は、神武の昔の古事を思い出し、「縁起がよい」と大喜びだった。幸先きがよいと祝しあった。

およそ飛行機と迷信は、縁遠いものに思われがちだが、なぜか、搭乗員には縁起かつぎが多かった。したがって、鳥の王者ともいうべき鷹が、その名も「隼鷹」を訪れたので、喜ぶのは当然だった。（余談になるが、「隼鷹」はアリューシャン作戦以後、各方面に転戦したが最後まで沈まなかった）

機動部隊は北上しだした。北の海は荒れ狂い、濃霧に覆われている。十メートル先が見えないときがあった。これでは飛行機隊の行動が困難だろうと想像された。

また、太陽は北に片寄っているので、夜は短く、その夜が、内地のように真っ暗にならない。午後十一時ごろ、うす暗くなったと思うと、早くも午前三時ごろには夜が明けそめるので、なれない私たちには、それがつらかった。

六月四日。水平爆撃隊（艦攻）は五百キロ爆弾を持ち、「隼鷹」から九機、「龍驤」から十八機、それを零戦隊九機が掩護して、ダッチハーバーに向かうことになった。

このころ、敵はわが機動部隊の所在を知ったのであろう、飛行艇や陸上機がしばしば飛来したが、天候不良のため捕捉しえなかった。今日もまた、雲高は三百メートル、視界五カイリ程度だった。

タカタカタンタンタン

タカタカタンタンタン

突如「配置につけ」のラッパが、拡声器で全艦内に伝わった。

アリューシャン作戦に出撃する直前の著者（当時、三飛曹）

——すわ敵襲？

拡声器が鳴りやまぬ間に、雲間から敵陸上攻撃機が、ポッカリと現われた。「隼鷹」は艦体をかわす暇もない。

敵機は、あわてふためいて魚雷を投下した。たぶん、探知機で、わが戦隊の所在をさがしあてたものの、雲下に出て、目前に母艦がいるのでしゃにむに投下したものらしかった。

折りから、甲板にいた私は、大きな魚雷が、まっしぐらに飛んで来るのを見て驚いた。やられた、と思い、目をつむり、腹ばうようにうずくまった。だが、魚雷は爆弾と落ち方がちがう。甲板の上を流星のように飛び越え、向こう側の海面に飛沫を上げてとびこんだ。爆弾だったら、投下位置から判断して、確かに命中したにちがいなかった。

一方、敵機は、魚雷を落とし、「隼鷹」の上空を通過後、巡洋艦の高角砲で撃墜された。なにしろ低空で、しかも待ち伏せしている形になっていた方向へ飛び去ったので、おあつらえ向きに、最初の血祭りにあげられたのである。

出撃したわが攻撃隊は、大した損害も被らずに帰投した。

六月五日午前四時、すでに夜は明けかけている。「攻撃隊用意」飛行甲板に、つぎつぎと飛行機は上げられ、たたんだ翼は伸ばされていく。試運転が開始され、爆音が轟く。

五日の第一次攻撃は、密雲のなかから現われた敵戦闘機に食い下がられ、交戦の結果、攻撃の条件がますます不利となり、指揮官の判断で一応、母艦に引き返すことになった。

全機ぶじに帰艦したが、司令官のご機嫌は斜めであったとのことである。

そこで同日、第二次の攻撃を敢行することになった。第二次は各小隊の三番機を除外することになり、艦爆は十一機の編成である。

天候は、北の海としては良い方だが、私たち搭乗員から見れば、好ましくない。結局、天候の都合で、艦爆隊は、各小隊とも三番機を除き、一番機と二番機だけで出撃することになった。指揮官は、わが「隼鷹」の隊長であり一中隊長の阿部大尉、二中隊長は三浦大尉、私は三浦大尉の二番機であった。

やがて、「搭乗員整列」の声に、私たちは艦橋指揮所前に集合した。

「本日の攻撃目標、アリューシャンのダッチハーバーに碇泊せる艦船ならびに港湾施設」

阿部隊長に指示され、種々の注意をうけて愛機に搭乗した。雲高は母艦付近で三百五十メートル、視界は五カイリ、幸い霧はなかった。

「発艦配置につけ」拡声器がひびく。やがて一中隊一番機から順に発艦を開始した。

見送る人々のなかに、顔をゆがめているのは、残された三番機の若い搭乗員たちだった。

彼らは、今日出撃できれば、それが初陣だったのに、さぞかし残念であったろうが、止むをえない。

母艦上空で編隊を組み、零戦が九機、直掩についた。高度三百メートルで進撃する。開戦以来、こんな低空で進撃するのは初めてだ。雲が頭上にかぶさっていてうっとうしい。三機ずつの編隊が二機ずつになったので、運動はらくである。このまま雲がかかって来なければよいが、などと思いながら進んでいるときだった。

行く手の上空に、何かがうす雲に包まれている。敵機だ。私たちの編隊は、ただちにスロットルレバーを全開にし、速度を早めて機首を上げた。

敵機の上に出た。私は、ぐーっと機首を突っこんで機銃を操作した。コンソリデーテッドPBY五型哨戒機だった。

敵機は、あわてて高度を下げ、避退に移ったが、それを追って二条の曳光弾が走った。敵も応射してきた。弧を描いて、流星のように飛んできた。薄明のなかの交戦は、まるで夢のようだった。私は、ぐいッ、と機首を上げた。僚機がかわって追躡した。さらに別の機が入れかわって追った。

ついに敵機は、ガソリンを白く噴出させながら海上に激突した。瞬間、パッと火になり、北海の荒波に機影を

ダッチハーバー攻撃の直前、「隼鷹」の飛行甲板上で記念写真におさまる艦爆隊第二中隊員。前列右から３人目が著者。

没した。

ダッチハーバーの赤屋根

やがてダッチハーバーに迫った。山は一面の雪である。雲の切れまから見える海岸線には家らしいものは見えない。

攻撃隊は、大きく旋回しながら港の上に出ようとするが、雲が邪魔になる。編隊のまま、ぐんぐん上昇した。雲の上に出ると、すぽっと穴があいている。行ってみると、雲の谷間だった。

その雲の谷間の底に、海が見えた。それが港だった。まばらな街並みも見えた。これがダッチハーバーだった。まるで、ハワイ攻撃のときのように、そこだけ雲が切れていたのだ。

敵は、急に高角砲を撃ち上げてきた。私たちを包むように弾幕を張った。機体が、爆風にあおられる。

だが、わが編隊は、攻撃隊形のまま、突撃のチャンスをねらった。

「山川兵曹、岸壁に駆逐艦が一隻いるきりで、港には潜水艦らしいものは見えないぞ」

後席の西山二飛曹がいってきた。

ここは潜水艦の補給基地だとのことだったが、一隻もいないとは残念である。駆逐艦と岸壁付近の集積所は、先頭の隊がねらっている。湾内中央部の南側に水上飛行基地があるが、飛行機はいない。

私は、一番機を見つめながら、

「西山兵曹、目標願います」そう頼んだ。西山二飛曹は、身体を乗り出して目標を選定している。

攻撃隊は、雲の谷間の上を一周した。指揮官機が軽くバンクした。「突撃隊形つくれ」の信号である。

攻撃隊形とは、突撃の準備として編隊を密集することで、突撃隊形とは、編隊を解いて単縦陣になることである。単縦陣は、普通、機と機の間隔は四百メートルが基準になっていたが、戦闘状況によって伸縮した。たとえばハワイのときは短時間に攻撃する必要があるので二百メートルにつめ、反対に、南太平洋海戦のときなどは、前続機の爆撃を上で見ていて、終わってから急降下にはいった。

急降下は、まず目標に対して三十～四十度の角度で接触し、いよいよ急降下に移る前に若干速度を落とし、一応機体を斜めにするのだが、それには左足をしっかり踏むとともに操縦桿を左股につく程度に引くと、機は左傾しながら旋転を開始する。そして、ただちにレバーをスローにし、半旋転したとき、機の傾斜が停止するように、操縦桿と踏棒を中立位置に操作する。

発動機は、そのときまでにスローにしておき、しかる後に突っこむのである。これは水泳のダイビングのように、いきなり突っこむと、搭乗員の体が浮いてしまい危険になるからである。

「全軍突撃!」ついに下令された。隊長機を先頭に、つぎつぎと列機がつづいてダイブにはいった。先頭の隊は駆逐艦をねらい、格納庫をねらった。残るのは油タンクである。

「西山兵曹、急降下にはいる」偵察員席にそう伝えて、愛機を切り返し、急降下に移った。

「よーし。高度五千」後席から知らせてきた。

「目標、岸壁の油タンク」機首を約六十五度に下げながら、後席に連絡する。ちらッ、と速力計をのぞくと、針がぐんぐん動いている。

「高度四千」刻々に高度を知らせてくる。敵は対空砲火を激しく撃ち上げてくる。そのあたりから、私は照準器をのぞいた。

「高度三千」ぐいぐい、目標がせり上がってくる。

「高度二千」敵砲火が、すべてわが照準器をねらっているようだ。私は、機銃の射撃を開始した。

いよいよ目標が近づいた、と思った瞬間、前続機の爆弾が落ちた。

――あれあれ!

私が目標にしていたタンクは、前続機もねらっていたのだ。二百五十キロを二発も叩きこむ必要はない。目標を変えなければならぬ。すでに高度は千メートルである。タンクの手前の赤屋根をねらうことにした。

三百メートルほどもあったろうか、油タンクからものすごい火柱が上がった。

愛機の角度は七十度になっている。それが目標を変更したので、さらに角度が深くなり、垂直に近くなった。

「高度六百、ヨーイ、テー」爆弾は機をはなれた。

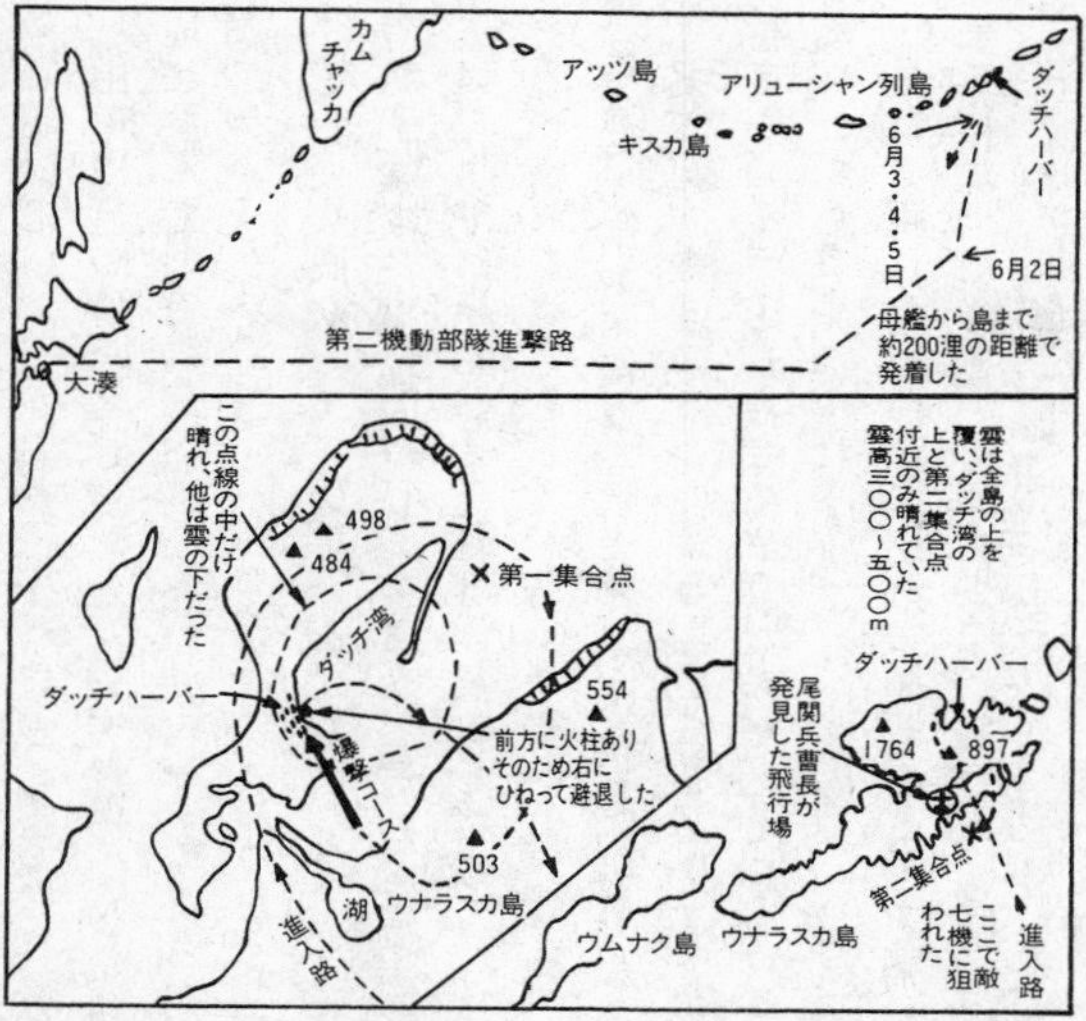

両手で操縦桿を、力いっぱい引いた。機体は、ぐーっと落ちたうえ、急降下の余力で、すごい速力で上昇しかけた。瞬間、私は目がくらんだ。思わず桿を普通の位置にもどした。目のくらみはなおった。前方は火の柱である。

「爆弾命中」と、西山兵曹から知らせてきた。ふり返ると、ねらった赤屋根の家は、火山口のように黒煙を噴き上げていた。

爆撃後は第一集合点の湾口に出ることになっていたが、火柱を避けるため、四十～五十度右に変針した。対空砲火の中を突破するので、そのまま単独避退に移った。

前方に山が迫ってきた。当然、機は山に沿って急上昇することになった。この間、急降下にはいってから約三十秒ほどのことだった。

山頂に近づいたと思ったとき、突然、山腹から曳光弾の群れが噴き上がってきた。対空陣地が並んでいたのだ。

ガガン、ガガン！

激しい震動がして、愛機が、ぐらっ、ぐらっ、と揺れた。被弾したのだ。しかし、発動機の調子はよい。全開にしてあるが、速力がにぶった。失速になる前ぶれだ。

スピードに余裕さえあれば、反転して銃撃してやりたいが、不覚にも敵がかまえているところへ機腹をさらし、その弱点を衝かれたうえ、失速になっては手のほどこしようがない。

(飛行機がある程度まで急上昇すると低速になり失速になる)

案の定、失速になった。反射的に後方をふり返った。わが機につづいて来る一機がある。

「危ないぞ」と知らせてやりたいが、それもできない。反転に移ろうとしたとき、雲の中に飛びこんだ。やれやれ——。

虎口を脱した思いだった。後続機のことを案じながら、雲上に出た。第一集合点の反対に来てしまったので、そのまま第二集合点に向かうことにした。

「一機出て来たぞ」

西山二飛曹の声に、後ろを見ると、さきほどの艦爆である。その機は、わが機に編隊を組んできた。よく見ると、同年兵の岡田三飛曹だ。彼も私も認め、手をあげて喜んでいる。よかった。彼の機も、山腹の危機をぶじに突きぬけてきたのだ。私たちも手をふってこたえた。

「がんばれ！」聞こえるはずもないのに、西山二飛曹は叫び声さえあげていた。

第一次ダッチハーバー攻撃隊戦闘行動調査（昭和十七年六月四日）

制空隊（志賀淑雄大尉以下十三機）

（三日）

二二二五　艦戦十三機発艦

二三一五　攻撃隊ニ合同、旗艦上空発進

二三三七　一中隊二小隊PBY五型飛行艇一機発見シ、コレヲ攻撃ノタメ分離ス

二三四二　再ビ上記飛行艇ヲ発見、コレヲ撃墜（一中隊二小隊欠）

（四日）

〇〇三五　天候不良ノタメ攻撃隊ト共ニ引返ス、母艦上空着

〇〇四五　帰艦揚収

一中隊二小隊

（三日）

二三二七　本隊ト分離シ敵飛行艇ヲ攻撃ス、敵機ハ黒煙ヲ吐キツツ雲中ニ進入撃墜ニ至ラズ

二三三九　「龍驤」攻撃隊ト合同ダッチハーバーニ向ケ進撃ス

（四日）

〇〇四九　ダッチハーバー上空着、港内軍事施設銃撃

第一次ダッチハーバー攻撃「隼鷹」艦爆隊編制（六月四日）

中隊	小隊	機番号	操縦	偵察
1	21	1	□大尉 阿部善次	飛曹長 石井正郎
		2	三飛曹 武居一馬	一飛曹 原田嘉太郎
		3	一飛曹 中塚泰市	二飛曹 木村治雄
	22	1	一飛曹 大石幸雄	▷飛曹長 山本博
		2	二飛曹 岡田忠夫	二飛曹 杉江武
		3	二飛 池田弘	二飛曹 宮脇弘蔵
	23	1	▷一飛曹 沼田一烝	二飛曹 高野義雄
		2	一飛 長島善作	二飛曹 中尾啓夫
2	24	1	一飛曹 川畑弘保	□大尉 三浦尚彦
		2	三飛曹 山川新作	二飛曹 西山強
		3	二飛 村上泰弘	二飛曹 片岡芳春
	25	1	▷飛曹長 原野信夫	一飛曹 中島一郎
		2	三飛曹 小瀬本国雄	一飛 中田勝蔵
	26	1	一飛曹 宮武義彰	▷飛曹長 田島一男
		2	二飛曹 後藤藤十郎	二飛曹 山野井啓

○一二〇 「龍驤」攻撃隊ト共ニ帰途ニツク

○二〇〇 ウナラスカ島付近ニテ敵潜二隻発見、二番機コレヲ銃撃ス

○三二八 母艦上空着

○三三五 帰艦揚収

艦爆隊（阿部善次大尉以下十五機）

（三日）

二二二五 艦爆十五機発艦

二三一五 旗艦上空ヨリダッチハーバーニ向カフ

二三二七 敵水上機（PBY五型）一機発見

二三五〇 再ビ同敵水上機発見、制空隊コレヲ撃墜ス

二三五二 制空隊集合

（四日）

〇〇〇五　制空隊分離シ、且天候不良ニシテ爾後ノ行動不安ニツキ、攻撃ヲ断念引返ス
〇〇二〇　母艦上空着
〇〇四五　帰艦

ダッチハーバー攻撃「隼鷹」艦爆隊戦闘行動調査（昭和十七年六月五日・第二回目）
（五日第一回出撃八十五機ハ種々ノ条件不利ノタメ引返ス）

一一五〇　艦爆十一機発艦
一二〇四　旗艦上空発進
一二五五　ダッチハーバー上空着
一三〇八　二十六小隊一番機発動機不調ノタメ戦闘機一機ヲ誘導シ帰途ニツク
一三一〇　ダッチハーバー、軍事施設及ビ在泊艦船ヲ爆撃
一三一五　右終了、天候ノ障害ト不時着機監視ノタメ、左ノ三群ニ分離ス

一群―二十一小隊一番機
　　　二十三小隊一番機
　　　二十五小隊一番機
二群―二十二小隊一番機
　　　二十一小隊二番機
　　　二十三小隊二番機

第二次ダッチハーバー攻撃「隼鷹」艦爆隊編制（六月五日）

中隊	小隊	機番号	操縦員	偵察員	被害
1	21	1	□大尉 阿部善次	飛曹長 石井正郎	被弾一〇
		2	三飛曹 武居一馬	一飛曹 原田嘉太郎	被弾四
	22	1	一飛曹 大石幸雄（戦死）	▷飛曹長 山本博（戦死）	自爆
		2	三飛曹 岡田忠夫（戦死）	二飛曹 杉江武（戦死）	自爆
	23	1	▷一飛曹 沼田一烝（戦死）	二飛曹 高野義雄（戦死）	自爆
		2	一飛 長島善作	二飛曹 中尾啓夫	被弾一
2	24	1	一飛曹 川畑弘保	□大尉 三浦尚彦	被弾五
		2	三飛曹 山川新作	二飛曹 西山強	被弾一
	25	1	▷飛曹長 原野信夫（戦死）	一飛曹 中島一郎（戦死）	自爆
		2	三飛曹 小瀬本国雄	一飛 中田勝蔵	ナシ
	26	1	一飛曹 宮武義彰	▷飛曹長 田島一男	ナシ

三群—二十五小隊二番機
　　　二十四小隊一番機
　　　二十二小隊二番機

一三四五　一群ハ、「ウムネック」海峡ニオイテ、敵戦闘機（P40）九機ト空戦、敵三機ヲ撃墜セルモ、二十三小隊一番機、二十五小隊一番機ノ二機自爆

一三五〇　二十六小隊一番機母艦帰着

一四一〇　指揮官機ハ僚機ヲ認メザルニヨリ帰途ニツク

一四一五　三群及ビ零戦二機ハ「ウムナク」海峡ニオイテ敵戦闘機十数機ト空戦、二十二小

隊二番機ハ敵一機ヲ撃墜ス
一四二七　帰投中ノ二十二小隊一番機ハ被弾ノタメ発動機不調、不時着自爆ス
一四三〇　空戦終了帰途ニツク、二十二小隊二番機ハ単独帰投機位ヲ失シ、不時着自爆ス
一五二六　残余ノ全機母艦帰着
空戦効果
敵戦闘機（P40）四機撃墜
爆撃効果
油槽船一隻一弾命中炎上
油タンク二個所ニ対シテ各一弾命中炎上、全油槽類焼
水上機格納庫中央ニ一弾命中セルモ炎上セズ
官用建物三弾命中、効果相当
被害
自爆四機

霧の中にかえらず

二機の編隊で、雲の下に出ながら、第二集合点に急いだ。海上に出たが、雲高は三百五十メートルほどである。

前方に、小さな航跡がある。視線をたどると哨戒艇らしい船だ。またたくまに近づいた。すると、十三ミリぐらいの機銃を撃ってきた。山腹の陣地とちがって、こんどはらくに攻撃ができる。機首を下げ、照準器に入れて撃った。

タッタッタッタッ！

愛機九九艦爆の二梃の七・七ミリ機銃から弾丸が小気味よく飛び出していく。徹甲弾三、曳光弾一、焼夷弾一、計五発ずつをくり返し装塡してあった。だから、命中するのがよくわかった。

間近に迫るまで撃って機を引き起こした。後は二番機がつづいて射撃した。私は、切りかえしてふたたび撃った。艇の射手が斃れたのか機銃を撃たなくなった。二番機が、またつづいて撃った。こうして、二機で四撃くり返したとき、燃料に引火したのであろう。パアッ、と燃えひろがった。

予定場所に到達したが一機もいない。いないのも道理、後でわかったのだが、湾口には敵戦闘機が待ちかまえていて、味方機は大被害をうけたのだった。

わが機から、戦闘機隊を集めるために長波（波長の長い電波）を出した。

母艦には、戦闘機、艦爆（急降下爆撃機）、艦上攻撃機（艦攻または雷撃機）の三種類を搭載していて、戦闘機は一人、艦爆は二人、艦攻は三人乗りである。海と空だけの洋上で、母艦から飛び出し、六百カイリないし七百カイリも飛んで帰るのだが、そのときは、母艦は同じ場所にいない。六十カイリから七十カイリも移動しているのが普通である。かりに、同じ場所にいたとしても、洋上では渺たる小石のごとき存在でしかないので、慣れないものにはたどり着くことが至難である。

この母艦から飛び立ち、母艦に帰るには、航法といって簡単に述べれば、自分の飛行機の速力、方向、風の方向、風の強さ、自分の飛んだ時間、母艦の速力、方向などを計算して、また操縦者は、飛行機の速力、コンパスの方向などを厳重に保持しなければ母艦に帰ることができない。

これだけの仕事を艦攻は三人、艦爆は二人、戦闘機は一人でやらなければならない。したがって、艦上戦闘機のパイロットは、よほど優秀でなければならないので、事故を未然に防ぐため、たいてい艦爆か艦攻かが、誘導して行くのが例になっていた。そこで私は母艦に誘導しようと、戦闘機を集めるために長波を出したのである。

――やれやれ、これで一まず任務は終わったようなものだ。

そんな気持で一息入れた。偵察席から弁当がきた。大きな握り飯だ。戦いの後の美味さ、しかも大空の食事の美味さは、体験した者でなければ想像もできない美味さである。

島の山は雪に覆われているが、私たちは電熱服なので汗ばむほどだ。戦場でなければ、うつらうつらと眠りたいほどである。

それにしても、味方機は何をしているのであろうか。そんなことを考えているとき、機側を火箭が走った。曳光弾だ。はじかれたようにふり返った。

敵機が七機、ぴったりと食い下がっている。鱶のように機首のとがった無気味な機体だ。

カーチスP40である。

高度は三百。岡田機は、いつはずれたか姿がない。

西山二飛曹が旋回銃で応射した。応射している間、敵機は距離をはなした。だが、またたくまに西山二飛曹は一弾倉（約百発）を撃ちつくした。すると、敵の照準が正確になってきた。ふたたび近よったのだ。敵弾は右翼の直上をかすめている。それが、しだいに胴体に近づいてくる。

私は操縦桿を押して機首を下げ、右足を思いきり踏んだ。愛機は滑り、弾は機体の左に集中してきた。高度は低い。これ以上、機首を下げれば突っこんでしまう。といって、引き起こせば一撃で墜とされるだろう。旋回しても危険は同じだ。ただ敵の照準線に対して、わが機の面積を最小にして難をのがれるしか方法がない。

焼夷弾、曳光弾が、翼の上を急霰《きゅうさん》のように擦過している。いよいよ危険は迫った。

西山二飛曹がふたたび撃ちはじめた。すると、いくらかはなれたらしく敵弾が遠のいた。それも束の間だった。またまた集中してきた。自然、機体はさらに低下した。海面が、かぶさるように大きくなった。

前面の海は、一面に小さな飛沫を上げている。敵弾だ。もはや絶体絶命である。助からないと思った、と同時に、観念するのは早いとも思った。とことんまで避退しようと懸命に操縦した。体じゅうがベッ卜リとしてきた。

そのとき、何かちがった動きを感じた。ちらっと後ろを見た。敵七番機が、白い尾を引いて、垂直に飛び上がったかと思うと、くるっともんどり打つところだった。零戦が駆けつけたのだ。

「しめた、助かった」

狂喜したいほどだった。

六番機が、反転して海中に突っこんだ。敵はまだ気がつかない。わが機だけをねらって撃ちまくっている。だが、零戦二機が来た以上、気が強い。敵弾を冷静に判断してかわした。

かわしながら、チラリチラリふり返った。

五番機が、グーッとのけぞった。

わが機は、高度五十メートル。海面が、ものすごい勢いで後方に飛んでいく。その海面に銃火のスコールが突きささっている。

四番機が、ひねるように海中にはいった。敵は、ようやく気がついた。反転する瞬間、またしても一機墜ちた。残るは二対二。あわてふためいて反転する敵機に、零戦が一機ずつ襲いかかった。呆気なく、二つの波紋を海面に残して、戦いは終わった。後尾から順に、七機とも全部撃墜したのだ。

零戦二機が、わが機に編隊を組んだ。

「ありがとう」と、私たち二人は、叫びながら手をふった。零戦も、これに応えて、喜んでいる。

西山二飛曹が、手旗で岡田機のことを聞いた。

「見なかった」という返事だった。急に零戦は私たちをはなれ、雲の切れ間から島に向かって行った。またしても、あたりに味方機は見えない。心細くなってきた。といって、ふたたび長波を出す気持にはなれなかった。

十分たち、十五分過ぎた。時計は、止まっているのではないかと思われるほど、遅々として進まない。やがて、先刻の零戦二機がもどってきた。岡田機を発見し得なかったと信号している。

「西山兵曹、帰ろうか」

「うん、帰ろう」

零戦二機がぴったり編隊を組んでくれたので、心強い。進むにしたがって霧がかかってきた。はたして母艦に帰投できるだろうか。

針路百九十度で、長波を出して母艦に方位を測ってもらうと、大体正しい針路である。霧はしだいに濃くなってきた。島から一時間半、すでに予定の時間に近い。見透しのきく南方の海なら、母艦が見えるころだが、一カイリ先も見えない。到達五分前になったが母艦が見えない。うまく発見できればよいが……。

予定時間になった。霧の中に、ぼんやりと何か見える。母艦だった。急旋回して母艦の直上を通過した。五百メートル離れると、母艦を見失いそうなので、編隊を解散した。

着艦は零戦から開始した。やりなおしもなく無事に着艦した。つぎは、私の番である。着艦コースに入った。霧が深いので、やりなおしをすれば着艦不可能になるおそれが多分にある。着艦のときは、いつでも全精神を集中するものだが、このときは、とくに真剣にならざるを得なかった。

幸い海は静かである。艦の動揺がないのでその点は助かる。甲板上の着艦指導灯が、霧の中にぼんやり見えている。

機首を下げた。甲板がぐんぐん大きく浮いてきた。艦尾を過ぎた。スロットルをしぼり、操縦桿を弱く引くと、トンと軽く着いた。分隊や機付の整備員たちが走りよって、私たちを抱き下ろしてくれた。

昭和17年6月5日、「隼鷹」艦爆隊はアリューシャンの米軍基地ダッチハーバー（写真）を悪天候の下、果敢に爆撃した。

私たちを救ってくれた零戦は、北畑兵曹長とその列機だった。北畑兵曹長は、日支事変以来の古強者で、戦闘機乗りの名人といわれていた。彼は、ミッドウェー攻略後、同島の守備につく予定で、「隼鷹」に便乗していた一人だった。

爆撃隊の阿部隊長は、すでに帰艦していたが、まだ帰投しないもの七機だという。

未帰還七機には、私たちとはぐれた岡田機も入っているのだが、ほかの六機は、いずれも第一集合地点に向かった機であった。ところが、P40戦闘機が待ち伏せていて猛烈な空戦になり、敵の八機を墜としたが、わが方も犠牲を出したのだということだった。運命の岐路は、紙一重とでもいおうか、私も爆撃目標を変更しなければ、犠牲機の中に加わっていたかもしれないのだ。また北畑機が、四、五分も遅れて来れば、はたして私たちは、どうなっていたろうか。思えば慄然たらざるを得なかった。

岡田機は、私の機とはなれてからP40と遭遇し、一機撃墜して、雲の中に入ったという。そして「ただいまより帰投針路につく」旨の電報を母艦に送って来たが、それ以後、まだ何の音沙汰もない、ということだった。

搭乗員たちは、戦友の身のうえを案じて、電信室に集まりはじめた。やがて岡田機(偵察員杉江兵曹)から、

「方位を知らせ」の電報が来た。

「針路百八十度に帰れ」

「われ百八十度に帰る」

そうした応答があって、三十五分も経過したが、帰還しない。霧はますます深くなってきた。

一同が、もどかしく思っているところへ、

「燃料あと一時間」と知らせてきた。燃料は、どうにか間に合いそうだが、心配なのは濃霧である。母艦付近に来ても、低空直上ならばともかく、少しでも左右にそれれば、発見することは困難な状態であった。

まもなく、かすかに爆音が聞こえてきた。岡田機にちがいない。飛行機の姿は見えないけ

れど、爆音は遠ざかって行く。

「われ母艦を発見できず。島に引き返す」と届けてくる。

「待て、母艦を捜索せよ」

「最後まで努力す」

ふたたび爆音が近づいてきた。だが、機影はぜんぜん見えない。

「おーい、ここだ」と知らせてやりたいが声が届くはずもない。こんなとき、直接話し合える電話の施設があれば、うまく誘導できるだろうに、トンツーの連絡方法しかないのがもどかしかった。

爆音はしだいに遠ざかり、やがてかすかになっていった。

「燃料あと三十分」

「最後までがんばれ」

集まった戦友たちの顔に、焦躁の色が見えはじめた。

「われ燃料あと二十分」

せっかく母艦の近くまで帰って来たのに、濃霧にさえぎられて視認できないのだ。

「燃料あと十分。島に引き返す」

情けないことに、母艦としては、手のほどこしようがない。島に引き返す、とはいうものの、十分航程で、たどりつく島があるはずもない。

「燃料あと五分」

それに対し、「がんばれ！」と、意味のない激励を送るだけだった。

「われ燃料なし。自爆す。みな様の好意を深謝す。天皇陛下万歳！」それが最後の連絡だった。こうして、岡田機は、北の海に散ったのだった。私たちは、頬に伝わるものを拭おうともしなかった。

一時の興奮にかられて敵中に突入するのはやさしい。多くの戦友の面前で、万歳を叫びながら倒れるのもまた、武人の本懐であるかもしれない。だが、無傷の身の生命をみずから断とうとは……。

白夜をさまよう若き二つの魂、これが飛行機乗りの宿命というものであろうか。

大本営の資料には、ダッチハーバー付近に陸上機の基地はなかったが、北畑兵曹長が、岡田機をさがしに、私の機からはなれて行ったとき、さっきの第二集合点付近に、飛行場があることを発見した、ということだった。

第一集合点に向かった艦爆隊を待ち伏せ、岡田機に向かい、私の機に襲いかかった敵機はそこから飛び立ったにちがいなかった。

ミッドウェーの残兵

艦隊は予定の行動を終わり、ミッドウェーに零戦隊を揚げるため、南下した。六月五日のことだった。

南下するわが機動部隊に、「赤城」が沈没し、「蒼龍」大火災との電報が入った、ということだった。（ミッドウェー海戦では、「赤城」「加賀」「蒼龍」「飛龍」の四空母と、重巡「三隈」を失い、重巡「最上」が大破し、その他、中破小破は、戦艦「榛名」をはじめ駆逐艦、給油船などがあった）

私たちは「敵の偽電だ」「いや本当だよ」などといい争っていたが、そのうち、総員集合が下令された。

「本艦隊はただいまより南進を中止し、ふたたびダッチハーバーを反覆攻撃する」

艦隊は反転し、北上を開始した。しかも、今後は、「電信室に入ることを禁ずる」との達示である。ミッドウェーの戦況に対する疑問が、いよいよ深まっていった。

北上すること約半日、またしても南下しはじめた。私たちの疑問は深まるばかりだった。

つぎの日のことだった。

「『蒼龍』の搭乗員を揚収する」と拡声器が伝えた。「蒼龍」はもちろんのこと、飛行機隊も見あたらない洋上で、どうしたということなのだろう。

そのうち、水平線に艦影が見え出した。駆逐艦だった。双方の距離はぐんぐん近より、まず母艦が停止した。つづいて駆逐艦も停止した。ボートが降りた。近づくボートを甲板から見ていると、帽子のない者、上衣のない者、裸足の者などまちまちである。その中に同期生の加藤求兵曹がいる。

「おーい、どうした？」

「やられてしまった」

「何を？」

「何もかもだ」

舷梯を上がってきた彼と、それだけ言葉を交わしただけだった。後でゆっくり話を聞こうと思ったが、「蒼龍」の搭乗員と話をしてはいけない、といい渡され、ついに二、三日は、真相を知ることができなかった。

私たちの属する四航戦の支援のもとにはじめたミッドウェー攻略は、連合艦隊の主力をあげた参加艦艇三百五十隻、飛行機一千機という空前の大作戦であった。

五月二十七日の海軍記念日を期して出撃した日本艦隊は、一路、ミッドウェーへ近接し、六月五日未明、第一次攻撃隊を発進せしめた。

このとき、わが艦隊は敵に発見されていないとの判断を下していたが、そのじつ、米軍の哨戒機により接触されていた。米軍は、日本艦隊よりもはるかに周到な準備をして、われを待ちうけていた。

第一次攻撃隊百八機を放っての陸上基地攻撃が終わって、第二次攻撃を決意し、それまで米機動部隊攻撃にそなえた艦攻の雷装を解き、地上攻撃用爆装に転換中に、突如、敵機動部隊発見の報に接し、急遽、ふたたび艦船攻撃用雷装準備と命令が変わり、まさに作業を行な

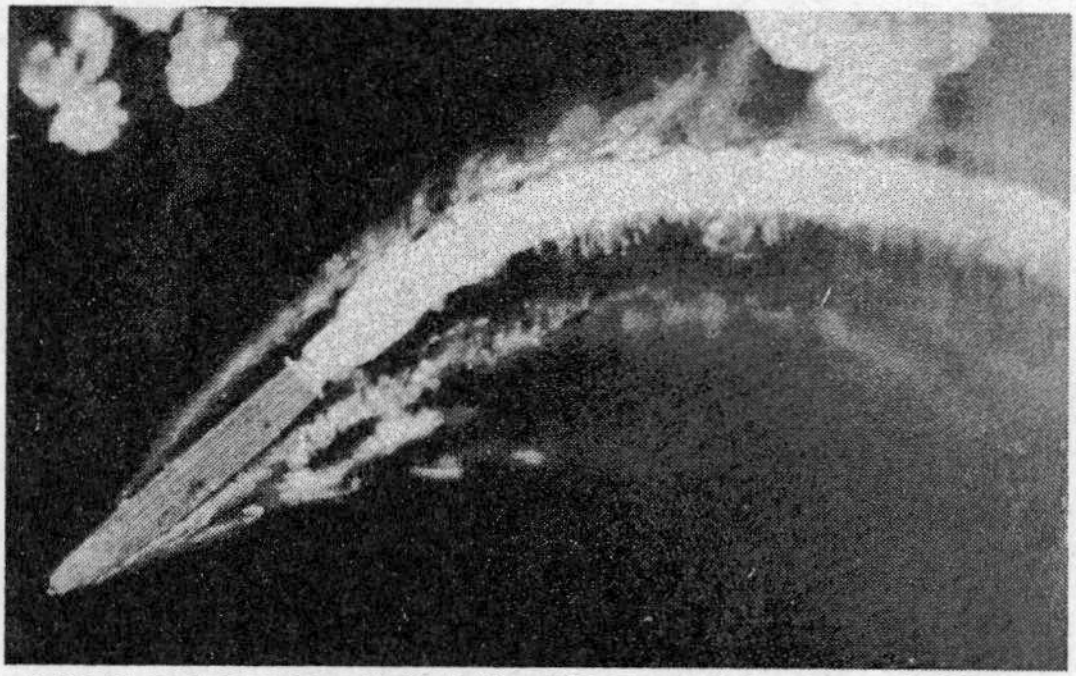
昭和17年6月5日、米艦載機の投弾を回避する空母「飛龍」。
「隼鷹」はミッドウェーで敗れた兵を乗せて内地に帰還した。

っていたその刹那、米艦載機の攻撃をうけてしまった。

上空直衛のわが零戦隊の果敢な攻撃、体当たり、および高射機銃員の猛烈な攻撃に、来襲敵機はバタバタと撃墜され、一発の魚雷すら発射し得ず、乗り組みの報道班員もアイモにその壮絶な空戦記録を収め、万歳万歳と喜んで勝利を感じた。その瞬間、悲しむべき運命の一弾は「赤城」の飛行甲板に轟然として炸裂した。

ときまさに午前七時五分、つづいてまた一発。万事休す。つづいて「蒼龍」にも……。

憤然として仰ぐ空には、敵のSBD艦爆が逆落としに急降下、つづいて十六機が……。

炎上中の「赤城」ではミッドウェー島爆撃を終えて帰投したばかりの艦上機がつぎつぎと燃えはじめてしまった。そして母艦は、みずからの魚雷と爆弾の誘爆を惹き起こしてしまったのだった。

「加賀」また然り！

そのころ、「飛龍」の攻撃隊はヨークタウンの飛行機隊に追躡し、ついにヨークタウンを主体とする米機動部隊に攻撃をかけ、ヨークタウンに致命傷を与えたことが確認された。

第一次攻撃で燃料タンクを撃ちぬかれ、片道燃料で再度攻撃に向かったパイロットのだれかれ。燃える艦橋にみずからの体を操舵輪にしばり、仁王のごとく火の玉となって、艦と運命をともにした司令官など、数々の悲愴な話を戦訓として残し、わが海軍の至宝第一航空艦隊は、つぎつぎと「飛龍」を最後に南海に姿を没してしまったのであった。

後にアメリカ側は、日本の暗号を解読してその企図を事前に察知し、一ヵ月も前から昼夜兼行の準備をととのえてミッドウェーで待機していたため、わが方の作戦に手ちがいもあったことから、ついに空母四隻および優秀な艦上機の熟練搭乗員を失ったので、これが太平洋戦局に重大な一転機を画してしまったのである。

母艦「隼鷹」は南へ南へと、さらに大きな悲劇の現場へと急いだ。六月七日以後、六月十三日まで上空哨戒、前路警戒が毎日行なわれた。

私たちは、戦死者の遺品を整理することになった。小瀬本、武居の両兵曹と私の同年兵三人は、岡田兵曹の遺品を整理しだした。一応、片づけた後、ベッドの毛布をたたむと、「母上様」と認めた遺書があった。ドンチャン(岡田兵曹の愛称)は、たしか母一人、子一人のはずであった。私たちは、目がしらが熱くなり「母上様」の文字が、ぼやけていくのをどうすることもできなかった。

母艦は、日本海をへて関門海峡を通り、瀬戸内海にもどった。約半月前に、ここを出発するときは、正に意気軒昂たる私たちだったが、ミッドウェーの敗戦を知ったいまは、ことに私にとっては思い出の深い母艦「加賀」と、愛機「全日本女学生号」を失い、悄然たらざるを得なかった。

飛行機隊は、岩国基地で、新たな編成になり、猛訓練を開始した。

そうしたある日、「総員集合」が令され、全基地員整列の前で、ハワイ空襲の感状が授与された。

第四章　ソロモンの攻防

ガ島をめぐる戦い

昭和十七年の春もたけなわになると、戦局は日に日に拡大され、陸軍部隊によるニューギニア南西岸のポートモレスビー攻略が企図されたのにたいし、この作戦に協力する意味と、またフィジー、サモア、ニューカレドニア方面を制圧する足場として、わが海軍が、ソロモン群島中のツラギを占領したのは五月三日のことだった。

このツラギは、東京から二千九百カイリ、赤道を越えること約五百五十カイリという、南太平洋方面で設営したわが最南端の基地だった。

しかも、ツラギを基地とすれば、珊瑚海、ニューヘブライズ島などが、ほとんど四発の大型飛行艇の哨戒圏に入るばかりでなく、ガダルカナル島に基地ができると、陸上機の攻撃圏がひろがるという有利性があった。

したがって、この渺たる島が扇の要のような役目になり、敵味方ともに、重要な地点だった。珊瑚海海戦などをへて、この方面の戦機はいよいよ熟していくようであった。

七月末から八月の初めにかけて、ラバウルやニューギニア東部方面にたいして、敵機の襲撃が激しくなってきた。

八月四日には、ツラギに爆撃機が約九機来襲し、五日には、わが対敵無線班が、ソロモン群島の南方海面に敵の艦船部隊がいることを探知した。

これより先、ガダルカナルに上陸したわが軍は、鋭意、飛行基地の設営を急ぎ、八月六日に完成し、翌七日には、新編成の海軍飛行隊が進出する予定になっていた。その七日払暁、ガ島の前面に大船団が現われたのだ。

最初、わが方の見張員は、これを味方だと誤認したらしいが、猛烈な艦砲射撃をうけ、千二百名の海軍守備隊と約二千名の設営隊では手のほどこしようがなかった。設営隊などは、山砲二門、小銃、機銃合わせて数十梃という、話にならない装備だったという。

敵は艦砲射撃の掩護下に、大部隊をぞくぞくと上陸させて来たのである。これは、輸送船四十数隻が、空母一、戦艦一、巡洋艦三、駆逐艦十五に護衛された強大なものであった。

わが方は、ラバウルから、一式陸攻二十七機、零戦十八機、急降下爆撃九機が、急遽出撃し、相当な戦果を挙げたのだった。翌日も所在兵力をあげて攻撃をかけた。

そのころ、テニアンにあった塚原二四三中将のひきいる第十一航空艦隊（艦隊といっても艦艇はなく陸上基地航空部隊）は、さっそくラバウルに前進し、ラバウルにあった三川軍一中将麾下の第八艦隊は、「鳥海」に将旗をひるがえし、第七戦隊の「青葉」「衣笠」「加古」「古鷹」、第十八戦隊の「天龍」「龍田」、それに「夕張」「夕凪」を加えた（重巡五、軽巡

三、駆逐艦一）九隻が、八日夜、ガダルカナルの敵泊地に、日本海軍得意の殴り込みをかけ、巡洋艦五、駆逐艦十、輸送船十隻を撃沈（米軍の発表によると巡洋艦四沈没、同一、駆逐艦二大破）するという大戦果をあげたが、輸送船団の敵はほとんど上陸に成功したのであった。

このときのわが方の被害は、巡洋艦二隻が小破し、飛行機四十二機が未帰還で、これがいわゆる第一次ソロモン海戦である。（この帰途、重巡「加古」は、カビエン入港の直前、敵潜水艦の魚雷攻撃を受けて沈没した）

この敵の動きにたいして、近藤中将の率いる第二艦隊が、瀬戸内海から新戦場に急いだのは八月十一日のことだった。

つづいて十六日、第三艦隊（長官南雲忠一中将）の一航戦のうち「翔鶴」「瑞鶴」、二航戦のうちから分遣された「龍驤」の三空母を中心に、訓練中の搭乗員を収容した機動部隊がガ島めざして出撃していった。

いっぽう、敵の機動部隊は、ガ島の北東と南東の二手に分かれ、いずれも、ガ島から二、三百カイリの付近を遊弋しているらしかった。

これにたいし、陸軍の一木支隊の主力が、駆逐艦、水雷戦隊、潜水部隊などの協力によってガ島に上陸したのは八月十六日だった。この一木支隊が、単独で飛行場奪回を試みたが、まさに鎧袖一触、失敗に帰したのは二十一日のことだった。

二十五日、南下する機動部隊の掩護下に、海軍陸戦隊と一木支隊の残部が上陸する予定になっていて、二十三日の正午頃には、第三艦隊の戦艦、巡洋艦、駆逐艦などの先遣部隊が、ガダルカナルの北方約五百カイリに達していた。

二十五日に上陸するためには、その前に敵の航空兵力を叩いておかねばならない。そこで二十四日の午前零時ごろ、空母「龍驤」、重巡「利根」に駆逐艦二隻が別行動をとり、ガ島攻撃に急行した。

ガ島の陸上戦が始まった頃、日米空母が熾烈な戦いを演じた。写真は、第二次ソロモン海戦で爆撃されるエンタープライズ。

正午前であった。第三艦隊の本隊も、別働隊も、敵の哨戒機に発見され、まもなく敵の急降下爆撃機が、本隊の「翔鶴」を襲った。しかし、ぶじに回避することができた。

そのころ、「龍驤」は、ガ島の北方約二百カイリに近寄り、零戦十五機、艦攻六機をもってガ島攻撃を敢行していた。

また同じ時刻に、わが索敵機から空母二、戦艦二、巡洋艦二、駆逐艦十六隻からなる敵の機動部隊を発見したことを報じてきた。

ただちに「翔鶴」飛行隊長関少佐を指揮官とする、艦爆二十七機、零戦十機が、第一次攻撃隊として出撃した。

この隊は、空母二隻を大中破、戦艦一隻を中破する戦果を挙げたが、わが方もまた、敵の索敵機に発見され、別働隊の「龍驤」は敵機の集中攻撃を受けて、午後一時頃、あえなく沈没したのである。

これが、第二次ソロモン海戦である。

その夜、わが駆逐艦七隻が、ガ島攻撃を行ない、翌二十五日、二十六日には、航空部隊の反覆攻撃が行なわれた。

越えて二十八日、上陸部隊を輸送中だった駆逐艦のうち、敵機の攻撃で「朝霧」は沈没、「白雲」は大破し、残る二隻も傷ついたので、一旦反転し、二十九日、さらに駆逐艦六隻で陸上部隊揚陸に成功した。

しかし、陸上の戦況は思わしくないので、さらに有力な部隊を送ることになり、海軍部隊の協力で、陸軍の川口支隊主力が上陸したのは九月四日だった。

十二日には、川口支隊が総攻撃を開始する予定だったが、翌十三日になっても、さらに十四日になっても、なんの連絡もなかった。攻撃は失敗したのだった。

そうした中で、九月十五日、伊号第十九潜水艦が、敵の制式空母ワスプを撃沈して、わが将兵をして快哉を叫ばしめた。

このように、戦局はソロモンの海を中心に急迫を告げていくばかりだった。

敵は、ガダルカナルを中心に、日ごとに兵力を増強し、施設を強化していく。これにたいして、わが方は、一木、川口両支隊のあいつぐ惨敗に、百武晴吉陸軍中将の率いる第十七軍中の精鋭第二師団（仙台）が派遣されることになり、その輸送は駆逐艦で行なわれることになった。

そのころ、岩国で猛訓練中だった私たちの戦隊――角田覚治少将麾下の二航戦に急遽、出撃の命令が下った。（「龍驤」は先に出撃し、第二次ソロモン海戦で沈没した。「飛鷹」「隼鷹」「瑞鳳」の三空母は、十月四日、内地を抜錨したのである）

昭和十七年三月、インド洋作戦の折り、第一次大戦のときにドイツ仮装巡洋艦エムデンが最期をとげたクリスマス島を、戦艦「榛名」「霧島」の二艦が砲撃した以外、開戦以来大艦は第一線で活躍したことはなかったが、十月十三日夜、「金剛」「榛名」の二艦で、敵に占領されたガダルカナル島の飛行場を、主砲で攻撃することになった。虎の子のように大切にしていた戦艦で陸上砲撃を、しかも、より以上の飛道具を持つ飛行場を砲撃するということは、いかに戦局が逼迫した状態にあるか、そして、窮余の一策であったかが想像されるのであった。

二艦は、第二水雷戦隊の駆逐艦六隻の護衛下に、ルンガ泊地に進入し、高性能の新砲弾、三式弾と称する焼夷弾で砲撃した。これは高角砲弾のように、空中で炸裂するもので、各艦は約五百発ずつ撃ったということだった。

飛行場は火の海と化し、翌日夕刻まで燃えつづけていたという。二艦は所期の目的を達したのである。

＊

決戦の機をねらって、わが艦隊は、ガ島付近を遊弋していた。

この間の私たち、「隼鷹」飛行機隊の主な出動を、日誌から列記してみよう。

▽昭和十七年十月六日
一三〇〇「隼鷹」艦爆二機、敵潜発見ノタメ出発セルモ敵ヲ見ズ
一飛曹　木村光男　▷中尉　加藤舜孝
三飛曹　山川新作　二飛曹　西山　強
前路哨戒ノタメ、艦攻四機出動、敵ヲ見ズ
▽十月八日
前路哨戒　第一次艦爆四機、第二次艦攻四機
▽十月九日
艦爆二機母艦発、「翔鶴」へ譲渡スベク、トラック島竹島間空輸途中、対潜警戒、敵ヲ見ズ
三飛曹　武居一馬　▷一飛曹　清和繁次郎
三飛曹　山川新作　二飛曹　西山　強
▽十月十一日
零戦三機敵触接機ヲ追撃セルモ撃墜ニ至ラズ
▽十月十二日
対潜警戒ノタメ艦爆各二機ズツ五直ニワカレ出撃、敵ヲ見ズ

一直	二直	三直
一飛曹　中島国盛	三飛曹　山川新作	一飛曹　藤本義夫
三飛曹　小野　源	二　飛　太田　満	三飛曹　中塚泰市
▷一飛曹　清和繁治郎	▷二飛曹　西山　強	▷中　尉　加藤　舜孝
二飛曹　山野井　啓	三飛曹　佐藤　生一	一　飛　中田　勝威

四直	五直
一飛曹　鈴木映一	一飛曹　宮武義彰
二　飛　村上泰弘	二飛曹　児島徳男
▷一飛曹　矢吹勝吉	▷飛曹長　木村昌富
二飛曹　片岡芳春	一飛曹　柳原辰夫

コノ日、同時ニ艦攻八機モ出動、前路哨戒ニアタル

▽十月十三日

零戦三機敵触接機ヲ追撃セルモ撃墜ニ至ラズ　コノ日艦攻五機索敵ニ出動

▽十月十四日

艦攻四機索敵、敵ヲ見ズ

コノ日、零戦二十一機、五直ニワカレ、三戦隊上空直衛、敵ヲ見ズ

直			
一直	1	一飛曹　岩本　隆毅	▷大　尉　三浦尚彦
	2	一飛曹　鈴木　映一	一飛曹　矢吹勝吉
	3	二　飛　村上　泰弘	二飛曹　片岡芳春
二直	1	一飛曹　木村　光男	▷中　尉　加藤舜孝
	2	三飛曹　山川　新作	二飛曹　西山　強
	3	二飛曹　後藤藤十郎	二飛曹　中尾哲夫

直			
三直	1	一飛曹　藤本　義夫	▷飛曹長　石井正郎
	2	三飛曹　武居　一馬	一　飛　中田勝蔵
四直	1	一飛曹　宮武　義彰	▷飛曹長　木村昌富
	2	一飛曹　児島　徳男	一飛曹　柳原辰夫
五直	2	▷飛曹長　中岫　正彦	一飛曹　香月一利
	1	三飛曹　小瀬本国雄	二飛曹　佐藤雅尚

コノ日、艦爆十二機、零戦ヲ誘導出撃シタガ敵ヲ見ズ
▽十月十五日（〇三四〇～〇七四〇）（一一四五～一六〇〇）
零戦二十機、二直ニワカレ船団上空哨戒、敵ヲ見ズ
コノ戦闘機誘導ノタメ艦爆五機、二直ニワカレ出動、敵ヲ見ズ
▽十月十六日
索敵ノタメ艦攻四機出動
五戦隊上空直衛ノタメ零戦九機、艦爆二機出動、敵ヲ見ズ

＊

そして十月十七日、いよいよガダルカナル敵飛行場攻撃が行なわれることになった。しかし、この日、われわれ艦爆隊の出番はなく、艦攻九機が艦戦九機の掩護で出撃することになった。そして、この日の艦攻は、九機出撃して、引き返した一機を除いて八機が全滅という悲運に際会したのである。

まず私たち急降下爆撃隊で飛行場攻撃の予定であったが、急に艦攻隊が水平爆撃を行なうことに変更され、艦攻九機が零戦九機に護衛されて発進していった。

内地では十月も終わりに近く、肌寒さを感じるころだが、赤道を越えた艦内は蒸し風呂のような苦しさである。

今日の攻撃を艦攻隊にとられた新進の艦爆隊員は、不平タラタラであったが、それでも次期作戦に備えて準備に余念がない。

やがて飛行機隊の帰投時刻になったが、ぜんぜん機影が見あたらない。時間ギリギリいっぱいで零戦隊が帰ってきた。だが、艦攻隊の影はいぜん見あたらない。

着艦した零戦隊に状況を聞くと、

「敵戦闘機は見うけなかった。水平爆撃に入ったとたん、敵高角砲のために全滅した」とのことであったが。

これは直衛隊と攻撃隊がはなれたために、確認されなかったことである。

のちにガ島の味方陸軍に救出され、片手を無くして帰って来た森拾三兵曹の話によると、艦攻隊は全機敵グラマンに食われたということであった。

彼は右手を撃ち砕かれて、左手で操縦桿を持ち、ガ島に不時着して死の彷徨をつづけたあと、ようやく陸軍部隊に救出されたとのことであった。

ともあれ、その状況が詳しくわからない現在、直衛隊にたいし無責任だとの声が高かったようであった。

ガダルカナル飛行場の爆撃は、容易ならぬ難事業であることを、われわれは艦攻隊全滅によって感じたが、搭乗員の士気はきわめて旺盛であった。そして、下命ありしだい、いつでも出動できるように準備していた。

しかし、上空哨戒と、対潜警戒の出動がつづくばかりで、攻撃の下命はなかなか下りなかった。

＊

▽昭和十七年十月十七日　艦戦三機上空哨戒（〇七三〇～〇九三〇）敵ヲ見ズ
▽十月十八日　艦爆八機二直ニワカレ対潜警戒（〇三四〇～〇六一〇）（一三三〇～一六一〇）
　敵ヲ見ズ
▽十月二十日　艦爆五機、単機ズツ五直ニワカレ対潜警戒（〇四〇〇～一五四〇）
一直　三飛曹　山川新作　　二飛曹　西山　強
二直　一飛曹　藤本義夫　　飛曹長　田島一男
三直　一飛曹　鈴木映一　　一飛曹　矢吹藤吉
四直　三飛曹　武居一馬　　一　飛　中田勝蔵
五直　三飛曹　田中五郎　　飛曹長　木村昌富
▽十月二十日　艦爆八機前路哨戒（〇四〇〇～一五四〇）敵ヲ見ズ
▽十月二十一日　艦爆八機索敵ニ出動（〇三三五～〇七四五）
1　一飛曹　木村　光男　　▷中　尉　加藤　舜孝
2　二飛曹　後藤藤十郎　　二飛曹　中尾　哲夫
1　一飛曹　中島　国盛　　▷一飛曹　清和繁次郎
2　三飛曹　小野　源　　二飛曹　山野井　啓
1　一飛曹　藤本　義夫　　▷飛曹長　田島　一男
2　三飛曹　武居　一馬　　一　飛　中田　勝蔵
1　三飛曹　山川　新作　　▷二飛曹　西山　強

2　二飛　太田　満　　三飛曹　沢田　稔

▽十月二十二日「飛鷹」トラック帰投ニ際シ、零戦三機、艦爆一機、艦攻五機ヲ「隼鷹」ニ移載

▽十月二十四日　艦戦三機上空直衛（〇八一五～〇九〇〇）

＊

その間、十月二十二日、僚艦「飛鷹」が機関に故障を起こしたということだった。私たちの「隼鷹」は橿原丸を、「飛鷹」は出雲丸という商船を建造中、空母に改造したもので、この二空母は姉妹のようなものであった。「飛鷹」の艦上機の一部は「隼鷹」に移され、同時に「隼鷹」には少将旗が翻えることになった。角田少将の旗艦になったのだ。「飛鷹」は、修理のため戦列を離れて後方へさがった。

十月二十五日、私たち急降下爆撃隊十八機は、同じく敵飛行場ならびに高角砲陣地にたいし、攻撃をかけることになり、零戦九機とともに発艦した。ガ島に到着してみると、敵戦闘機は見えない。飛行場の上空を大きく旋回しながら、急降下に移っていった。

このとき、敵グラマンが、あわてて黄色い土煙を舞い上げながら離陸をはじめた。艦爆隊は撃ち上げてくる高角砲陣地めざしてまっ逆さまに降下していく。ますます猛烈に撃ち上げてくる。急降下しながら敵主要施設をさがし、私は飛行場端の高角砲座をめざして突っこんでいった。後席の西山兵曹から、高度を知らせてくる。六百メートルで、「ヨーイ、テー」で爆弾を落とし、グーッと機首を起こしながら地上近くまで下がり、二梃の固定銃の銃身も

熔けよとばかりに敵地上施設めがけて銃撃を浴びせておいて海上に出た。

ふり返ると飛行場は、もうもうと黒煙に包まれ、敵機は見えない。

予定地点に全機無事集合、帰路につくことができた。

このときの戦果は、撃墜グラマン七機、敵高角砲陣地破壊、油タンク炎上などであった。


ガダルカナル攻撃、零戦九機、艦攻九機出撃戦闘行動調書（昭和十七年十月十七日）

制空隊

○三三○　旗艦上空発進
○四三○　ヌダイ島北方ノ二十カイリニテ「飛鷹」飛行機隊ト合同
○五○○　シーラク水道突入
○五三一　攻撃隊ニ中隊ニ奇襲スル敵戦闘機ヲ発見、コレト空戦
○五四○　空戦終了

攻撃隊

○三三○　旗艦上空発進
○四三○　ガダルカナル北方二十カイリニテ「飛鷹」飛行機隊ト合同

ガダルカナル攻撃「隼鷹」艦戦艦爆編制（十月二十五日）

制空隊1			
11	1	□大尉　志賀　淑雄	グラマン二機撃墜
	2	一飛曹　佐藤　隆亮	
	3	一　飛　阪野　高雄	
13	1	▷飛曹長　北畑　三郎	グラマン三機撃墜
	2	二飛曹　石井　静夫	
	3	一　飛　真田　栄治	
14	3	▷一飛曹　鈴木　清延	グラマン一機撃墜
	2	二飛曹　長谷川辰蔵	
	3	二　飛　中本　清	

艦攻隊

中隊	小隊	機番号	操縦	偵察	電信	
1	41	1	□大尉 伊藤忠雄（戦死）	▷飛曹長 川本良枝（戦死）	一飛曹 大田五郎（戦死）	自爆
		2	飛曹長 大多和達也	一飛曹 向畑寿一	二飛曹 石原芳雄	エンジン不調引キ返ス
		3	二飛曹 田辺正直（戦死）	一飛曹 鹿熊粂吉（戦死）	二飛曹 土井敬二（戦死）	自爆
	42	2	二飛曹 佐藤長作（戦死）	二飛曹 紺野喜悦（戦死）	三飛曹 浮ヶ谷弘（戦死）	自爆
2	43	1	一飛曹 佐藤寿雄（軽傷）	□中尉 久野節夫（戦死）	一飛曹 丸山忠雄（戦死）	不時着
		2	一飛曹 高木三二（戦死）	一飛曹 安部敬二（戦死）	二飛曹 若宮秀夫（戦死）	自爆
	4	1	一飛曹 森拾三（重傷）	▷飛曹長 八代七郎（軽傷）	一飛曹 渡辺勇三	不時着

〇五〇〇　シーラク水道突入

〇五二五　全軍突撃

〇五三二　二中隊三小隊二番機、四小隊二番機、敵戦闘機ト空戦、火災ヲオコシ自爆、三小隊一番機オイルタンク被弾、オイル漏洩、偵久野中尉機上戦死、電丸山一飛曹数分後戦死、解列、マルボホ西南方二カイリニ不時着、友軍ニ救助サル

四小隊一番機操森一飛曹、偵八代飛曹長負傷、解列、マルボホ西南方二カイリニ

4	2	二飛曹　岩田　高明（戦死）	二飛曹　佐藤　久（戦死）	二飛曹　江塚　寿（戦死）	自爆
42	1	二飛曹　川島　甲治（戦死）	一飛曹　王子野光二（戦死）	三飛曹　西田　孝雄（戦死）	自爆

不時着、友軍ニ救助サル

○五三四　一中隊二小隊二番機高角砲被弾自爆

○五三五　一中隊爆撃

○五三六　一中隊一小隊一番機三番機二小隊一番機、高角砲被弾自爆

全機未帰還

ガダルカナル島攻撃「隼鷹」攻撃隊戦闘行動調書（昭和十七年十月二十五日）

制空隊

一一三〇　制空隊十二機母艦上空発進

一二三五　インディスペンサブル海峡進入

一二四七　ガ島上空離脱集合点ニ向カフ

一三四五　アストロベ岬上空ニ集合帰途ニツク

一四一七　全機母艦帰着

艦爆隊

一一三〇　攻撃隊十二機母艦上空発進

一二三五　インディスペンサブル海峡進入

一二四七　突撃下令
一二五一　ガ島敵陣地並ビニ飛行場爆撃開始
一三〇〇　爆撃終了
一三四五　アストロベ岬上空集合帰途ニツク

ガダルカナル攻撃「隼鷹」艦戦艦爆編制（十月二十五日）

中隊	小隊	機番号	制空隊	
1	11	1	□大尉	志賀　淑雄
		2	一飛曹	佐藤　隆亮
		3	一飛	阪野　高雄
	12	1	▷飛曹長	北畑　三郎
		2	二飛曹	石井　静夫
		3	一飛	真田　栄治
2	15	3	□大尉	重松　康弘
		2	一飛曹	村中　一夫
		1	一飛	小谷　賢治
	16	1	▷飛曹長	小野　善治
		2	二飛曹	長谷川辰蔵
		3	三飛曹	阪東　誠

中隊	小隊	機番号	爆撃隊（操縦）		爆撃隊（偵察）	
1	21	1	□大尉	山口　正夫	飛曹長	石井　正郎
		2	一飛曹	中島　国盛	一飛曹	清和繁次郎
		3	三飛曹	小野　源	二飛曹	山野井　哲
	22	1	一飛曹	木村　光男	▷中尉	加藤　舜孝
		2	三飛曹	山川　新作	二飛曹	西山　強
		3	二飛曹	後藤藤十郎	二飛曹	中尾　哲夫
2	25	1	一飛曹	岩本　隆毅	□大尉	三浦　尚彦
		2	一飛曹	鈴木　映一	一飛曹	矢吹　藤吉
		3	二飛	村上　泰弘	二飛曹	片岡　芳春
	26	1	一飛曹	宮武　義彰	▷飛曹長	木村　昌富
		2	二飛曹	児島　徳男	一飛曹	柳原　辰夫
		3	三飛曹	坪井　統一	三飛曹	静野良之祐

一四二七　全機母艦帰着
戦果　制空隊ハB17一機ヲ攻撃、撃墜ニ至ラザリシモ被弾確実ナリ
艦爆隊ハ敵陣地、飛行場大型

飛行機群、滑走路爆撃、陣地六カ所命中、相当ノ損害ヲ与フ、飛行場大型機群ニ三発
命中火災、滑走路ニ三発命中
使用爆弾数　二百五十キロ十二、三千トン　機銃弾　千四百四十発
被害　被弾機七機
▽昭和十七年十月二十五日　艦戦三機、沢田一飛曹、四元二飛曹、行沢三飛曹、敵触接機追
撃、〇六〇〇母艦発、〇七二五帰還、追撃スルモ撃墜ニ至ラズ
艦戦延十一機、五直ニワカレ上空哨戒、敵ヲ見ズ

敵艦爆とすれ違う

十月二十五日、「攻撃待機」の命令が下った。

私たち艦爆隊は二百五十キロ爆弾を装着し、艦攻隊は雷撃の準備に忙殺された。だが、日没近くになっても索敵機からの吉報がない。爆弾を収め、魚雷を収めることになった。

その夜、第十一戦隊の「比叡」「霧島」の二戦艦と、第八戦隊の「筑摩」、その他、駆逐艦などを前衛として、機動部隊は敵の機動部隊を求めて南下した。

その二十六日の午前零時半すぎのことだった。敵の触接機が突然、「瑞鶴」の上に現われて爆弾を投下したが、これは舷側付近に水柱を上げたにすぎなかったという。

艦内は、舷窓を閉め切ってあるので、夜になっても、まるで蒸し風呂の中のように暑い。

毛布をかかえて涼しい場所をさがすが、そんな所はかならず先客があり、私たち若輩のもぐりこむ余地はなかなか見つからなかった。

十月二十六日、汗を拭きながら朝食をとった。今日もまた、いつものように索敵機の報告を待って終わるのではないだろうか。

「攻撃待機！」拡声器が伝えた。爆弾を搭載して、愛機の下にしゃがみこんだ。母艦は高速で走っているので飛行甲板上は涼しい。小野、加藤、武居の各兵曹の級友が集まって、無駄話にふけった。小野、加藤はミッドウェーで母艦を失い、つぎつぎと「隼鷹」に転勤になってきたのである。

朝五時ごろだった。

「敵空母見ゆ。空母一、その他十五、針路北西」

索敵機から報じてきたという。私たちは、どっと歓声を上げた。

「お茶を引かずにすむぜ」と、いつのまにそんな言葉をおぼえてきたのか、だれかがいうので、私たちは、さらに大声をあげて笑いあった。

それまで、私たち艦爆隊は、ほとんど出撃する機会がなかった。連日、待機の姿勢でいることは、かなり退屈だった。それが今日は出撃できそうだ、というので張り合いがあった。

わが母艦「隼鷹」は、駆逐艦群をしたがえて、全速で南東に驀進している。それらの部隊が、白波を蹴立てて進むさまは、槍を構えて突き進む武者にも似て精悍そのものだった。

天候は上々だった。青く澄み渡った大空には、真っ白い綿屑のような雲が、少しばかり浮いているだけだった。

当日、私は海戦は近いとわかっていたが、搭乗員室で眠りすぎて搭乗員整列を知らず、機付の整備員が起こしにきたので、あわてて飛び起きた。飛行服をひっかけて甲板に出てみれば、すでに整列も終わって、搭乗員は飛行機に乗っており、整備員に案内されて愛機の下に行くと、西山兵曹が、

「どこに行ってたんだ」という。

「眠ってたよ。どこに行くんかね」

「敵機動部隊だよ」

「行く先がわからんが」と私が指揮所に行こうとすると、

「敵の位置はここだよ」と図板に味方の位置、敵の機動部隊の位置を記入した白図を用意してある始末だった。

ときどき整列をねすごしたり、敵地や敵機動部隊の上空にいて、いつの攻撃にも最終に帰還していた私だが、このときもご多分にもれずノンビリしていて、あやうく海戦に参加しそこなうところであった。それはさておき、

「ハワイ海戦以来の大海戦になるかもしれない、全力を尽くせ」と、艦長岡田大佐は、訓示の終わりをそう結んだ。つづいて飛行長崎長中佐は、

「本艦のほかに、すでに『瑞鶴』『翔鶴』の攻撃隊が発進している。本艦の位置は、敵機動部隊より約三百三十カイリ、飛行機隊の行動範囲外であるが、本艦は全速力で飛行機隊を迎

えにいく。諸子の奮闘を祈る」

　さらに山口艦爆隊長は、

「攻撃目標第一空母、第二戦艦、以下順次大きな目標より攻撃する。出発！」

　風は幸い向かい風だった。母艦は変針せずに発艦できる。

　午前七時、まず直掩の零戦隊十二機が、発着指揮官の合図で発艦を開始した。

　つぎは私たち艦爆隊である。私の一番機は木村飛曹長だった。私の機の偵察員は、ダッチハーバー以来のペア西山二飛曹である。ハワイ空襲のとき、私とペアだった中田一飛は、中塚泰市兵曹と組んでいる。

　チョークをはずした。スロットルレバーを全開し、滑走を開始した。整備員をはじめ、手あきの人たちが甲板に並んで見送っている。ハワイ空襲のとき、機付の中田整備兵曹が贈ってくれた白鉢巻は、今日もまた、飛行帽の下にしっかりと結んでいた。私は、この鉢巻が、私を守ってくれ、必中弾にしてくれるかのように、ハワイ以来、大切に保存し、出撃のたびに用いることにしていた。

　艦橋の横にさしかかると、艦長、飛行長、その他士官たちが帽子をふって見送っている。私は、軽く挙手の礼をして通過した。機は順調に離艦した。ぐんぐん高度をとって、母艦の上空で一旋回する間に編隊ができ上がった。十八機の編隊を組むのに、この間、わずか五分だった。

＊

敵との距離の関係で、私たちより先に、「翔鶴」「瑞鶴」から、第一次、第二次の攻撃隊が先行していた。

「全軍突撃せよ」「敵戦艦一隻轟沈」「敵空母一隻火災」などとの電報が入る。そのたびに私はふり返って、西山二飛曹とともに、快心の笑みをもらし合った。

海は紺青に冴えかえって静かだった。空も透きとおるように美しかった。私たちの編隊は三千メートルの高度で飛翔しつづけた。

母艦を出てから約一時間を経過したときだった。前方の水平線に艦隊が見えだした。敵にしては早過ぎる。近づくほどに、よく見ると、それは「翔鶴」「瑞鶴」の二艦だった。

さらに近づいて見ると、味方空母の上空に敵機が群がっている。カーチス艦爆を主とする急降下爆撃機隊だった。

母艦は、全速で避退運動を行なっている。その周囲に黒煙が上がり、水柱が立った。

——やられたか？ と思ううち、水柱の中から、全速で母艦の姿が走り出た。

「がんばれ！」思わず声援を送った。聞こえないことはわかっていながら、叫ばずにはいられなかった。

敵機群は、護衛の戦闘機を伴っていないらしい。大胆な行動だ。いや、せっぱ詰まっての行動かもしれない。いずれにしても、執拗にダイビングをくり返している。

私たちの零戦直掩隊が向かっていった。

私たちの艦爆隊は、敵機動部隊をもとめて進撃をつづけた。すると、前方から編隊が近づいて来た。敵の艦爆隊だった。双方とも、機動部隊が目標である。したがって、空中戦にはならず、機銃を発射し合ってすれ違った。

またしても前方に、巡洋艦らしい艦影が認められた。敵か味方か、単艦である。しかも艦橋付近から爆煙らしい煙をあげ、こっちに向かって進んでいる。

味方重巡だった。艦橋を吹き飛ばされ、引き返してきたものらしかった。

後でわかったことだが、これは前衛として進撃していた戦艦「比叡」「霧島」、重巡「筑摩」などからなる艦隊に、敵攻撃機隊が殺到し、ことに「筑摩」は集中攻撃をうけて艦橋付近を大破され、そのほかにも命中弾をうけた、ということだった。

なお、先ほど敵の艦爆に攻撃をうけていたのは「翔鶴」で、中型爆弾が六発ほど飛行甲板に命中し、火災を起こしたが、ただちに消し止めたものの、飛行機の発着は不可能になり、他の一艦は「瑞鶴」で、私たちが飛んでいたコースから、かなり遠かったので、よくはわからなかったが、零戦が上空を警戒していて、敵の攻撃機を撃墜し、被害は無かった、ということだった。

また、「翔鶴」「瑞鶴」の第一次攻撃隊発進後まもなく、突然、雲の間から敵の索敵機が二機現われ、三番艦「瑞鳳」に襲いかかって投弾し、後部飛行甲板に命中したが、発艦には支障がないので、さっそく攻撃隊は飛び立った、ということだった。

このなかの零戦隊が、「瑞鶴」の危機を救うことになり、したがって雷爆攻撃隊は、直掩機の不足を生じ、苦戦するに至ったということだった。

「右前方に機動部隊が見える！」偵察席の西山二飛曹が叫んだ。

おそらくとび上がるほど喜んだらしい。そんな気配が感じられた。なるほど、目を凝らして見つめると、確かにそれらしいものが浮かんでいた。

指揮官機も、敵発見のバンクをしている。時刻は、午前八時四十分だった。

しだいに近づくと、それは、まさしく敵の機動部隊だった。空母は炎上し停止していた。その周囲を巡洋艦、駆逐艦がぐるぐる旋回している。「瑞鶴」「翔鶴」の先発隊が攻撃したのだ。

私たちは、ほかに敵機動部隊がいるとの情報にもとづいて北東に針路を向けた。さらに九時、針路を百七十度にとる。九時十分になっても新しい敵を発見することができなかった。

そこで指揮官は、先刻発見した炎上中の母艦に止めを刺すことを決意し、変針に移ろうとするときだった。

前方約二十カイリに、断雲を横切って、高速北上中の新たな機動部隊を発見した。

それは母艦を中心に、戦艦二隻、巡洋艦二隻、駆逐艦六隻からなる米海軍得意の輪型陣だった。敵ながら堂々たる進撃ぶりだった。

敵味方両軍は、見るまに接近した。

九時十五分、「突撃準備隊形つくれ！」と、指揮官から命令された。私たちは編隊をとき単縦陣になった。

米海軍の主力爆撃機カーチスSBDドーントレス。日米がしのぎを削る機動部隊の戦いは、たがいに空母を目標とした。

武者ぶるいであろうか、私は、膝頭が小きざみにふるえているのに気がついた。操縦桿を握る指先に力をこめ、大きく深呼吸をして下腹に力を入れた。

「西山兵曹、目標しっかり頼みます」

「よーし、しっかりやろうぜ」

二人は、そういって気合いをかけ合った。

敵艦隊は全速力を出しているのであろう、かき分ける波頭がもり上がり、真っ白い航跡がたぎり立ちながら長々とつづいていた。

「全軍突撃せよ！」

トトトトトト——ト連送の命令を発して、指揮官機が急降下にはいった。

このとき、まるで待っていましたといわんばかりに敵艦隊の高角砲が、いっせいに撃ち上げてきた。砲弾は、稲架に集まった雀の大群が物音に驚いて飛び立つさまにも似ていた。砲弾の炸裂する黒煙が無数に重なり合って、一面に煙幕を展張したかのようにすらなった。激しい砲撃だった。

敵艦隊は右に左に変針する。艦とその白い航跡は、のたうち回る海蛇のようだった。海蛇は、彼方のスコールに頭を向け、逃げこもうとする。大きなスコールだった。

私たちの直掩戦闘機隊は、「翔鶴」攻撃中の敵機に向かって以来、私たちは裸であった。

岐路は神のみぞ知る

いよいよ私の順番が迫った。

そのころ、敵艦隊は、スコール性の大断雲の下に入りかけた。雲高は三千メートルないし三千五百メートルだった。爆撃がやりにくくなった。

「西山兵曹、急降下に入る」

「高度五千」

打てばひびくように答えてくる。愛機をひねり、操縦桿を前に押した。

敵艦隊は雲の下に入った。視認できなくなった以上、速度と方向を推しはかって雲の中を突破する以外に方法がない。

「高度四千」やがて機は、雲の中に突っこんだ。

「高度三千」偵察席から知らせてくるが、もちろん目標は見えない。機の周囲は雲ばかりである。

「高度二千」

「高度一千」まだ雲の中だ。視界は零。

うまい具合に母艦の上に出てくれればよいが——と念じながら突き進む。

「高度六百、ヨーイ」まだ雲である。たよるのはただ計器ばかりである。

「高度四百、テー」ひょっこり雲の下に出た。だが、

「ちぇッ！」と、思わず叫んで舌打ちした。

照準器の中に大きく迫っているのは駆逐艦だった。狙っているのは空母だ。たった一発、大事にかかえてきた二百五十キロ爆弾を、駆逐艦に叩き込むのはもったいない。

——やりなおそう。と、とっさにそう思って、力いっぱいに操縦桿を引いた。一瞬、頭がくらッとして目頭から火花が飛んだ。いうまでもなく、体位が急変し、上昇に移ったからである。それもつかのまだった。朦朧状態は、ぬぐったように消え去った。

機首を垂直に近く上げて、下をふり返ってみた。

「ワッハッハ」私は大声をあげて笑った。

敵駆逐艦は、爆弾を投下したと思ったらしく、狼狽した操舵ぶりがおかしかった。

「どうした？」笑い声を聞きつけて、西山兵曹が問いかけた。

「やりなおす」

「馬鹿！」と、とたんに、どなり返してきた。

西山二飛曹が、どなるのも無理はない。艦隊に向かって、爆撃のやりなおしをすれば絶対に助からないといわれている。だから、私たちは、やりなおしを見たことも、聞いたことも

なかった。

敵駆逐艦は、高角砲と機銃を盛大に撃ち上げてくる。けれど、わが機は、彼らの直上なので、まず当たらない。もし当たれば、爆弾を抱いたまま突入して、三途の川の道連れにするだけだ。

愛機の左方で炸裂する黒煙を尻目に、急上昇をつづける。そのとき異様なショックを感じたように思った。下を見ると、さっきの駆逐艦が、濛々たる黒煙の中に艦首をのけぞらせて、そのまま消えてゆくところだった。後続機の爆撃で、轟沈する瞬間だったのだ。

愛機は、ようやく雲の中に入った。計器飛行で高度をとる。三千メートルを越えて雲から出た。と、右手からグラマン戦闘機が上昇してくる。味方機は一機も見あたらない。おそらく爆撃を終わって集合点に向かったのであろう。

雲の切れ目に、逃げまどう敵艦の姿が見えた。その中に、大型空母がいる。

「あの母艦をやるぞ」

「落ちついてやれよ」先ほどは怒った西山兵曹だったが、ふたたび空母を発見したので得心したらしい。励ますようにそういってきた。

機の高度は四千五百メートル。爆撃進路をもとめて空母を追った。だが、またしても空母は雲の下に入った。

——畜生！　いやな奴だ。こうなれば、雲を迂回して、進路上で待ち伏せてやろう。

そう思って、雲の左にそいながら敵艦進路の前面に出たと推定されるころ、雲下に転舵したらしい真新しい航跡を認めた。雲下を突っ切ったので、ふたたび反航して雲下にかくれたものと考えた。しかも、たったいま入ったばかりらしい。それなら、前回同様、雲の中を突っこんでやれ。そう考えて、

「急降下に入る」と後席に連絡した。

雲の中をぐんぐん急降下して、西山兵曹の「ヨーイ」がかかり、「テー」と鋭く叫んだときは四百五十メートルだった。またしても、ちょうど雲の下に出たところだった。

照準器に入ったのは母艦ではなくて戦艦だった。照準は、ぴったりだ。修正する必要がなかった。

——よし、戦艦なら叩きつけてやれ！

とっさに爆弾を投下し、機の姿勢を水平にするため、力をこめて操縦桿を引いた。敵の射撃にたいして機体の暴露面を最小にするためである。ところが、急激に機位を変化したので頭からものすごい力で押しつけられたような圧迫を感じた。

機は、どすんと下に落ちて立ちなおった。

「命中！　前部砲塔！」西山二飛曹から伝えてきた。見ると、砲塔付近にもくもくと上がる爆煙に赤い炎がまじっていた。溜飲が下がる思いだった。

愛機を、海面すれすれに下げて避退に移った。それを追うように、敵の曳光弾が、流星のように機の両横をかすめて追い越している。

右にひねることも、左にかわすこともできない。まして急上昇すれば、暴露面を大きくす

るだけで、それも危険だ。だめかもしれないと観念の臍をかためたものの、任務を果たしたあとなので、なんとか脱出したいと懸命に操縦した。

前面を巡洋艦が横切っている。その右方に、母艦が走っている。それらの艦からも、わが機をねらって撃ちだした。逃げる路がなくなった。海面は礫《つぶて》を投げ込んだかのように飛沫を上げている。その飛沫の線をかわしながら進んだ。

機銃弾にまじって、高角砲弾が炸裂し出した。いよいよ助かる公算が少なくなった。

機体が、ぐらっと、何かに吸いよせられるように、揺れた。同時に、異様な音響がかすめ去った。前方に大水柱が上がった。敵艦は主砲を撃ったらしい。絶対絶命の窮地に追い込まれた。

ところが、不思議なことに、それをきっかけに、敵弾がやんだ。

「グラマン三機！」西山兵曹が叫んだ。

「タタタタタタッ」

わが機の機銃発射音だ。偵察員が、上方からの敵の編隊に撃ち上げているのだ。敵機は、一旦攻撃姿勢にはいったが、三機とも、順次、軽く避退し去った。このグラマンに応戦している間に、どうやら危険区域を脱出できた。

集合点に到達したが、味方機はぜんぜん見あたらない。私たちは、やりなおしをしたために、それだけ時間が遅れたので、編隊は先に帰ったのだろう。

私は、西山二飛曹と話し合って、単機で帰途についた。あとは母艦まで飛ぶだけだ、と思うと、急に喉が渇いてきた。渇いたというより、ひきつったようになっていた。

母艦の上空にたどりついたのは、正午ごろだった。

帰投してからわかったのだが、わが艦爆隊の、わが機を除いた十七機は、それぞれ第一撃で攻撃を終わり、集合点に向かった。その前に、グラマン戦闘機三十六機ほどが上昇しかけていたが、わが急降下を発見したので、いずれかへ姿を消した。これが避退方向に先回りしていて、爆撃を終わったわが飛行機につぎつぎと襲いかかり、十三機が食われたという。私もやりなおしをしなければ、その中に入っていたかもしれないのだった。

真珠湾・蘭印戦で苦労を共にした全日本女学生号（ミッドウェーで喪失）の前の著者。

しかも幸いなことに、敵艦に包囲され、あわやというとき敵戦闘機が来たため、敵艦は攻撃を戦闘機にゆだねるため、射撃を中止したのだ。そしてグラマンは、わが艦爆十七機の攻撃に全弾を撃ちつくしての帰途であったがために、わが機を発見しても、単なる威嚇のためだけの攻撃姿勢をとったものと判断された。

運命の岐路は、神のみの知る謎とでもいうべきであろうか。

「隼鷹」には、ほかの傷ついた味方母艦の搭乗員たちも、多数収容されていた。

この戦闘に、私たち「隼鷹」艦爆隊は、隊長の山口大尉、分隊長の三浦大尉のほか、多数の先輩同輩を失った。ことに、出撃直前まで、冗談をいったりして談笑し合った同期の三名を失ったことは、私にとって大きな衝撃だった。

また、ハワイ空襲のときのペア中田一飛たちの機も被弾し、中塚兵曹は右腕を射抜かれて全く使用できないので、左手で操縦桿を握りながら飛翔しつづけていたが、出血多量のため失神しかけ、機位があやしくなる。そのたびに中田一飛は、伝声管を引いて中塚兵曹の正気を呼びもどし、機を水平にさせていたが、ついに「味方駆逐艦に不時着する」と電報してきたという。（中塚兵曹は内地に帰還したが、中田一飛は、その後の戦闘で戦死した）

艦爆は、急降下と空中戦闘を要求されているので、敏速な運動性を必要とし、そのため機体が丈夫にできているが、反面、操縦席はいたって窮屈になっていて、背のびすることもできない。

それに比較して、偵察席は、絶えず前後左右上下を見回す必要があるので、操縦席よりはいくらか余裕がある。両者の間に仕切りがあり、弁当の受け渡しができる程度の小さな穴があるほか、連絡は伝声管だけである。

この仕切りには各種の計器、電信器が固定設置してあるので、両方の席へ出入りするためには、一旦機外へ出なければならない。このため、操縦者が戦死した場合は、偵察員にはいかんともすることができないし、反対に、偵察員が戦死しても、操縦員がぶじなら帰投することができる。こうした例は、今次大戦に数多くあった。なお、計器類は、同じものが操縦席にも取りつけてあった。

南太平洋海戦（第一次）「隼鷹」攻撃隊戦闘行動調書（昭和十七年十月二十六日）

制空隊

〇七〇五　制空隊十二機、母艦上空発進

〇八三五　停止セル敵空母発見

南太平洋海戦（第一次）「隼鷹」攻撃隊編成（十月二十六日）

中隊	小隊	機番号	制空隊
1	11	1	□大　尉　志賀　淑雄
		2	一飛曹　佐藤　隆亮
		3	一　飛　阪野　高雄
	13	1	▷飛曹長　北畑　三郎
		2	二飛曹　石井　静夫
		3	一　飛　真田　栄治
2	15	1	□大　尉　重松　康弘
		2	一飛曹　村中　一夫
		3	一　飛　小谷　賢二
	16	1	▷飛曹長　小野　善治
		2	二飛曹　長谷川辰蔵
		3	三飛曹　阪東　誠

〇九二〇～一〇〇〇　空戦開始

一〇一〇　戦場離脱

一一〇〇　十五小隊一番機「瑞鶴」収容

一一四〇　十三小隊、十五小隊二番機十六小隊三番機帰着

		爆撃隊 操縦	偵察	
1	21	1	□大尉 山口正夫（戦死）	▷飛曹長 石井正郎（戦死）	自爆
		2	一飛曹 中島国盛（戦死）	一飛曹 清和繁次郎（戦死）	自爆
		3	三飛曹 小野源（戦死）	三飛曹 山野井哲（戦死）	自爆
	22	1	飛曹長 木村光男	▷中尉 加藤舜孝	被弾四
		2	三飛曹 山川新作	二飛曹 西山強	
		3	三飛曹 後藤藤十郎（戦死）	二飛曹 中尾哲夫（戦死）	自爆
	23	1	一飛曹 藤本義夫	▷飛曹長 田島一男	被弾七
		2	三飛曹 武居一馬（戦死）	二飛曹 木村治雄（戦死）	自爆
		3	三飛曹 中塚泰市（戦傷）	一飛 中田勝蔵	
	25	1	一飛曹 岩本隆毅（戦死）	□大尉 三浦尚彦（戦死）	自爆
		2	一飛曹 鈴木映一（戦死）	一飛曹 矢吹勝吉（戦死）	自爆

一一五〇　十一小隊一番機単独帰着

一二〇〇　十六小隊一、二番機、艦爆二十七小隊二番機ト共ニ帰着

一二〇〇　十一小隊二、三番機、十五小隊三番機「瑞鶴」ニ収容サル

爆撃隊

〇七〇五　攻撃隊艦爆十七機母艦上空発進

〇八三五　停止セル敵空母発見

〇九一〇　航行中ノ敵空母発見

〇九二〇　突撃下令

2					
	26			27	
3	1	2	3	1	2
二飛　村上泰弘（戦死）	一飛曹　宮武義彰	二飛曹　児島徳男	三飛曹　坪井統一（戦死）	▷飛曹長　中畑正彦	三飛曹　小瀬本国雄
二飛曹　片岡芳春（戦死）	▷飛曹長　木村昌富	一飛曹　柳原辰夫	三飛曹　静野良之祐（戦死）	一飛曹　香月一利（戦死）	二飛曹　佐藤雅尚
自爆	被弾六		自爆		被弾二

〇九二五　敵空母、戦艦爆撃開始
〇九四五　爆撃終了
一一一〇　帰投中ノ二十三小隊二番機、左タンク大破ノタメ燃料欠乏、不時着、自爆ス
一一三〇　二十六小隊一、二番機帰着
一一三五　二十二小隊一番機帰着
一一四〇　二十二小隊二番機帰着
一二〇〇　二十七小隊二番機帰着

戦果　制空隊ノ戦果、グラマントノ空戦ニオイテ撃墜十一機（内四機不確実）ＴＢＤ雷撃機一、コンソリデーテッド五型飛行艇一（不確実）、カーチス爆撃機一、計十四機撃墜
艦爆隊ノ戦果　敵艦撃破空母一戦艦一（空母命中三弾、至近弾一、戦艦命中一、至近弾一）
被害　自爆九機、戦死十九名

南太平洋海戦（第二次）「隼鷹」攻撃隊戦闘経過概要（昭和十七年十月二十六日）

制空隊

一一一三　制空隊八機、母艦上空発進
一三一三　敵空母発見
一三一五　突撃
一三五〇　集合地点発単独帰途ニツク

南太平洋海戦（第二次）「隼鷹」攻撃隊編成（十月二十六日）

中隊	小隊	機番号	制空隊	
制空隊	11	1	□大尉　白根　斐夫（瑞鶴）	被弾一
		2	一飛曹　横田　艶市（瑞鶴）	
		3	二飛曹　四元　千畝	
	12	1	▷中尉　渡辺　西雄	不時着人員無事
		2	二飛　金子　房一	不時着人員無事
		3	二飛　牧　正直（瑞鳳）	不時着人員無事 被弾一〇
	13	1	▷一飛曹　鈴木　清延	行方不明
		2	二飛　中本　清	行方不明

一四一〇　一小隊艦攻ニ集合帰途ニツク
一五〇〇　二、三小隊ハ予定帰投点ニ到着スルモ母艦ヲ認メズ
一五二七　艦影一ヲ認ム
一五四三　同艦上空ニ着、同艦「照月」ヨリ指示ヲ受ク
一六〇〇　重巡「筑摩」駆逐艦「谷風」「浦風」ノ上空着
一六一〇　不時着ノ搭乗員「浦風」ニ収容サル、三小隊七十度方向ニ飛ビ去リ、行方

不明

攻撃隊		操縦	偵察	電信	被害
41	1	△飛曹長 吉山 富一（戦死）	□大尉 入来院良秋（戦死）	二飛曹 渡辺 秀男（戦死）	自爆
	2	一飛曹 鵜飼 美弘	一飛曹 梅沢 幸男	三飛曹 金沢 秀利	被弾二
	3	二飛曹 山下 清隆	一飛曹 丸山 泰輔	二飛 三上 春治	被弾二
42	1	一飛曹 古俣 富寿	△飛行特務少尉 大庭 清夏	一飛曹 山崎 春雄	被弾一
	2	二飛曹 中村 繁夫	一飛曹 中村 豊弘	二飛曹 林 和夫	被弾一
43	1	一飛曹 梅田 八郎（戦死）	△飛曹長 横山 武雄（戦死）	一飛曹 砂岡 士郎（戦死）	自爆
	2	一飛 紙元 淳	二飛曹 平 弘久	二飛 寺林 幸雄	被弾二

被害　艦戦　行方不明二機
　　　　　　不時着三機
　　　艦攻　自爆二機

艦攻隊
一一一三　攻撃隊母艦ノ上空ヲ発進
一三一三　敵空母発見
一三二五　突撃
一三三五　雷撃終了
一四一〇　集合帰途ニツク
一五一〇　母艦帰着

戦果　撃破スルモノ空母一、巡洋艦一
（空母命中魚雷三、右傾斜。甲巡命中魚雷一、効果不詳）

残酷なる戦いに堪えて

敵機動部隊を傷つけはしたが、各搭乗員の報告を総合してみると、止めを刺していないことがわかった。そこで、再度の強襲を敢行することに決定した。

私が帰投してまもなく、「第三次攻撃隊用意」が発令された。そのとき、「隼鷹」には、艦爆が十機もあったろうか。だが、使用できるのは四機だった。山口、三浦両大尉を失ったあとの先任将校加藤舜考中尉が隊長だった。

一小隊一番機木村飛曹長（偵察加藤中尉）、二番機山川兵曹（偵察西山兵曹）、二小隊一番機宮武飛曹長、二番機小瀬本兵曹と発表された。いずれも、いましがた帰投した者ばかりである。

食事になったが、喉を通らない。食欲があるのかないのかすら自覚しない。帰艦と同時に緊張が解けたせいであろう、心身ともに疲労し切っていた。そのうえ、あまりにも激しかった戦場の印象が、戦場にいたときよりも強く甦っていた。さらに、四人の同期生のうち、生き残ったのは私一人だという悲壮感もあった。ようやく冷たいカルピスを飲むだけだった。

午後一時に、「搭乗員整列」がかかった。

「お前たちが犠牲になってくれ」と、杉本艦長は、訓示の終わりをそう結んだ。声涙ともに下る声だったが、私たちは、死出の旅路への命令のように聞こえた。

──いま帰ったばかりなのに、ふたたびあの惨烈な戦場へ飛びこむのか。戦いは残酷なものだと思った。同時に、祖国の運命を担っているという誇りをも感じた。妄念を振り切るように、自分の気持をはげました。

「ただいまから第三次攻撃に出発する。目標は敵空母。指揮官機にならって、必中爆撃をやれ」と、新隊長加藤中尉の指示も終わった。凛乎としているが悲痛なものがあった。発艦したのは一時半だった。

ふたたび還ることのない母艦よさらば。母艦の上空を低く一旋回すると、敵機動部隊めざし、四機編隊で進撃する。

私はいままで遺書も書いたことがなく、あとを頼むといったこともなかったが、つぎつぎと戦友が倒れ、同期生を失っていく。いまはまだ健全な自分であるが、とはいっても明日の姿は、いや今日の帰りは予想されなかった。それではじめて機付長に、「あとを頼むよ」と一言口にした。急降下爆撃機の操縦員として同期生十二名が選ばれて顔をそろえたが、わずか一年余りの間に健在しているものはただの四名、これもあと二時間後には三名に減るわけである。

喉が渇き、舌が動かないので、梅干をポケットからさがし出して、二個口に入れた。

後席の偵察員西山兵曹は無言である。それでも彼は国に殉ずることに意義を感じてか、または宿命とあきらめてか、動揺の色を見せない。南の海は、あの惨烈な死闘をも知らぬげに静かにまるで眠っているようである。

二時五十分ごろ、停止中の敵空母を発見した。第二次雷撃隊が攻撃をかけたホーネットだった。これは東京空襲に使用された空母である。ホーネットの周囲を、戦艦二隻、巡洋艦二隻、駆逐艦若干がぐるぐる回っている。

ある艦は救助に、ある艦は警戒についている。上空はるかから見渡すと、まるで池の水面に遊ぶ水すましにそっくりである。

このときは断雲もスコールもなく、わずかに千切れ雲が浮いているだけで、見透しはよかった。ほかにどこか近くに健在な母艦がいるはずだというので、われわれはさらに北進し、敵機動部隊をもとめて飛行をつづけた。何を考えているのか、後席の西山兵曹は、一言も語らない。あと二十分ほど捜索したが、発見することができなかった。指揮官加藤中尉は、ホーネット攻撃を決意した。編隊は、またふたたびホーネットに進路を向けた。

高度五千メートル。最後のあがきをつづける米空母、あせる護衛艦船群、幾条もの白い航跡を長く残しながら、全速力で走っている。

われわれは大きく旋回しながらよく観察すると、敵機は母艦の甲板が爆破されて着艦不能となったためか、海面に着水したらしく、上空には敵機は見えない。

付近にまだ傷ついた母艦がいるはずだったが、それはすでに沈没したらしく、視界内に姿は見えない。

敵機が在空せず、ねらう敵空母ホーネットは停止している。これで爆弾が命中しなかったら、まったく面目も何もあったものではない。正確を期し、絶対に爆弾ははずされない。

敵艦船群からはまだ撃ってこない。嵐の前の静けさ、死のような静寂である。無気味な沈黙の一瞬、その一瞬の中にわれわれは突撃隊形をつくった。

敵艦隊上空を旋回しながら接近していく。そのとき戦艦からピカピカと光が発せられた。砲火だ、戦いの火蓋はついに切って落とされたのだ。約十隻の敵艦からいっせいに撃ち上げてくる。目前に炸裂する砲弾が雲をつくった。

紺碧の海面に真っ白な航跡は大蛇のごとくうねり、機動部隊は急速回避運動をはじめた。撃ち上げる機銃や高角砲弾で、火の雨が逆に降ってくる。

指揮官機は逆落としに急降下に移っていった。上空から見ていると、ちょうど火の塊の中に飛びこんでいくようだ。

ぐんぐん降下していく。いまにも空間で飛散するのではないかと危ぶまれる。六人の目はただ一機の行方を追う。全く神に祈る気持で……。

一番機が投弾、私はすかさず、ついで急降下に移った。いままで一番機をつつんでいた火箭は、いっせいにわが機に向けられた。後席から西山兵曹は、静かにしかも力強く高度を知らせてくる。

母艦ホーネットの艦橋付近に、猛然と吹き上げた黒煙。

「命中、命中だ！」思わず出る喜びの声。

照準器の中は、いや愛機の前面は火の雨だ。目に映るものは敵弾ばかり、高度三千メートル、私は機銃の把柄を握りしめた。

二梃の機銃弾の行方もわからない。ねらうのはただ空母のみ、火の中に母艦が大きくせり上がってくる。その敵弾をとおして母艦が迫ってきた。

機は爆風にあおられて揺れる。高度四百五十メートル。

「打て！」二百五十キロ爆弾は機を離れた。私は目がくらむほど操縦桿を引いた。ガッと噴き上げる火柱と黒煙、隊長機とほとんど同じところに炸裂した。おどり上がるほどうれしかった。やっと任務は果たした。海面すれすれに避退に移る。ふり仰ぐ空に宮武機がついで突入した。ふただび火箭はいっせいに宮武機に、また一部はわが機に迫ってくる。向かってくるときはただの点にしか見えないが、横から見ると火網の中に突っこむように見える。

「がんばれ！　宮武兵曹」

避退中のわが機には、ほとんど敵弾はこない。宮武機はぐんぐん降下してくる。機体が大きくぐらりと揺れる。ハッと思った瞬間、爆弾ははなれて機首が上がった。ほとんど一、二番機とも同じところに吸いこまれていく。断末魔にあえぐホーネットに立ち上る火柱。

小瀬本兵曹が急降下に移った。猛烈にしゃにむに撃ち上げる砲火の中に、禿鷹のごとく勇ましく舞い降りてくる。

そのうち四番機は火網の中にかくれた。送る無言の声援、そして狂気のごとく荒れ狂う敵砲火。熾烈な防御砲火の中を突き進む小瀬本機。

「小瀬本がんばれ！」西山兵曹の連続にどなる声が聞こえる。

黒煙を噴くホーネット、だが、小瀬本機は投弾、避退に移った。

東京空襲の空母ホーネット――だが、そのホーネットは、ぱっと火を吐き、炎々たる炎につつまれていく。四番機もみごとに命中。これで全弾命中だ。

中央艦橋付近に濛々たる火炎が上がっている。四機は高角砲弾のとどかぬところまで避退し、大きく旋回した。

見よ、沈みゆくホーネット。めらめらと燃えながら右に傾き、艦橋近くまで沈んでいる。

時は三時半近く（日本時間）、太陽は赤く西に傾いている。攻撃は終わった、死のような静寂が訪れた。主力艦隊の防御砲火も沈黙して、いまはただ、わけのわからぬもの寂しさが漂っている。

編隊を組むと、全身の力が一度にゆるんで肩が抜けるようだ。母艦に帰投するのは夜になりそうなので、それ以上確認する余裕がない。

真っ赤な大きな太陽が、海の向こうに沈んだかと思うと、一時にあたりは暗くなった。母艦の位置は近いはずだが、うまく発見できるであろうか。そうした危

昭和17年10月、南太平洋海戦で空母ホーネットを攻撃するわが空母機。著者は、停止した同艦に止めの爆撃を行なった。

惧を抱きながら、指揮官機につづいた。

　母艦は予定の海面に発見できた。波は静かである。

　飛行甲板には左舷に赤と青の着艦指導灯が、中央には白い電灯の線が、また両側にはガス灯（光線が、直接甲板を射しても飛行機の方に漏れないように覆いをつけた灯火）が美しく点灯して、子鳥の帰りを待つ親鳥のようである。

　ふたたび還ることを予期しなかった母艦に還ったのだ。うれしいのか悲しいのかわからない。ただ無性に眠い。母艦の灯が大きく浮き上がってきた。軽くしぼるスロットルレバー。トンと気持よく着艦した愛機をエレベーターの上まで走らせ、エンジンを停止した。だが自分で飛行機から降りる気力がない。機付長、搭乗員がかけつけてきて、バンドを脱ずし、抱き降ろしてくれた。

　全機ぶじ着艦。艦長は、

「全艦隊最高の殊勲だ」と喜ばれた。

　私は全身の疲れでものもいえず、ベッドにもぐりこんだ。

　大本営は、これを南太平洋海戦と呼称し、戦果、撃沈空母三隻、戦艦一隻、巡洋艦三隻、駆逐艦一隻。撃破巡洋艦三〜四隻、駆逐艦三隻、飛行機撃墜八十機。被害中破空母二隻、巡洋艦一隻、飛行機自爆六十九機と発表された。

　私は一日のうちに戦艦一隻大破、空母一隻撃沈で、艦長からとくに、

「殊勲抜群、下士官の最高だ」と激賞された。

南太平洋海戦第三次攻撃隊「隼鷹」攻撃隊戦闘行動調書（昭和十七年十月二十六日）

制空隊

一三三五　制空隊六機母艦上空発進

一四五〇　停止セル敵空母発見

一五一〇　突撃、付近索敵偵察ヲ実施

一五一五　集合、艦爆二十六小隊一番機ト共ニ帰途ニツク

一六二〇　全機母艦帰着

艦爆隊

南太平洋海戦（第三次）「隼鷹」攻撃隊編成（十月二十六日）

小隊	機番号	制空隊
11	1	□大　尉　志賀　淑雄
	2	一飛曹　村中　一夫
12	1	▷飛曹長　小野　善治
	2	二飛曹　長谷川辰蔵
13	1	▷飛曹長　北畑　三郎
	2	二飛曹　石井　静夫

小隊	機番号	操縦	偵察	
22	1	一飛曹　木村　光男	□中　尉　加藤　舜孝	
	2	三飛曹　山川　新作	二飛曹　西山　強	
26	1	一飛曹　宮武　義彰	▷飛曹長　木村　昌富	被弾六
	2	三飛曹　小瀬本国雄	二飛曹　佐藤　雅尚	

一三三五　艦爆四機母艦上空発進
一四五〇　停止セル敵空母発見
一五〇〇　突撃下令
一五〇五　爆撃
一五一〇　爆撃終了
一五一五　集合
一五二〇　二十六小隊一番機分離
一六二〇　全機母艦帰着

戦果
航空母艦ニ命中弾四発、大火災、右ニ大傾斜ス

「比叡」「霧島」の最後

昭和十七年十月二十六日早朝の南太平洋海戦において、アメリカは空母ホーネット、エンタープライズなどを撃沈された痛手を被りながらも、米本土から豪州、ニュージーランドにいたる海上補給路線の確保は、彼らにとって主要任務であり、どうしても守り通さねばならぬことはもちろんであった。

また一方、わが方においてもこの路線を断ち、またガダルカナル島を奪回することが至上

の任務であった。そこでガ島ルンガ泊地においては、連日連夜、彼我の必死の補給戦がつづけられていた。

十一月十二日、わが高速戦艦「比叡」「霧島」が水雷戦隊を伴って、ガ島ルンガ泊地の砲撃に出撃した。

この艦隊の上空直衛を、私たち「隼鷹」の飛行機隊が行なうことになった。

夜中に砲撃地点まで進入するこの部隊を、夕方まで、ぶじに護衛することがわれわれの任務である。午後三時すぎ、艦爆二機が零戦六機を率いて発艦、母艦をあとに、南の陽がさんさんと照り映え、波ひとつ立たない静かな洋上を進んでいった。

指揮官機は木村兵曹長操縦、加藤中尉偵察、二番機は、私の操縦で、西山兵曹の偵察である。零戦隊の中には、同期の坂東兵曹もいる。

南の海はあくまでも青く、無気味な静けさである。ガ島では連日死の苦闘がくりひろげられているのに、機上から見ればまったくのどかなものである。純白のちぎれ雲がところどころに浮かんでいる。

私の艦隊搭乗員生活も満二年をすぎ、三年目である。通常ならば一年もやれば陸上部隊に転勤してのんびりできたのに、たびかさなる海戦で古いパイロットを失ってしまい、この分では、内地勤務もおぼつかない。まして先日の海戦に、一挙に同期生三人を失ったいま、そんなことを望むべきではあるまい。ただがんばるばかりである、と、いろいろ過ぎし日の出来事を考えながら進むうちに、高度四千メートル、一時間半ほどの行程で、めざす艦隊上空に達して、ただちに配置についた。

私たちの艦爆二機は、少しはなれた位置で警戒につき、零戦隊は高度五千メートル付近で悠々と旋回している。夕方まで上空哨戒を行なったが、敵影はまったく見えなかった。

零戦隊を集めて艦隊上空を旋回、今夜の成功を祈りながら帰路についた。

真っ赤な燃えているような太陽が、水平線に沈んでいく。なんのこともないのどかな単調な南の海を飛んで、予定どおりに帰着、全機ぶじ着艦した。夜は、今夜の砲撃の話で持ち切りだ。こんどこそ飛行場を奪回しなければならない。

話もつきて、汗の噴き出る暑さの中でベッドに横たわる。明くれば十三日、艦隊は真夜中にガ島を砲撃の後、夜明けまでに全速で北上避退する予定である。これをふたたび迎えに行くのがわれわれの任務であった。

どれくらい眠ったか、そのうちに「搭乗員起こし」の拡声器にとび起き、飛行服を着けて指揮所に昇っていった。昨夜の結果は如何に……?

外はまだ暗い。母艦の航跡が真っ白い尾を曳いている。波の音が無気味な響きを伝えている。指揮所には、ただならぬ気配が漂っている。

どうしたのかな、と思うまもなく、「比叡」が敵の魚雷で舵をやられ、航行不能に陥ったとのこと。ただちに艦爆二機、零戦六機をもって「比叡」護衛に発進せよとのことで、まだ明けやらぬ洋上をガ島に向けて飛び立っていった。「比叡」の位置はガダルカナルのすぐ近くとのことで、飛ぶこと一時間半で、めざすガ島が見えはじめた。

いたいた、艦隊が――。昨日は戦艦二隻だったが、いまは一隻、駆逐艦四隻、ほかの艦はすでに視界内にはいない。「比叡」がガ島を目前にして、ぐるぐる回っている。駆逐艦二隻が旋回の内側の艦首に付き添って直進させるべく努力しているのがよくわかるが、いかんせん三万五千トンの巨艦の力には、駆逐艦二隻ではどうすることもできない。同じ場所をぐるぐる回るばかりである。早く島からはなれなければ危ないと気が焦るが、一向に効果がない。敵機はまだ見えないが、何としても危ない。早くしないか。「霧島」の艦影は見えない。

このとき、飛行隊の高度は五千メートルである。

そのうち敵も好機を逸せず、ガ島飛行場方面からグラマンが発進してきた。その数約三十六機。高度差二千メートルでグラマンが上位にある。

私たちの艦爆二機は、「比叡」上空をはなれた。そのとき零戦六機がどこからかグラマンに反撃に突っこんできた。瞬間、グラマンは、「比叡」めざして急降下に移った。零戦に立ち向かったのはわずかに九機、零戦は全力を尽くしてグラマンの「比叡」攻撃を阻止しようと努めるが、多勢に無勢ではどうしようもない。残りのグラマンは零戦には目もくれず、依然「比叡」に向かって急降下していく。味方艦隊の対空砲火は猛烈に撃ち上げられている。一番機が、ついに投弾した。「比叡」は爆煙と水柱に覆われて見えなくなった。と、つぎの瞬間、また新しい爆煙と水柱、まったくくやしいが手の出しようがない。

いっぽう、空には味方零戦とグラマンが撃ち合っているが、敵の数は圧倒的に多く、零戦も秘術をつくすものの、なかなか一機も墜とせない。そのうちやっと第一波は南に去った。

六十キロ程度の爆弾が二発ほど命中か。

はなれていた駆逐艦がまた寄りそってくる。「比叡」は相変わらずどうどう巡りをつづけている。やがて味方機が交替にきた。このまま母艦に帰るのも残念だが、燃料の関係でやむを得ない。

後ろ髪を引かれる思いで、零戦を誘導して帰路についた。「比叡」よ、どうかがんばってくれ、と祈りながら。

夜になって折り返し「比叡」救出に向かった「霧島」も、ついに敵艦にやられてしまい、開戦以来一年にして、ここに初めて戦艦二隻を失ったのであった。

かくしてガ島攻防戦は必死の形相に変わっていったのであるが、この第三次ソロモン海戦以後、先方も機動部隊(母艦を主体とする艦隊)は引き上げ、味方も瀬戸内海に帰ったので、飛行機はガ島の敵機と、ラバウルなどからまれに飛ぶ味方機のみで、激しい航空戦も海戦もいちじ伝えられなくなった。

パイロットの心情

昭和十七年も終わりころ、「隼鷹」は南太平洋海戦、ガダルカナル、ソロモンなどで失った多くのパイロットの遺品整理のために、また新しく迎えたパイロットの補充訓練のためにトラック島竹島基地に進出した。

珊瑚でできたこの島は、白々とした静かな海岸線をもち、波一つない紺碧の海に、あくまで明るい烈しい陽射しが目に痛かった。

南洋の要衝トラックは、開戦後早くから海軍作戦の中枢地ともいうべき、最も有力な前進根拠地だった。湾内には「陸奥」「長門」をはじめ、多くの艦が入港していた。飛行機隊では、到着早々、猛訓練が開始された。急降下爆撃隊は、一撃必中の体当たり訓練の毎日に明け暮れた。

当時、まだ竹島基地は整備拡張中で、設営隊の人たちが大勢いた。この人たちが見る搭乗員生活は、一見華美であり、羨望の的だったらしい。

しかし、搭乗員の気持には複雑なものがあった。結果はいつも明白でありながら、あらかじめ死期を知ることができない。これにじっと耐えていかなければならないのである。しかも、これほどまでに耐えた最後のところは、だれも見ていない、見てもらう可能性がほとんどないのである。いかに華々しく散っていってても、それを知る人も、伝えてくれる人もいない、ただ記録に「自爆未帰還」と記されるにすぎないのだ。

昭和17年11月12日、ガ島の敵飛行場砲撃に出撃した「比叡」(写真)は、サボ島の近海で米艦隊と激闘のすえ、沈没した。

しかしながら、われわれはあくまでも敢然と戦わねばならない。絶えずつきまとう〝死〟にたいしても、極めてあっさりとした考え方を持つようになり、非人情的にも受け取れるところがあったが、物にこだわらない、あっさりした性格を築きあげていったものである。

このようなパイロットの心情を理解するすべもない設営隊の人たちは、

「自分の子供は飛行機乗りにするんだ」

「飛行機乗りは一番いいんだ」などと、すべてを忘れて戦う搭乗員の気持も知らずに話し合っていた。

ある日、ちょうど私たちは昼食をとっていた。雷撃隊はまだ訓練を実施していた。そのとき、グワーンと異常な爆音が響いた。

食事中のパイロットたちは無意識に、

「やった！」と、いっせいに舎外にかけだした。

「落ちたぞ！」

「艦攻が落ちた！」

飛行場の端まで約七百メートルほどの距離を、息もつかずに馳せつけた。飛行場から七十メートルほど離れた海面に、艦攻の尾部が浮いて見える。搭乗員の姿は見えない。油がそこらじゅうにいっぱい浮いている。

「早く搭乗員を出せ」

「早くしろ」

だれかが、さっと綱を持って海中にとびこんだ。つづいて一人。またたくまに艦攻の尾部を縛り上げた。一同は飛行機を岸に寄せた。

見れば搭乗員は三人とも、血とオイルでどす黒い。急いで座席から引きずり出して、飛行場の草の上に横たえた。軍医が聴診器を一人の胸にあてた。同時にほかの二人には人工呼吸をはじめた。

軍医官は、まだ学校を卒業したばかりの中尉で、こんな事故ははじめてだったらしく、聴診器にラッパのような管を使用していた。胸にあててはみたが、なんの反応もないらしい。あわてて今度は自分の耳につけていた方を、反対に搭乗員の胸にあててみる。また聴こえない。そこで、また反対に使用してみる。急に立ち上がって、

「だれか人工呼吸をしろ」と、悲愴な声でどなっておいて、つぎの搭乗員の胸に聴診器をあてている。

搭乗員は墜落と同時に顔面を強打したのか、額をわられて骨が露出している。軍医官は顔面蒼白、物もいわずに、つぎの搭乗員に聴診器をあててみる。人工呼吸を行なう搭乗員以外は、だれも無表情で突っ立っていた。

軍医官は、聴診器をひっくり返しながら聴診しているが、いぜんとして、なんの反応もないらしい。こうして、約三十分、ついに三人の艦攻搭乗員は生き返らなかった。

これを見た設営隊の人たちは、その日はもちろん、あと二、三日は食事が喉を通らなかったとのことである。それなのにわれわれ搭乗員の方は、軍医官があわてて取りかえる聴診器

にたいして、「取りかえなければわからないのですか？」などと、変なことを質問して、軍医官を怒らせながらも、何事もなかったかのごとく平然と先ほどの食事のつづきをやっている。このわれわれパイロットの性格は、飛行機を通じて戦争が生んだ驚異的な人間のタイプであろうか。

その後、設営隊の人々は、二度とふたたび自分の子供をパイロットにするなどとは言わなくなった。

母艦乗員の陰の力

こうしてソロモンおよび南太平洋海戦において一働きした第三航空戦隊は、トラック島でほとんど全部の飛行機を陸上基地（竹島、春島）に上げて、その大きな図体を港に浮かべ、連日連夜、艦内各部署におけるそれぞれの配置訓練に熱中していた。

おのおの受け持ち作業の反覆演練を行なうほかに、日に二度三度と防火訓練、防水訓練が実施される。

「艦内警戒閉鎖となせ」という号令がまず発せられる。するとそのつぎには、「総員戦闘配置につけ」つづいて、「中部格納庫火災」と火災場所を知らせてくる。

これはまったくだれも予測することができない。ただ副長の計画により発せられる。だから、あらかじめ準備しておくにしても、艦内全般にわたっての準備こそ必要であるが、一定個所に予定した準備など、まったく意味をなさない。しかも、全員、それぞれ戦闘配置にあって満を持しているだけである。

さらに火災の場合は、各部署から若干名ずつは火災現場に出向き、防火作業に従事する規定であり、まして格納庫は整備員の受け持ちである。飛行機の応急搬出（エレベーターで発着甲板へ運び出す）、およびほかの格納庫への延焼防止を考えなければならない。

エレベーターを如何なる位置に止めておいたら、もっとも消火、延焼防止のうえで有効であるかを判断して、機を逸せず命令を出さねばならない。また単に中部格納庫といっても、前、中、後部の三つに分かれていて、その中のどの部分かがわからなければ、消火対策が立たない。つまり、火災現場の確認が最も急を要するわけである。

すると、つぎつぎに火災現場からの報告が入ってくる。小火災の場合ならば、エレベーターを動かして飛行機をつぎつぎにできるだけ多く搬出することが第一であるが、大火災の場合はそうはいかない。むやみにエレベーターを上下したり、またいっぱいに降ろして通気をよくすると、火は瞬時にして猛然と燃え上がることになる。

なにしろ現場は、もっとも燃えやすいガソリンを抱いた飛行機がいっぱい詰まっている。こんなことこそ、日常、何百回何千回と訓練を重ねていかねばどんなに頭のよい人間でも、このような条件で課題を出されて、順次、手順を正確適切に考え出せるものではない。

まず火災現場に行くにしても、平地を走るような具合にはいかない。エレベーターが使用されなければ、艦内側方通路から入らねばならないが、発着甲板（飛行甲板に同じ）からそこまで入りこむには、途中に幾十個所とも知れぬ防火防水用隔壁が厳重に閉ざされており、ただその中央部に六十センチ角ほどの人一人やっと通れるほどのハッチが設けてあるが、これもやはり四個のハンドルによって堅く閉められている。これを開いて通り越したならば、またふたたび元のとおりに閉めておかねばならない。

おまけに発着甲板で、いままで強烈な太陽に照らされていた目は、艦内へ入ると全く懐中電灯の光くらいでは見当がつかない。それはまるで障碍物競争ともいいたいほどである。

「防火訓練」というと、だれしも「やれやれ、またか」と考えるが、しかしながら、その反面、今度こそはもっとうまくさらに短時間で、と腕を撫して待っているわけである。

だいたい軍艦は、どんな艦でも、直接、雷爆撃によって沈没することはきわめて稀であって、沈没の大部分の原因は、火災と浸水によるものである。初期防火と浸水を、最小限度に食い止めることができたら、まずどんなに爆弾の洗礼をうけようとたいてい大丈夫である。したがって、こんな訓練がいかに重要視されたかは想像されよう。

また、艦内に残った整備員は、溶けるような暑さの中で、まったく油まみれになってエンジンや機体の整備に、それこそ寝食も忘れて一生懸命である。

由来、海軍には二人以上の人が集まると、また二組以上の作業が行なわれると、かならずだれからともなく競争が行なわれる。そして、成果はもちろん、所要時間の短縮がねらいであって、一秒でも早い方は鼻高々であり、さらにいっそうの自信をもって、それ以上の進歩をねらうのである。

エンジン・機体のオーバーホール（分解掃除して組み立てる）はもちろんのこと、計器類、電気装備品などにいたるまで、完全に製造工場以上の能力を持ち、それらの何倍かのスピードをもって修理されたものである。そして材料と部品さえあれば、どんなことでもやってのけた。

〝瑞星〟という複列十四気筒星形のエンジン、〝栄〟と呼ぶ同型エンジンなどは、その分解から組み立てを終わって、飛行機に搭載して試験飛行を終わるまで、だいたい一昼夜程度で行なっていた。もちろん、その間には食事もしなければならないが、ほとんど全員が握り飯を齧りながら、片手はやはり仕事を止めないで働かせているというありさまである。

また一方、最もぱっとしない、そして飛行機の陰にかくれて注意をひかない仕事に、発着装置員がある。

これは母艦にはかならず必要な兵員で、元来、発着甲板は陸上基地とちがって極度に制限されて、とても陸上飛行場の滑走路のように、必要なだけ伸ばすわけにはゆかず、といって飛行機には、その発着艦ともに相当な長さの滑走路距離を要する。そこで発着の場合

南太平洋海戦で大破した空母「翔鶴」の飛行甲板。ミッドウェーで敗れた海軍は防火作業の重要さを戦訓として学んだ。

は、母艦自体がフルスピードで前進する。すると「瑞鶴」「翔鶴」級は最大速力約三十五ノット（時速六十五キロ）で走るから、毎秒十八メートルの向かい風をうけることになり、飛行機は停止中でも十八メートルの速度で走っていることになり、滑走距離はいちじるしく短縮される。

ところが、着艦のさいは、何か飛行機を拘束して、強制的に引き止めなければ、甲板の前端まで走って行き、つぎの瞬間には海中に突っこむこと必定である。

また多数の飛行機を着艦収容する場合を、連続収容と呼んでいたが、発着甲板の前方四分の一くらいのところまで二、三十機の飛行機をつぎつぎと収容し、その後半部の空いたところへ、連続的に着艦してくるのである。

それで、収容機群の後部には、俗にバリケードと呼ばれる着艦制止索が張られ、これは圧縮空気によって、ハンドル一つで自在に立てたり倒したりでき、飛行機を通過させるところを立てて、つぎの着艦機の万一の場合の制止に備えるものである。

着艦の方法は、発着甲板上、後方から等間隔に七本（じつは十本あったが、前方から三本は使用しなかった）の直径十六ミリのワイヤが、甲板面から十六センチの高さに左右に張られ、飛行機の尾部から下げられた鉤（フック）に、このワイヤを引っかけると、ワイヤは滑走距離最大三十五メートルまで、ブレーキされながら延び出す仕掛けになっている。

そして、機の滑走が完全に停止すると、パイロットがフックをはずして、フックをまき上げる。するとワイヤはスイッチ一つの操作でするすると巻き込まれて、またつぎの着艦機に備える。ワイヤをはずしてもらった飛行機は、緩やかにプロペラを回して、自力で前方の飛行機溜まりへ進んでいく。

このように書いていくと、とても順調な様子に思えるだろうが、じつはパイロットはもちろん、発着装置員も命がけなのである。

機種、機速によって制動機の制動力を調整しながら、わずかに頭だけ甲板の縁から上に出して見ていて、引っかかったらただちに操作する。

ところが、艦の動揺で順調な着艦ばかりは望めない。なにどき飛行機が自分の頭の上に落ちかかってくるかもしれない。それに、制動索がプッツリと切れることもある。切れたら最後、それこそまちがいなく真横に自分のところをねらって飛んでくる。これを一撃食って首を取られた者も幾人かある。

こんな危険な、しかも目立たない仕事にも、なかなか苦労が多かった。連続収容の所要時間が、初めのころは一機平均一分半から二分近くもかかったものが、ついに一機平均二、三十秒で三十機連続収容することができるようになった。

また制動索が切れた場合の交換作業は、収容速度を犠牲にすることなくやってのけるようにもなった。それは五秒ないし十五秒の間にやらなければならなかった。

また、飛行機隊は搭載燃料いっぱいいっぱいに行動して、母艦上空に帰投したときは、燃料が切れて、エンジンが停止するものもあり、このような飛行機は緊急着艦の合図（翼を左右にバンクして合図する）を送ってくる。

すると、ほかの飛行機は一時遠ざけておいて、優先着艦させるのだが、緊急着艦機が二機も三機もほとんど同時に合図を送ってくることがある。どの飛行機も助けたい、けれども一度に二機も三機も着艦することはできない。飛行機の方もエンジンが停止していて滑り込むのであるから、もちろん、着艦のやりなおしはできない。そして、こういうよいよ切羽詰まったときに、よく内部の電気系統が故障するものである。

こんなときは、故障した制動索はその係の者が赤旗を挙げるので、すぐに各部へ信号を送って故障を知らせるけれども、飛行機の方はそんなことにはいっこうにお構いなく着艦コースに入ってくる。

係りの者は、故障と同時に機を逸せず、暗い艦内のしかも最下甲板まで猿のようにとびこんで、電光石火の早業で、故障個所を復旧するのである。

それは故障と同時に、その故障個所および状況が反射的に脳裏にひらめいてくるから、こんな早業ができるのであって、そのときいっそう頭をひねっていたのでは、とても間に合わない。暇さえあれば研究し、日常訓練を度重ねておいてこそ可能なのであって、頭が半分、腕が半分、それに不撓の精神力をもってはじめてやれる仕事である。

しかも管制室内は、蛸の足のような複雑な電気装置が四畳半くらいの部屋にいっぱい取りつけてあり、見ただけでも頭が痛くなるようである。まあよくやるものだと、不思議に思うことがある。

いずれにしても、このような訓練は、単なる命令だけでできるものではない。全員が完全に一つ心に融合して、骨身をけずる日夜の反覆演練による結果であろう。

また、これら整備員には直接、敵陣にとびこむ痛快味もなく、派手な生活面もない。ただ黙々と、文字どおり黙々と、与えられた任務に全身全霊を打ちこんで、暑さも、空腹も、生も、死も、あらゆるものを忘れて、船乗りの宿命である一蓮托生の天運に、身も心も託しきった、それは信念に徹しきった姿であった。

そこにはもはや戦争すらもなく、かりにその仕事が間接に戦争に結びつけられていても、その脳中には敵もなく、味方もなかった。

敵が優勢なことは、わが技量の未熟として、その身その心に鞭うってゆき、家郷を想い、親兄弟や恋人を頭に想い浮かべる瞬間すらなかった。

五分間の暇があれば眠り、十五分の暇があれば訓練をやる。まるで人間か機械かとあやしまれるほどの姿であった。

祖国の桜も散る桜

訓練に明けくれる竹島基地から、私は戦友の遺品整理のために母艦に帰った。

わずか二、三ヵ月前、ともにこのトラック島から元気に出撃した友……。夜の飛行甲板でともに南十字星を仰いだ夜のこと、楽しかった練習生時代……。

数々の想い出を残して、いまはただ呼べど答えぬ白木の箱に変わってしまった。だが、なぜかしら一向に悲しくもなく、涙も出なかった。やがて当然、自分の上にも訪れるべき決定的な運命だったからだろうか。

とくに小野源兵曹のことが頭に浮かんできてならなかった。われわれ同期十二名の者は、大分県宇佐航空隊で急降下爆撃の教育をうけた仲間なので、その前後からとくに親交が深かった。

彼の生まれは、宇佐から汽車で約四時間ほどの佐伯で、家が近く、彼の両親がたびたび面会にきて、私も同じように、親のごとく懐かしんでいたものであり、とくに佐伯航空隊へ移ってからは、私は小野君の家から隊へ通ったものであった。

彼の両親は学校の先生なので、子供のしつけは格別厳格であり、小野兵曹と私の上陸時間(海軍では陸上勤務中でも、外出のことを上陸といっていた)をよく知っており、そして、家に帰るには何分かかるかまでも知りつくしていた。

そのため、帰途、少しでも遊んだりしようものなら、かならず逐一、報告しなければならなかった。

ところが二人はまだ若い。たまには少しくらい遊んで帰りたかった。

「おれは、今日、ちょっと用事で遅れるから、家へ伝えておいてくれ」

「そうか、おれも今日は用事があるんだが、貴様が早かったら頼むぞ」という具合に、二人ともそれぞれ秘密作戦のために、後刻のための工作を考えていた。

今日は完全に解放されたぞ、と思って独りひそかに喜んで、あるカフェーにとびこみ、鼻の下を長くして飲んでいると、向こうの一隅で彼も飲んでいるではないか。なんのことはない、これならはじめから共同作戦でいくべきだった。

「オイ」と声をかけると、先方も、ニタリ。

「お前用事は終わったのか？」と聞けば、

「目的は同じだよ」

「なんだ、そんなら一緒に来るんだったのに」と笑いながら、またひとしきり飲んだ。

いよいよ外に出てみると、ちょうど前を通りかかった彼の親父とバッタリ出会わした。万事休す。

なぜかしら、そのときの彼の困った顔が、不思議に眼前に浮かんできて仕方がない。その両親は、まだなんにも知らないだろう。そして朝に夕べに、息子の武運長久を祈っているだろうに——。

昭和十八年の元旦、私はただ一機、隊長の許可をもらって初飛行に離陸した。トラックの島々はまだ眠っている。高度をグングンとった。大きな太陽が果てしない南海のかなたに、ポッカリと浮かんできた。

酸素マスクをつけ、どんどん上昇し、高度一万メートル、トラックの島々が蟻のごとく小さく見える。地上からこの飛行機が見えるだろうか。

なぜこんな広い静かな世界で、戦争をしなければならないのだろうかと、不思議に思う。

だがしかし、親兄弟、祖国を想えば、われわれが戦うことにより、勝つことによって、真の幸福が訪れるならば、断乎として戦い、石に齧りついても勝たねばならない。戦局全般は上層部の仕事である。自分たちは個々の戦いにそれぞれに全力をつくせばよい。いや、絶対に勝たねばならない。

この飛行機があるかぎり、この爆弾があるかぎりにおいて勝つことはできる。

基地では心ばかりの雑煮が待っていた。

十八年一月の中旬、母艦「瑞鶴」が内地に還るので、私たち十名ほどは、「瑞鶴」に便乗して、飛行機を受け取りに帰国することになった。

途中はお客様で、対潜警戒も前路哨戒もやらず、のんびりと船旅をすることができた。

やがて横須賀に入港し、新しい飛行機を貰いうけて、試験飛行、機銃搭載、整備と大車輪で作業を急いだ。ひさしぶりの内地だが、なかなかやすむ暇もない。

予定機数の整備を終わり、やれやれと思ったのも束の間、

「二航戦に飛行機が足りないから譲り、空輸員はただちに帰艦せよ」という電報が届いた。

せっかく整備完了した飛行機を二航戦のパイロットに引き渡し、駆逐艦に便乗してトラック島に向かった。二月初旬だったと思う。

艦が館山沖を通過するころから、海面は猛烈に荒れだした。甲板上は海水が打ち上げて流れている。

「便乗者は部屋から絶対出てはならない」といい渡され、ハンモックを吊って横になっていたが、ものすごく揺れる。

やがて夕食時になったが、とても食べられそうもない。

乗組員が夜食を持って来てくれたが、もちろん喉を通るどころか、とても受けつけそうもない。そのうちにあちこちでゲロゲロとやりだした。

海はますます荒れる。二日目も同様、何も吐くものがなくなった。

「ひどいもんだなあ、駆逐艦は」と乗組員に話しかけてみたら、なんのことはない。御本人は反対に腹が減るばかりだとのこと。おまけに揺れると気持がよくなるというのには、ほんとに感心した。

「ああ早く母艦に帰りたい」

艦は一路南下して、三日目にやっと海も静かになった。ひさしぶりに甲板上に出て、海風を胸いっぱいに吸いこんだ。

二月九日、トラック島入港、さっそく母艦から内火艇が迎えにきてくれた。その日のうちに竹島基地に行き、つぎの作戦の準備訓練に忙殺された。

このトラック島に戦艦「大和」が連合艦隊旗艦として入港してきた。ラバウルには敵機の空襲が激しくなりはじめている。

母艦の飛行機隊が、陸上基地（ラバウル）に進出の話が出はじめたころ、どうしたのかときどき腹痛を起こし、血便が出るようになった。ある日、母艦に帰り、軍医の診察をうけてみると、アミーバ赤痢だという。もちろんさっそく病室に隔離されてしまった。しゃくに障るが仕方がない。二、三日絶食を申し渡され、病室の扉には鍵がかけられてしまった。

飛行機に乗りたくて仕方がない。飛行場に行くことはおろか、尋常の手段では室外にも出られない。二、三日も食わずにいたら死んでしまうだろう、なんとかならんかなあと、ある夜、ひそかに艦の舷窓から抜け出して、搭乗員室に帰り、落下傘袋にいっぱいの一週間分ほどの糧食をつめ込み、コッソリと病室に持ち帰った。ベッドの上方に通気管が沢山通っているので、その奥の方へ糧食の袋をさし込み、なに知らぬ顔で翌朝を迎えた。

軍医がやってきた。

「腹が減ったろう」ときく。

「少しも感じません」と、つい本当のことをいった。軍医は注射を打ち、飲み薬を置いて出ていった。

ひさしぶりにベッドに気持よく横になり、内地から送ってくれた本を読みながら、つぎの日を迎えた。また軍医がやってきた。

「どうだ、もう腹が減っただろう」

前日と同じことを尋ねるので、

「いいえ、ぜんぜん減りませんが……」と答えると、

「変だなあ!」といって、私の腹を押さえて頭を傾けながら出ていった。

食糧は豊富だ、何もあわてることはない。どうも飛行機の爆音が耳について眠れない。翌日、ちょうどまる三日目、今日も同じ軍医がやってきた。そして、同じ質問をくりかえし、私の腹を押さえて、

「変だなあ」と頭を傾けていたが、つと棚の上の落下傘の袋に目をつけた。軍医は激しく立腹した。そして、ついに軍医長の前に呼びつけられた。

「軍医の言にしたがえない者は知らん。出て行け！」と叱られた。私は大喜びで飛行場に帰ろうとしたら、軍医長に、コッピドク叱られた。

「体を大切にしろ」と、そしてふたたび病室に帰された。

ところが、ちょうど運わるく、その日の午後、病院船氷川丸がガダルカナル島などから患者を満載して、内地へ移送すべく入港してきた。

軍医長はこれで内地の病院へ帰れという。私は嫌だとがんばったが、とうとう飛行長になだめられて、

「全快したら、ふたたび母艦に帰ってもらう。君も艦隊生活三年だ。少し休んでこい。早く君を内地部隊に帰してやりたいと思ったが、つぎつぎと古いパイロットが戦死していくので帰せなかった。ちょうどよい機会だ。一日も早く、体をよくしてこい。その日を待っている」といわれ、しぶしぶ承知した。

そうして、これが期せずして、私の母艦生活の最後になったのである。

征くところかならず敵を倒し、百戦必勝の機動部隊。またその中でもとくに勇ましく、底

力のある急降下爆撃隊。その空をおおう大編隊も、還るべき母艦も、これが永遠の別れになろうとは、神ならぬ身の知る由もなかった。

私は身の回り品をかたづけ、内火艇が横づけされたので、挨拶もできずに飛び乗らざるを得なかった。

艦上は、「総員見送りの位置につけ」の号令で、全員飛行甲板上で帽子をふって別れを惜しんでくれる。

「母艦よさらば」と見上げる空に、爆音高くわが命ともいうべき艦爆が飛びすぎていった。涙でかすんで艦影が見えない。

「くやしい――」とただそればかり。もう今後は軍医のいうことをよく聞かなければならぬと、つくづく考えた。

氷川丸は、その夜、内地に向けて出港した。

これでもうしばらくは南十字星も見えず、飛行機にも乗れんかと思うと、また涙が出た。いつまでも立ちつくして眺めたあの星の色、星の数――。

呉の海軍病院には早や咲きの桜が蕾をほころばしそめていた。

美しい祖国日本に、その桜が咲きそろい、また散っていった。多くの戦友のように……。

私が病院にいる間にも、ラバウルの攻防はますます激烈となり、空母飛行隊もラバウル飛行場に進出、陸上部隊としてラバウル航空隊とともに、邀撃に、攻撃に、死闘のかぎりをつくした。その情報はそれとなく伝わってくる。

その間、山本大将も戦死、敵はソロモン列島づたいに、またニューギニア北岸ぞいにひた押しに押してきた。

私は病床でやきもきした。

じっとのんびりと寝てはいられない状況だった。

昭和18年８月、病が癒えた著者(前列右端)は宇佐航空隊の教員となった。前列中央が隊長の伊吹少佐。

その年の八月、私は幸運にもふたたび飛行機に乗ることができた。宇佐航空隊の教員を命ぜられたからである。

宇佐航空隊は、練習航空隊を卒業してきた新人にたいして、急降下爆撃を教えるのが任務だった。

朝早くから暗くなるまで、ダイブの音が絶えない。隊長は、ハワイ空襲当時の分隊長だった伊吹正一少佐、そして教員は艦隊から帰ったばかりの私のほかに、小瀬本、大川、太田の各兵曹。それにラバウルから帰った肥後、兼松兵曹など、張り切りボーイばかりであった。(伊吹少佐は、戦後、海上自衛隊にはいり、海将、自衛

艦隊司令官を勤めた。小瀬本兵曹は南太平洋、フィリピンと、共に戦ったただ一人の生存者）

十期の甲飛（甲種飛行予科練習生）、十三期の予備学生などを、一人の教員が十人の学生を受け持つので、一人の学生に急降下を二回ずつやれば、全部では二十回くりかえさねばならない。教員生活はらくではないが、私たちの若さなら、まだがんばることができた。

昭和十八年十一月、第五次にわたるブーゲンビル島沖航空戦があり、中部太平洋マーシャルでは、マキン、タラワの守備隊が玉砕し、ギルバート諸島沖航空戦は第六次にわたって行なわれ、マーシャル諸島沖航空戦は十二月五日に行なわれ、各戦線とも、鍔ぜり合いにじりじりと押され気味である。

一日も早く役に立つパイロットを仕上げるべく、高度をとってはダイビングをくりかえしながら、昭和十八年も終わり、新しい年を迎えた。

元旦は宇佐神宮に詣で、一日も早く立派な搭乗員を養成すべく祈念した。

しかし、六月にはサイパンに敵が上陸し、六月十九日「あ号作戦」が行なわれ、空母「大鳳」「翔鶴」「飛鷹」が沈没した。

十九年も七月になってようやく、この急降下に明け、急降下に暮れた宇佐航空隊に別れを告げるときがきた。

十九年七月七日、四国松山航空隊に基地を置く攻撃第三飛行隊、別名決戦部隊ともいわれた部隊に、転勤を命ぜられたのである。

戦局は日ごとに重大な様相を呈してきている。これを打開すべき重大な責任が、攻撃第三飛行隊に課せられていた。飛行機も九九艦爆に代わって、新式急降下爆撃機彗星だった。

昭和十九年七月八日、私は松山基地に着任した。

第五章　悲しき航空決戦

彗星艦爆出撃す

十九年十月初旬、鹿児島県国分基地では私たち攻撃第三飛行隊が決戦部隊として祖国の運命を挽回すべく、夜を日につぐ猛烈な訓練をくりかえしていた。

池内少佐を飛行隊長とし、小川大尉、向井大尉はじめ各分隊士は、開戦以来の猛者川畑少尉（香川県出身、操縦）、森崎少尉（長崎県出身、偵察）、内村少尉（高知県出身、偵察）、森村飛曹長（茨城県出身、偵察）の連中に加え、若いパイロットが約五十名ほどいた。

飛行機は彗星急降下爆撃機で、これは新鋭の艦上機だが、大半の搭乗員は練習航空隊を出たばかりの人たちであった。中には私の直接の教え子、池田、船本、谷畑の各兵曹もいた。

彼らには、自分たちの信頼する先輩とともに出撃する喜びでいっぱいであるが、私たちには、そういう彼らを殺してはならない、大東亜戦争完遂の日までがんばらせたいという気持で頭を痛めていた。

人間は運命にさからい得ないことはよく承知していた。しかし、それを避けるためにする努力には制限がなく、全力をそそがなければならない。そして、その実現のためには、飛行時間を少しでも多くかせがせる必要がある。これしか彼らを守るものはなかった。そのためには、訓練あるのみである。

こうして、寸時も休みない猛訓練がくりかえされてゆく。大きな結果を得るには大きな原因があり、戦果のかげには犠牲がある。

いままでの九九式艦上爆撃機は二百五十キロ爆弾搭載であったが、彗星艦爆は五百キロ爆弾を搭載し、攻撃力、速力の大なるを誇っていた。

その自慢の性能を生かすための訓練、それは若い搭乗員たちにとってはつらい訓練であったろう。しかし、彼らは、自分たちが「この戦局を切り開くのだ」「祖国の礎になるのだ」と、この猛訓練によく耐えた。

ある日、悲しい事故が発生した。

攻撃第三飛行隊三十六号機が、ものすごいスピードで飛行場に向かって急降下に移っていった。二中隊三小隊船本兵曹が、急降下より引き起こし、避退運動に移った瞬間、他機が前方を横切ったので、船本兵曹は空中衝突を避けるべく、操縦桿を力いっぱいに引っぱった。とたんに高度二百メートルでアッというまに失速に入り、地上に激突殉職してしまった。敵機動部隊攻撃を目前にひかえて、優秀な搭乗員を失ったことはなんとしても残念だった。

基地では戦友の死を目前に見ながらも、これに動ぜず訓練が続行されている。戦局はいよいよ重大、訓練はますます苛烈である。翌日は私たちの急降下爆撃隊にたいし、鹿児島市鴨池飛行場から飛び立ってくる零戦隊の襲撃にたいする彗星隊の避退訓練が行なわれた。

彗星は高度八千メートル、攻撃目標に直進していた。五千メートルまで緩降下し、あと一気に高速を利用して急降下に移る予定であった。

零戦隊は襲撃してきた。指揮官は、「攻撃隊形つくれ」を令し、高速接敵に移った。三中隊指揮官機は向井大尉が偵察で、操縦は私であった。二小隊、三小隊にたいしバンクして、「突撃隊形つくれ」を令し、一小隊は解散、私はそこで初めて高速接敵にはいるべく操縦桿を前に押した。機首がぐっと下がった刹那、わが機はガクンと下から突き上げられた。

瞬間、操縦桿を引いた。右翼三分の一ほどが折れている。補助翼もともにである。なんだろうと下を見ると、一機がキリモミで落ちていく。三番機らしい。

「山川兵曹、大丈夫か？」と、向井大尉が声をかけてきた。

「落下傘降下の準備をして下さい」と、私は冷静にこたえ、さらに、

「三番機を見ていて下さい」といって、操縦桿を倒してみようとしたが、動かない。

(飛行機には三つの舵があり、足で方向を作動して飛行機の機首方向を左右に変えることができ、操縦桿を引けば機首が上がり、押せば機首が下がる。つぎに同じ操縦桿を左右に倒すと、補助翼が動いて飛行機の左右傾斜が任意にできることになっている。この三つの舵が自由に動いて、初めて飛行機は思いどおりに行動できるのだが)

このときは、補助翼が折れてしまっているので、操縦桿を倒そうとしても動かず、飛行機は旋回しない。だが、不思議に飛行機は飛んでいる。なんだか飛び出るのがおそろしい。

ハワイ以来歴戦の九九艦爆に代わる新鋭艦上爆撃機「彗星」。旧式機にくらべ、倍の爆弾量を搭載し、速力性能も増大した。

「向井大尉、待って下さい。なんとか飛行場まで行ってみましょう」

私はなんとか飛行場まで帰ろうと努力してみたが、もう三番機は見えない。

それでも、どうにか飛行場上空まで帰投することができた。着陸しようか、落下傘で降りようか——大きく上空を旋回したが、下では救急車が走り、消防車が走っている。

思いきって着陸することに決心した。冷や汗をかきながら、どうにかやっと着陸した。

三番機はとっくに帰り、一番機は墜落したと報告したので、飛行場では大騒ぎをしていたが、私たちが帰ったので、大変な喜びようであった。

なぜ三番機が一番機墜落と判断したかというと、三番機がキリモミで落下していくとき、偵察員が一番機ばかり見ていて、急激に落下していく自分の機からは一番機が急に遠のいて見えたので、墜落したものと感ちがいしたらしい。

とにかくこのような死の訓練をくりかえしながら、昼間の急降下爆撃にたいして絶対の自信が生まれるころ、米機動部隊が台湾近海に接近したと報じられた。

この国分基地には、さらに北海道千歳航空隊から攻撃第五飛行隊がぞくぞくと飛来してきた。機種は同じく急降下爆撃機で九九式と合わせて約七十機であった。これがその当時の日本海軍の急降下爆撃隊の全部で、それがいまここに集結したのであった。

十月十四日、敵機動部隊が猛烈に台湾全土を空襲中との報に、戦局の無気味なほどの圧迫感がひしひしと身にしみてきた。その夜、私は家に帰っていた。午後十一時ごろ、隊から自動車で副官がきた。彼の顔を見ただけで、私には用件がわかった。

「何時ですか」

「十二時出発です」

「ありがとう。何機出撃ですか」

「夜間攻撃のできる人が、あなたとともに三人です」

「わかりました」

「出撃三十分前に自動車を回します」と、副官は帰っていった。

私はこの七月七日に結婚したばかりの妻があった。一度出撃すれば、帰らぬ海鷲。何も語らずとも、妻は今夜の任務の重大性を充分知っていた。「御成功を祈ります」とただ一言。

私は服を着替えながら、短かった二人の結婚生活のことを考えていた。

――雲霞のごとき敵機動部隊に、たった三機で行なう夜間急降下爆撃では、万に一つも生きて帰れるはずはない――。

十二時ちょうどに指揮所前に整列した。隊長池内少佐から、今夜の搭乗割および任務が発表された。一番機川畑少尉、二番機は私、三番機は飯塚兵曹である。

「この三機の夜間攻撃で火ぶたを切ってくれ。夜明けとともに本隊が全機出撃する」

来るべき時がいよいよ来たのだ。いまさら何も考えることはない。愛機には二百五十キロ爆弾が搭載された。

昭和19年秋、前線進出を間近にした国分基地の著者。熟練搭乗員が不足した当時、著者は貴重な戦力として重宝された。

夜間だから、彗星よりも九九式の方が安定性がよかろうということで、乗機は九九艦爆に変更された。準備は終わった。いまはもう時がたつのが早いのか遅いのかすらも感じない。


待つことしばし、鹿屋基地から電話がきた。

「今夜の攻撃をぜひともわが隊にやらせてくれ」

彼らは熟練した陸軍の操縦者に、偵察員には海軍の古強者を乗せ、陸海混成で、選り抜きの優秀なパイロットで編制され、洋上作戦に備えていたので、ぜがひでも譲ってくれという。これを池内少佐は了解した。


われわれ三機は、そのまま待機、夜明けを待つことになった。陸海協同部隊の戦果やいかにと……。


昭和十九年十月十五日の朝が訪れた。

電報によれば、戦艦撃破、艦型不詳撃沈とのこと、暗夜のため確とした戦果はわからないが、攻撃の火ぶたはついに切られた。

ただ残念なことに、敵機動部隊上空の天候が非常にわるく、雲高三百メートルとのことであって、急降下爆撃隊にとっては最悪の条件であるらしい。

十時すぎまで待っても、ついに天候は回復せず、池内少佐はまず艦爆十八機を指揮して五百キロ爆弾を抱き、見敵必殺の形相すさまじく離陸していった。攻撃第五飛行隊の急降下爆撃隊も、つぎつぎと爆音高く離陸した。

そして夕方になったが、なんの電報も入らない。不安な気持のまま夜になったが、攻撃隊はどうしたのだろう、いぜんとしてなんの音信も届かない。初めの予定では攻撃終了後、台湾に行くことになっていたが、……明朝は電報がくるだろうと、その夜は、まんじりともせずに夜を明かした。

明けて十六日、だが、いぜんとしてなんの音信もない。敵機動部隊付近はいぜん、天候がわるく、急降下不可能との報告があったのみである。

ほかの攻撃隊からは、雷撃隊、水平爆撃隊がどんどん攻撃に出ているとの報が入る。とじ、国分、鹿屋、笠ノ原、鴨池の各基地から攻撃隊が発進していた。われわれは一刻も早く天候の回復を祈るのだが……。

かくして十六日も暮れていく。国民は、十五、十六日の戦果に万歳を唱えているが、私たちの部隊は、切歯扼腕しながら攻撃の時期到来を待った。

十七日、小川大尉を指揮官に、艦爆十八機が第二次攻撃隊として、敵機動部隊めざして発進していった。

日本側の猛攻に敵機動部隊は位置を南方に移動したのか、第二次攻撃隊はついに敵機動部隊を発見し得ず台湾に到着したが、第一次攻撃隊はいぜんとして謎を含んだまま、その消息を絶っているとの電報が届いた。

かくてこの一戦に備えた急降下爆撃隊は、悪天候にわざわいされ、ついに敵機動部隊に決定的な打撃を与えることができず、あたら好機を逸した。

なお後日、攻撃第五飛行隊の生存者によれば、池内少佐を指揮官とする攻撃第三飛行隊の彗星艦爆は、悪天候をおかして雲下を進撃、高度三百メートルで突入、体当たり攻撃を敢行の刹那、敵戦艦の主砲榴散弾をうけて、無念にも一挙に壊滅したとのことであった。

台湾沖航空戦の大戦果は、ひどく軍民を喜ばせた。しかし、このような大戦果が挙げられたにもかかわらず、十六、十七の両日も台湾にたいする敵の空襲はつづいた。また一方、敵の奇襲部隊は、レイテ島の鼻先まで近接し、他方、米軍の第六奇襲部隊は、レイテ湾口のスルアン島へ上陸を開始した。

ルソン島のクラーク基地部隊は、約百機の敵機に猛烈にたたかれ、十八日もその空襲はつづいた。米軍のレイテ島上陸の企図が明白となり、日本の連合艦隊司令部は、全軍に〝捷一号作戦〟の発動を指令してきた。

十九日にも敵の猛烈な空襲はつづいた。わが方の索敵機が必死に活動したが、敵輸送船はどうしても網にかからなかった。

　このころ小川大尉を隊長とする攻撃第三飛行隊は、ダバオに基地を進めていたが、ついに最後に発した小川大尉機が敵上陸部隊の輸送船団を発見した。

　さらに護衛空母と、戦艦、駆逐艦群を発見した。つづいて、陸軍の司令部偵察機が、レイテ湾内に敵空母群その他を発見した。

　レイテ湾に進入の米奇襲部隊は、十八、十九の二日間にわたり、激しい艦上機の爆撃、艦砲射撃で徹底的に日本軍陣地をたたいた後、レイテ島のドラッグに上陸し、ついで、タクロバンに進出してきた。

　ここにおいて、約半年を越える日米両軍の古今未曾有の死の決闘がくりひろげられていくのであった。

落日の基地艦爆隊

　台湾沖航空戦、比島沖航空戦とあいつぐ戦闘に、隊長池内少佐、分隊長小川大尉の各指揮官を送り出した攻撃第三飛行隊は、決戦部隊としての任務の重大さを十分に知り、猛訓練に明けくれてはいるが、その陣容は、向井大尉（偵察）を指揮官に、百々瀬中尉、井口中尉、操縦は山田少尉、飯塚兵曹長で、先任搭乗員は私だった。

　開戦以来の戦場経験者、艦隊搭乗員は山田少尉と私のみで、勝敗の鍵を握る飛行機隊指揮官は、戦場の経験を持たなかった。おのずと訓練は私が中心となった。

開戦当時の先任搭乗員と、現在の私とを比較すると、同じ先任搭乗員とはいっても約七歳ほど若く、しかも、この若い先任搭乗員を補佐してくれる戦争の有経験者はすでにいないのだ。したがって技量もほぼこれに比例して低下しているわけであった。搭乗員の年齢は若いほど良いとはいっても、これではあまりひど過ぎると思った。果たしてこの若さでよく大任に堪え得るのだろうか？

無邪気な若いパイロットたちは、自分たちの先輩が挙げた輝かしい戦果に劣らぬ戦果を、自分たちの手で挙げるべく努力はしているが。あまりにも戦争というものに安易な解釈をしているようにも思われる。

また他方、人々はあまりにも大きすぎる期待を私たち攻撃第三飛行隊にかけているようであった。私は最も責任ある先任搭乗員として、一人胸を痛めていた。

まあ、現在の程度でも、急降下爆撃はどうにかできるだろうが、編隊飛行もおぼつかないし、敵艦隊上空まで果たしてたどり着くことができるだろうか！

先任搭乗員の気持も知らないで、若いパイロットは元気に唄う。

〽貴様と俺とは同期の桜

同じ予科練の庭に咲く

一抹の哀愁を帯びた〝同期の桜〟の唄声が流れてくる。

――そうだ、若い彼らは自己を捨て、ただひたすらに、愛する祖国の危機を救うべく闘っているのだ。おそらく敵艦隊に大した打撃も与えることなく、むなしく未帰還となるであろう。しかし、たとえ戦果は挙がらなくても、飛行機と運命をともにしたこと、ただそれだけで満足するかもしれない。訓練だ、訓練だ……。

母艦の搭乗員は、悲境にのぞんでも失望ということを知らなかった。いかなる困難も艱苦も、笑って処理する気魄を持っていた。

——自分たちが祖国の運命を担っているのだ。困難を切り開くのはわれわれだ。躊躇は禁物、明日からいっそう猛烈な訓練をいちだんと激しくやろう……。

そのころ、とくに飛行機や関係兵器の不足が目立って激しくなり、まず彗星艦爆に搭載する固定機銃七・七ミリがなくなり、射撃の訓練ができなくなった。くる日もまたくる日も、編隊と急降下爆撃の訓練に専念した。全機一キロ爆弾を二発翼下に吊り下げて、目標を鹿児島湾内にある通称軍艦島(巡洋艦ほどの大きさの島である)にきめて——。

訓練は編隊訓練を兼ねて、十八機以上が編隊で高度五千メートルで進入する。「突撃隊形つくれ」で編隊を解散し、「突撃」で急降下に移る。急降下終了後、すみやかに集合し、編隊を組み、ふたたび高度をとる。

これが毎日毎日の日課だった。先任搭乗員として心配していた彼らの技量も、人間の一心努力は恐ろしいもので、どうにか目標の軍艦島に命中させる域に達した。そして若い搭乗員たちも、だんだんに急降下爆撃にたいして自信を持ってきた。

あと六ヵ月もすれば、国民の期待にそえるだけの技量に達するだろう。だが、戦局はそれだけの時を許さなかった。

十一月中旬のある日、攻撃第三飛行隊の第三次攻撃隊に、戦雲急を告げる比島に進出の命が下った。機数は、彗星艦爆二十七機。指揮官向井大尉は人選に頭を痛めた。

まず第三次攻撃隊の指揮官は百々瀬中尉に決定したが、百々瀬中尉は戦争の経験がないので、私を連れていくと頑強にいって譲らない。ところが、向井大尉は、

「先任搭乗員が出撃すれば、あとに残った隊員はどうするのだ。訓練はどうするのだ。先任搭乗員は絶対に出撃させない」と頑強に主張する。

そんな具合で、いつまでたっても話は折り合わなかった。最後に本人の意志によって決定することになった。

あとに残ったパイロットの訓練も大切だが、現在の戦機を逸したら、ふたたび好機は訪れないだろう。私は出撃の意志を表明した。喜んだのは百々瀬中尉以下、第三次攻撃隊員の連中で、さっそく祝盃が挙げられた。

出撃は決定したが、飛行機隊には一梃の固定銃もない。兵器関係の分隊長に、

「機銃を搭載してもらいたい」と話すと、

「ぜんぜん機銃がない」との返事であった。そこで私は、

「機銃のない飛行機には乗らん」と突っぱねた。

結局、兵器分隊長もとうとう一番機にだけ固定銃を搭載しようということになり、大急ぎで取り付け、調整を完了した（実際にはなんの役にも立たなかったが）。

十一月十六日、南国鹿児島の空にも、はや晩秋の気は深く、国分基地では攻撃第三飛行隊

の第三次攻撃隊が比島に出撃の命令で、彗星艦爆二十七機が翼を連ねていた。

総指揮官兼一中隊長百々瀬中尉（偵察）、飯塚飛曹長（操縦）、二中隊長井口中尉（予備学生出身、偵察）、山川飛曹長（操縦）、三中隊山田少尉（操縦）、山本飛曹長（偵察）だった。

エンジン始動。基地隊総員期待の目、打ちふる帽子の波に送られて、いよいよ百々瀬中尉を先頭に、黄塵を巻き上げながら三機編隊の離陸を行なう。

私は静かにスロットルを全開した。二番機、三番機をふり返ってみると、真剣な表情でしゃにむにくっついてくる。そしてつづく二小隊、三小隊……。

飛行場上空を大きく旋回しながら、わが二中隊は九機編隊を組んだ。前方を行く一中隊はまだ編隊が組めていない。後方の三中隊にいたっては六機しか見あたらない。

艦隊における当時の攻撃隊にはみられなかった物足りなさを感ずる。訓練の不足がひしひしと身にせまる。指揮官はどうするだろう。約三十分ほど飛行場上空を旋回の後、編隊解散——着陸姿勢に移った。

比島においては、われわれの到着を一日千秋の思いで待っているのに、暗澹たる気持をどうすることもできなかった。

指揮官百々瀬中尉と話し合いの結果、編隊につけない者、および飛行機の不調な者は残していくことに決定し、翌日、また盛大な見送りをうけて出発した。この日どうやら、二十七機全部が離陸し編隊を組んだ。

第三次攻撃隊二十七機の彗星は、米機動部隊めざして、一路、南下していった。

美しい桜島よ、さようなら。祖国日本よ、さようなら！

やがて奄美大島を過ぎ、沖縄上空に達した。内地の空はもう肌寒さを感ずるのに、ここ沖縄上空では、じっとり汗ばんでくる。

先日、米第五十八機動部隊の猛烈な空襲をうけた沖縄も、数ヵ月後にせまる死闘を知る由もなく、静かに横たわっている。

そして、ひっきりなしに戦場めざして進む友軍機に向かって万歳を叫んだことだろう。だが、このころから飛行機は、まったく粗製乱造であり、そのうえ、整備員の不足によって完璧の整備が望めなくなり、しかもパイロットの未熟という根本的な欠陥もあり、日頃から心配していたとおり、ついに一機が、石垣島にかかるころ、われわれの前途を暗示するかのごとくに、また一機が雲間から消えていった。戦場に到着する前に二機を失ったわれわれは、台東の飛行場に正午ごろ到着した。

さっそく基地の整備員に、明日の出撃の整備補給をたのみ、台東の町に出てみた。

ある旅館の主人は、先月十二、三、四日と米機動部隊による猛烈な空襲をうけ、最後には日本の飛行機が全部いなくなったと見るや、超低空でゆうゆうと町を見物して行ったと、たいへん口惜しがっており、そして、十五日からの日本航空部隊の猛反攻による大戦果に、一同泣いて喜んだとのことであった。

しかし、私たちには台湾沖の戦果には、何かしら不安な割り切れない感じがあり、これをどう処理することもできなかった。

池内少佐を先頭に、攻撃第三飛行隊彗星艦爆十八機全機が未帰還という、まったく信ずることのできぬ現実にたいして、不可思議な気持が頭にのしかかってどうすることもできなかった。精鋭を選りすぐった彗星急降下爆撃隊は、いまいずこにありや。

十一月十九日、いよいよ台東飛行場を出発する。比島に先発の連中が物資にたいへん不自由を感じているとの話があったので、国分基地出発に際して、酒保物品をたくさん積みこんできたが、さらに台東でバナナを五円ほど買い入れて搭載した。当時、五円出せば、大人二人でかかえるほどの大籠にいっぱいあったものであるが……。

かくていよいよ離陸することになった。

南国特有の空の色、太陽はすでに昇りかかって明るい光を射しかけている。台東基地の隊員総員が見送る中を、腕も折れるばかりに打ちふる帽子の波が後方に流れ、一路、南をさして飛び立った。若い搭乗員の胸には、まだ見ぬ敵を頭に描き、祖国の運命を賭けた決戦場へとまことに意気すさまじいものがあった。

砂塵を巻きあげて飛び立った彗星艦爆一中隊、二中隊、三中隊の編隊は、台湾の山並みを右に見て、しだいに高度をとりながら南下していった。やがて台湾の最南端ガランピ岬上空を過ぎたころ、一中隊が左に大きく旋回した。

「どうしたんだろう」と、後席の井口中尉と話し合いながらも、つづいて左に旋回、三中隊も同じく、いままでのコースを反対に北上して行った。

台東の飛行場が見えはじめた。一中隊は編隊を解散し、つづいて二、三中隊も編隊を解散、着陸姿勢に移った。

心配そうにかけよってくる整備員たち。

「どうしたんですか」と尋ねてみると、

「発動機の不調だ」との返事である。

鹿児島出発の際といい、今日またこの出撃といい、どうしてこうも運の悪いことだろう。かつて艦隊搭乗員として破竹の勢いで進撃していたころとは何かしら、まるでちがった感じがする陸上飛行隊である。

気はあせるが、やむなく、台東に二泊することになり、翌日正午、ふたたび彗星隊は砂塵をあげて発進して行った。

ガランピ岬を右に見て、やがて台湾も視界から去っていった。編隊はバシー海峡の上空にさしかかった。見えるかぎりの一面の大海原である。そのとき、急に指揮官機が大きく左に変針をはじめた。

「どうしたのか？」まったく指揮官の意図がわからない。

井口中尉と話し合い、二中隊と三中隊だけで比島に向かうことにしようかと話したが、指揮官に意志が通じない。やむを得ず大きく旋回しながら一中隊につづく。

またまた台東飛行場に着陸した。地上に降りて百々瀬中尉に理由を尋ねたら、意外にも、「発動機が悪いんだ。二、三中隊はなぜ予定どおり行かんのか」と大変な立腹であった。

「いまからすぐ出発しろ」ときつい命令である。

ただちに井口中尉、および三中隊長山田少尉と相談したが、もちろん三人とも比島は初めてであり、ただ、マバラカット飛行場というだけでは見当がつかない。それにいまから出発すれば、夜中に到着するはずである。しかし、相談の結果、夜になっても行こうと話しがきまり、さっそく燃料を搭載し、出発準備にかかった。

午後四時ごろ、準備完了。さっそく出発すべく、十八機はエンジンを始動した。

このとき、指揮官百々瀬中尉は心配して、

「今日の出撃取り止め、明朝出発」といってきた。私たちは一時も早く比島に行かねばならないと、このときはじめて、指揮官の命に反して出発を強行した。

静かなバシー海峡を飛ぶことしばし、やがて比島の最北端が見えはじめた。航法は正確だった。そのうち大きな太陽が西の波間に沈みかけた。スロットルレバーをいっぱい開き、急ぎに急いだが、リンガエン湾に達するころ、早くも夕闇がせまり、あたりは暗くなった。

高度を千メートルくらいに下げ、味方識別信号を送りながら南下するうち、不意にピカッと光った。そのとたん、猛烈に撃ち上げてくる。

「何をしているんだ」

「味方だ」

脚を出して大きくバンク（翼を左右に傾ける）したが、さっぱり効き目がない。落とされては大変と、パッと編隊を開いたが、なんだか勝手のちがった嫌な気持だった。

味方機もわからず射撃をつづける陸上部隊は、だいぶ血迷っているようだ。それでも幸い被害機もなく、リンガエン湾上空を通過、クラーク基地群に到着した。

よくはわからないが、一番近い飛行場（北の端）に着陸を開始した。なれない飛行場ではあるが、それでも全機ぶじ着陸できた。

飛行場の端に飛行機を誘導し、列線をとった（飛行機を一列に並べること）。ただちに指揮官に報告に行った。

報告と同時に指揮官玉井中佐の指揮下に編入された。さっそく明朝を期して、レイテ湾碇泊中の艦船に攻撃をかける旨の打ち合わせが終わり、とりあえず飛行機の荷物をおろしに向かった。ところが、どうしたのか、荷物がひとつも見当たらない。整備員に、

「荷物はどこにおろしたのか」と訊くと、

「ぜんぜん知りません」という返事である。

「そんなことはないよ。君たちが苦労しているからと内地から酒保物品を積めるだけ積み、そのうえ、台湾からバナナまで積みこんできてやったのだが」と説明までしたが、やはり知らないとの返事である。

「それなら、だれが荷物をおろしたのだろう」と不審に思っていたところ、最近においては内地からきた飛行機の品物のなくなることが、たびたびあるという話であった。いやなことだとは想いながらも、ない物をどうすることもできず、それに明朝の黎明空襲の予定もあるし、少しでも体を休めるために宿舎に案内してもらった。

宿舎は飛行場の北側の林の中にあった。板の間にござが敷いてあった。たいへんお粗末で毛布を二、三枚敷いても、まだ背中が痛い。暑苦しくもあり、なかなか眠れない。同じ暑いのなら、母艦のベッドの方がどれほど寝心地がよかったかしれない。蚊にさされぬようにとの注意があったので、汗を拭きながらも、蚊帳の中に入りこんだ。

どれほど寝たろうか、「搭乗員起こし」の声に若いパイロットはいっせいに跳ね起きた。すでにトラックが迎えにきている。外はまだ暗い。晴れた空に、星が美しく輝いていた。さっそく飛行場指揮所前に整列。カンテラに照らされた黒板に搭乗割が出ていた。

攻撃目標、タクロバン沖の敵輸送船団、戦艦、巡洋艦、輸送船の順に、大きな目標から順次攻撃せよとの命令である。

空を圧する敵機

そのころ、彗星十七機は、整備員の手によって早くも勇ましい爆音を夜空にひびかせて、試運転が開始されていた。

搭乗員にたいする細部の注意事項も終わり、いよいよ「攻撃待機」となった。

それぞれに愛機に搭乗し、待つ間もなく、やがて東の空がようやく白く輝きはじめた。ひとしきり爆音は勇ましく、全比島の空を圧するごとくに轟きわたる。このとき突然、青い光がピューピュー飛んだ。

「なんだろう」

整備員がさかんに、「エンジン停止、エンジン停止」と手先信号を送ってくる。ともかくエンジンを停止した。

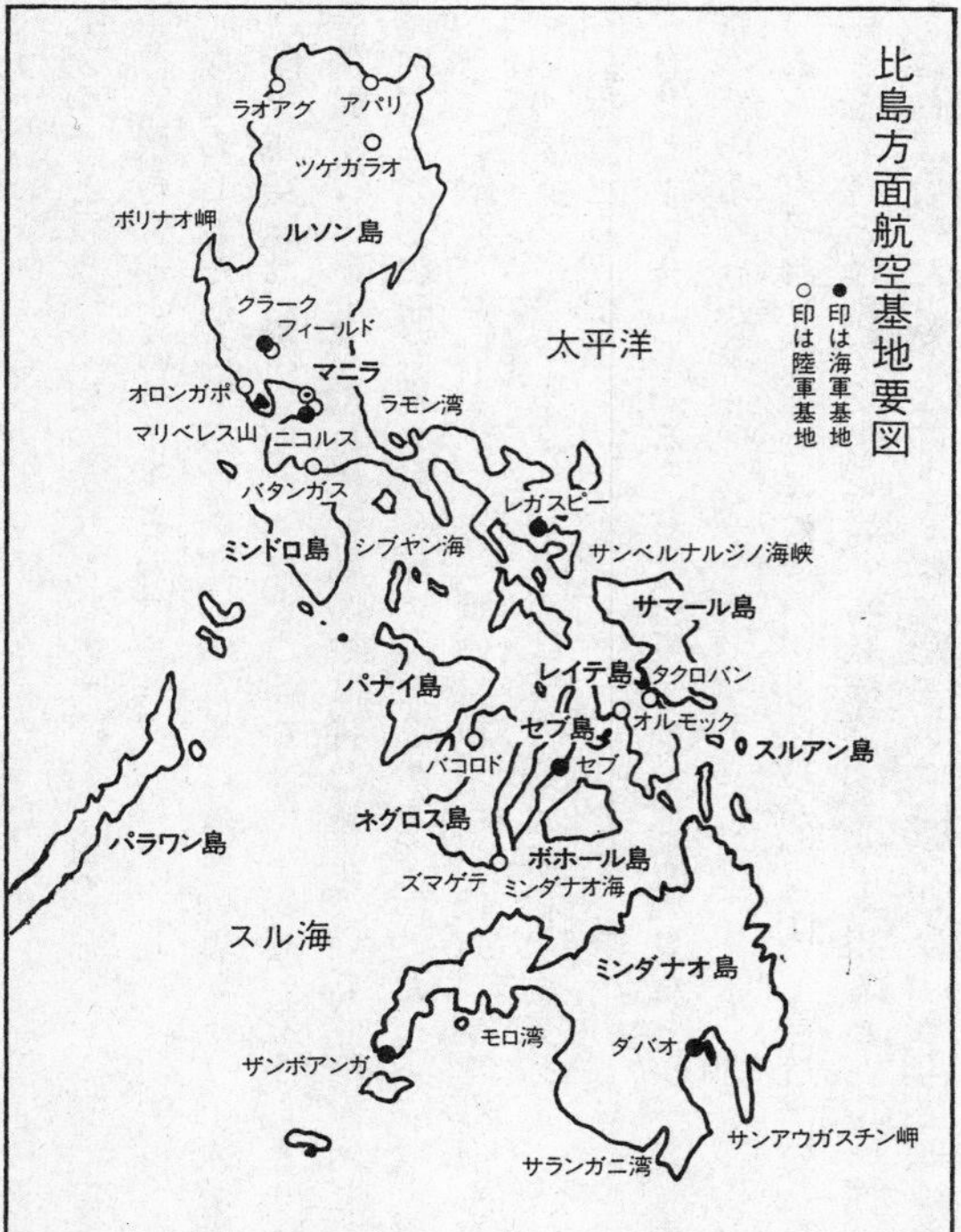

カンカンカンと、変な連続音が聞こえる。半鐘のような音だ。整備員たちの顔色がただごとではない。

「おかしな人たちだ。いったい何があったんだ」

「なんだ、なんだ」

「空襲、空襲！　飛行機を林に入れろ」

警備員が叫んで走りすぎる。

「何いってんだい。空襲は今から行くんだよ」

「ちがいます。敵の空襲

です」

「変なこと言うな。しっかりしろよ」

「早く飛行機から降りて下さい」

なんのことだかわからないが、飛行場には自動車が走り、人が走り去る。

陸上航空隊はなんて変わったところなんだ、と思いながらも、とにかく飛行機を降りた。

整備員が、どんどん飛行機を林の中に押し込んでいく。何が何だかはっきりわからないが、
搭乗員もともに飛行機を林の中へ入れるのを手伝った。

「どこに敵機だ？」と訊くと、整備員が指さす彼方、早くも白んだ東の空にマニラ富士がはっきり見える。その左の方に鳥のような黒点の群れが見える。

「飛行機だろうか？」

などと話し合っているうちに、気がつくと整備員たちが一人も見えない。はてな、どこへ行ったのだろうか？

あたりを見渡せど影も見えない。ところが、そのとき近づいた鳥のような黒点をよくよく見ると、鳥どころか正真正銘の艦載機だ。来るわ来るわ、空一面に群がってくる。

これは大変だと、このときはじめて事の真相がはっきりと頭にきた。ところが開戦以来、臍の緒切ってはじめて見る敵の大編隊だ。もちろん空襲の恐ろしさというものはとんと経験がない。空襲するときのことばかり考えていた頭に、空襲される身になって考えてみたところで、いっこうに見当がつかない。知らぬが仏とはこのことか。

「何機ぐらいいるだろうか。これだけ一ぺんに飛ぶとみごとなもんだなあ」

などと話し合っているうちにも、敵編隊はぐんぐん近づいてくる。いるわいるわ。百機、二百機ではない、三百機はゆうに越える機数だ。

下から見とれていたが、このときようやく敵機の爆撃銃撃を受けるんだ、ということがわかってきた。

「どこへ行ったらいいのか」と聞こうにもあたりには人影も見えない。わずかに残っているのは、昨夜到着したパイロットばかり、基地員はだれ一人もいない。防空壕などあるのか、ないのか、それすらわからない。自動車も見えない。

仕方がない、このへんで見物しよう、と林に入ろうとしたとき、飛行場の中央部付近で手招きをしている。敵艦載機の編隊は、早くもクラーク地帯の各飛行場に一挙に襲いかかるべく、編隊を解散した。味方機は一機も上空になし。防空砲火また全然なし。

まったく嵐の前の静けさだ。無気味な沈黙、聞こえるのはただ敵編隊の空を圧し、地を裂くような爆音ばかりだ。

機種はよくわからないが、カーチス艦爆、グラマンF４F、グラマンF６Fが主体のようだ。編隊を解散した敵三百機は、いまや完全に空を覆ってしまった。にわかに思い出したようにわれわれパイロットは走りだした。脇目もふらずにつっ走った。

飛行場中央部は防空壕だった。やれやれと思ったとたんに、敵機は単縦陣になって急降下爆撃機が、逆落としに突っこんできた。バリバリ、バリバリバリと地を震わし、耳をつんざく音ではじまった。

「はいれ、はいれ」と壕の中から、だれかがさかんに呼んでいる。若いパイロットの全員を壕に入れた。私はまだ敵の急降下を見たことがない。そこで亀のように壕の入口付近で首だけもたげて、敵のお手並みを拝見させてもらうべく身構えた。

すでにバンバン飛行場、クラーク飛行場ともに、ほとんど同時に、敵機は襲いかかったらしい。

機銃音が遠雷のごとく伝わってくる。このマバラカット飛行場に攻撃をかけてくるカーチス艦爆の攻撃目標はと見ると、いましがた、われわれの彗星艦爆を引っぱりこんだ林に集中していく。

急降下しながら、猛烈な射撃を加え、グラマン戦闘機特有のあのずんぐりした機体が、グウーと引き起こされたと思ったとたんに、かなり大きな黒点が、矢のように落下して行く。すでにつぎのグラマンはバリバリ、バリバリと機銃掃射をはじめている。

猛然と立ち昇る黒煙、土煙、林の木が噴き上がる。ものすごい轟音とともに噴き上がる火炎。グワーンとゆすぶられる身体。これには少々驚いた。このときになってやっと敵から空襲されると、どんなことになるのかがわかってきた。

敵は宿舎も壕もねらわずに、ただ昨日到着した彗星艦爆、虎の子の攻撃機が隠されているあの林に集中攻撃をかけていく。

バリバリ……、グワーン。まったくやかましくて、なんにも聞こえない。

だれかが身体を引っぱっているようである。ふり向くと「はいれ」といっているらしい。中を見れば、基地司令の姿も見える。昨日到着したばかりで、士官の名前もわからない。轟々たる爆音、騒音、破裂音、これだけやられると飛行機は完全になくなるだろう。いや分散してあるから大丈夫だろう、などと自問自答してみる。

米軍はレイテ島上陸後、ルソン島の日本軍飛行場を徹底的に爆撃した。写真は落下傘爆弾攻撃をうけるクラーク飛行場。

耳を聾する轟音、機銃音、爆音、ドロドロビリビリと壕はゆれる。見たい、ふたたび首だけ出してのぞいて見る。敵グラマンは単縦陣でつぎからつぎへと襲いかかり、機銃弾の雨を降らせ、さーっと低空をかすめて引き起こしていく。

林の一部から猛烈な黒煙、火柱が立った。飛行機に搭載していた五百キロ爆弾に火がついたのだろうか、猛然と火炎、黒煙の立ち昇るのが七、八ヵ所みえる。

——これは大変だ、飛行機がなくなるわい……と、仰ぎ見る空に、これまた、いるわいるわ、クラーク上空を圧してあまりある敵機の群れ。乱舞する艦爆、F4F、F6Fが逆落としにつづく。それらの上空をゆうゆうと旋回をつづけ。順番を待っている後続機。あたかも獲物をねらう禿鷹の群れのごとく。

炸裂する味方高角砲弾の数よりはるかに多い敵艦載機の群れ。「いつまでつづくだろう」と、このマバラカット基地にどれほどの機数が攻撃しているか数えてみたが、星を数えるようでまったく数えられない。

壮大雄渾な敵反攻作戦の一端——はじめて攻撃された私は、まったく圧倒された、偉大なる物量である。クラークの空に、いや宇宙に満ちあふれる敵機。まったく偉大な物量であった。味方戦闘機は一機もない。どうしたのだろうか（後で判明したことであるが、そのころ、日本側は温存作戦といって、できるだけ飛行機を消耗させずに温存しておいて、一挙にそれを使用するよう計画されていた）。

こんな空襲ならまったく面白いことだろう。日本の高角砲弾の数よりはるかに多い敵機である（これも後でわかったことであるが、高角砲陣地から射撃して、その陣地の位置を敵機に知らせたら、雲霞のごとき敵機の集団に襲われて砲座はもちろん、その付近の地形が変化してしまうまでくりかえし銃爆を受けたということである）。

万雷一時に落ちる音とはまさにこのことか。ぜんぜん壕は出られない。それのみか、息つく暇もない。空は爆煙、黒煙で太陽が深い霧を通して見るようにぼんやりとして見えない。

一休みしようと壕の中に入った。だれひとり一言も話をする者がいない。まったく凄いものだ。鉄帽をかぶった司令が、厳然と腰を下ろしている。銃撃音、爆弾の炸裂音がしだいに近づいてくる。われわれの防空壕に攻撃が移ってきたようだ。

防空壕の上には鉄板が張られているが、ズルズルといまにも壊れそうだ。

そのとき、一段と大きく身をゆすぶられるように、ズシンとものすごい音が響き、「やられた！」と思わず頭上に手をやった。戦場だな、とはじめて、実感がひしひしと胸に迫ってくる。

今日はいよいよ最後かな、とも考えられるが、敵に一撃も与えずに死んでいくのは面白くない。

「待っておれ、お前たちの用がすんだら、今度はこちらの番だ。数は少ないが、おれは念を入れるぞ！」と一人で胸のうちにいったとき、急にあたりが静かになった。

米軍猛攻下のマバラカット基地に立つ著者。後方に見えるのは艦爆機彗星。

終わったかな。まだ遠くで遠雷のような音がつづいているが、一歩外に出てみて驚いた。壕の入口から十メートルぐらいの所で、猛烈な火炎を噴き上げてグラマンが燃えている。

われわれのマバラカット基地に攻撃をかけていた敵編隊は、飛行場上空四千メートルぐらいで旋回しながら、友軍機の墜落に驚いて攻撃を中止して見ているらしい。燃えるグラマン。熱いのに驚いてまた壕にとびこんだ。

ふたたび猛烈な攻撃がはじまった。地軸をゆすぶる音、ゆれる防空壕、まったく生きた心地はなかった。

飛行機が気になるので、またそおっと頭を出してみると、林の方に立ち昇る黒煙が十いくつ見えた。

長く感じられた空襲も、やっと終わった。どれほどの時間がたったろうか。

敵機はと見ると、編隊を組みはじめた。やがて東の方に消え去って行く。

「空襲警報解除」一番に壕から飛び出した。

無惨なグラマンの焼け残りがくすぶっている。パイロットは影も形も見えない。

大急ぎで、林の方に駆け出した。木という木の葉はもちろん、枝まできれいに吹き飛ばされ、焼けぼっくいを大地につき刺したような無惨な格好である。あれほど訓練に訓練をかさねて、やっと比島にたどり着いた彗星が、まったく灰燼と化し、わずかにくすぶっている。ほかの飛行機はと見て回ると、四、五機は穴をあけられながらも、どうやら健在のようである。このとき指揮官から、

「本日の攻撃取り止め」と知らされてきた。言いようもなく無念だった。なぜあのとき離陸させてくれなかったのだろう。

とりあえず焼け跡の整理にかかった。どうにか使える彗星五機、これはさっそく整備員が点検整備にかかった。つぎに撃墜されたグラマンを見に行った。焼け残った翼のつけ根の厚さは驚くことに三十センチ以上もあり、取り付けボルトは大人の腕ほどもある。基地の若い兵隊が、

「私が墜としたんです」と大喜びしている。

聞けば飛行場の方にあって、急降下してくる敵機を、七・七ミリ機銃で撃ちつづけていたということである。

あまりにも多い敵機銃弾の火箭に、味方の銃火は見えなかったが、やはり配置によっては最後までもと戦っていたのであった。

また、なぜ敵機はわれわれの出発直前に攻撃してきたのだろう。

これはクラーク地帯の東方にある、俗にマニラ富士と呼ばれる標高千メートル以上の山があって、そこに米軍のゲリラ部隊がこもっており、日本軍の動静を、逐一、米軍に報告しているとのことで、そのゲリラ部隊を攻撃に出て行った陸軍の一個中隊が全滅したという話である。また味方飛行機が、敵の攻撃目標を発見し得ずに帰投する場合は、いずれもそのマニラ富士に、銃撃を加え、爆弾を落として帰ってくるとのことであった。

基地司令の話では、このへんの住民の対日感情はわるく、飛行場を一歩外に出るともう危険なので、もし味方飛行機が飛行場外に不時着したならば、ほかの飛行機は時を移さず、上空見張りに飛び出し、救援隊の到着まで去ることができない。それは日本のパイロットの首一個に幾らと莫大な賞金がかけられているからだそうである。

まったく聞けば聞くほど胸糞のわるいことばかりである。飛行場から、他の飛行場へは、すぐ近くだが、けっして一人歩きはできないという。

宿舎に帰ると、着剣した番兵が五、六人、宿舎の周りを回っている。はじめて味わう守勢に立つ陸上基地の悲哀。それでもそのころは、まだ食事は一日三食配食されていた。

空爆下に陸兵の気魄

夕方、彗星艦爆九機が、マバラカット基地に到着した。攻撃第五飛行隊だ。見れば同年兵であり、空母「加賀」乗り組み、アリューシャン作戦に「隼鷹」で行動をともにし、また南太平洋海戦でともに戦った小瀬本兵曹が、先任搭乗員として若い人たちを引き具してきた。これは嬉しかった。二人は手をとりあって喜んだ。

今日の敵襲にはいささかやられたが、かならず仇はとってやろうと話しあって、その夜は休んだ。

翌日未明、攻撃第五飛行隊の九機はレイテ湾内の輸送船団攻撃に出撃していった。私たちは小瀬本兵曹たちを見送り、ただちに「攻撃待機」に入った。

現在、偵察機が、敵機動部隊を索敵しているとのことで、発見しだい敵空母攻撃の予定であり、パイロットは交替制で当番にあたることになった。

空襲のない飛行基地は、のんびりと静かである。昨日の攻撃が夢のように思われるが、現実には彗星五機しかない。しかし、聞くところによると、連日、内地から飛行機が空輸されてくるとのことであった。

やがて昼過ぎ、今朝出撃した攻撃第五飛行隊の彗星二機が帰ってきた。タクロバン沖の敵輸送船団に攻撃をかけた直後、敵グラマンに襲撃され、七機の未帰還をだした。

このときしみじみと直衛戦闘機を伴わない攻撃隊のみじめさを感じた。今朝、元気に笑って出ていった若い人たちは、もう二度とふたたび帰ってこないのだ。

こうして二、三日は、攻撃待機で待ったが、敵機動部隊はついに発見できなかった。

十一月二十三日、ちょうど私が当番で、彗星二機で敵機動部隊に索敵攻撃をかけることになった。ほかに彗星二機ずつで合計六機である。

出発すべく指揮所前に整列、飛行長の訓示も終わり、飛行機の側にいった。整備の分隊士が試運転のエンジンを始動した。するとそのとき胴体の下の方でチロチロと炎が見える。変だなと思って機付員に知らせた。プロペラは全速で回すが火が消えない。火勢はつのる一方である。おまけに消火器はない。上衣を脱いで火炎をたたいたが、消えない。そのうちガソリンタンクに移って、猛然と火の手が上がった。

「危ない！」井口中尉も私も整備員も、息もつかせずに走った。約五十メートルほど離れた溝の中に転がりこんだ。

バチバチと機銃弾（偵察員席に搭載の七・七ミリ機銃弾）が炸裂しだした。ピューッ、ピューッと曳光弾が、焼夷弾が走る。胴体が炎に包まれたとき、轟然たる音とともに搭載爆弾が炸裂し、黒煙が噴き上げた。溝に突っ伏した身体は頭から土砂をかむり、頭を上げて見たときは、飛行機のあった付近には何一つ残っていなかった。

先日の敵襲、今日の出発直前のこの事故と、まったく意気消沈だ。もう残りの飛行機もない。ほかの四機は敵機動部隊をもとめて飛んでいった。私はまた取り残されてしまった。

そうしたある日のこと、このマバラカット飛行場に陸軍の隼戦闘機が到着した。

この陸鷲たちは、タクロバン飛行場に攻撃をかけるために、連日、出撃していく。そして敵飛行場の滑走路に体当たりをやるという話で、これには元気のよい海鷲どもも、いささか驚いた。

滑走路に体当たりとは、いくら考えても解せぬ話である。滑走路に大穴をあけても、五、六時間も経過すると敵さんはすぐに復旧して使用している。そんな段ちがいの優秀な機械力を持つ米軍飛行場に、なけなしの飛行機で体当たりで穴をあけることは、もったいない気がする。

「何が目的で滑走路に体当たりをするんですか」と聞くと、

「命令です」と平然として答える陸鷲。

私たちの場合は同じ体当たりをしても、相手が敵艦ならば甲斐があると思っていた。すなわち一機と一艦との取引ならば、まあ最悪の場合、相手が駆逐艦でも損はない、という考え方であった。とにかく連日、陸鷲たちは爆弾を持って勇ましく出撃していった。

十一月の終わりころまで、夕方になると、きまったように内地から飛行機が空輸されてくる。そして翌朝早く、レイテ湾めざして出撃していった。

最初のころは、二十機、三十機とまとまった編隊で攻撃に出ていたが、しだいしだいに出撃機数が減少していった。したがって内地から空輸到着する機数も急速度に減少して、凋落の淋しさをどうすることもできなかった。

到着早々に愛機を奪われて私たちは、わずか四、五機の彗星艦爆で、交替に敵機動部隊の哨戒にあたっていた。

昭和19年11月、レイテ湾を埋めた米輸送船。レイテ島をめぐる戦いで、日本海軍は艦艇と航空機を多数失って敗退した。

レイテ湾内での敵船団攻撃も、四機や五機の小編隊では焼け石に水ほどの利き目も見えず、飛行機補充の見当もなく、しだいにさびれてゆく味方勢力である。飛行機のないのが、このころほど身にしみて淋しく感じられたことはない。

旅の夕暮れ、追剝ぎにやられて無一文になったような、そんな心細い寂しさがひしひしと胸に迫ってきてどうすることもできなかった。

そのころ、敵の大型B25、B24、B26爆撃機などが、ほとんど連日、まるで定期便のようにやって来ては、空襲していった。

連日の空襲で、慢性になっている私たちの仲間は、空襲だといっても宿舎から出ようともしなかった。「どうせどこにいたって、死ぬときは死ぬんだよ」とうそぶいていた。ところが、ある朝、まだ総員起床前

で寝ているところへ、急に、

「空襲警報」

「カンカンカン」

「そら来た」と若い連中は、飛行服にひっかけると避退していった。

あとに残ったのは攻撃第三飛行隊の私と山本兵曹、安岡兵曹、攻撃第五飛行隊の小瀬本兵曹の四人だけになった。

「早くからうるさいのォ」と、ぶりぶりといいながら床の上に横になっていると、どうも日ごろとは爆音の具合がちがう。

「安岡兵曹、ちょっと見てくれ」といわれて、彼は飛行服を引っかけて出て行った。

「来た来た」とあわてて叫ぶ安岡兵曹の声。

「早く出ろ」三人はいっせいにとび起きた。それでも飛行服を手に、足には左右まちがえないで飛行靴をつっかけていたが、いずれも大あわてに舎外へ飛び出てみると、いるわ、いるわ、B24の大編隊が頭上に迫っている。

先頭の機はすでに爆撃進路にはいり、爆弾投下寸前である。

南無三しまったと、後ろも見ずに四人は、一生懸命に駆け出した。なかなか足が思うように進まない。やっと百メートルほどはなれたところに、人間一人が横になればやっと入れるほどの溝があったのでそれに飛びこんだ。とたんにズシーン、デーンと地球がよじれるほどの音と地響き、思わず深く頭を突っこんだ。

「ザザーッ」と土砂を頭から一面にかぶせられ、思わず仰ぎ見た空に、約三十機ほどが真っすぐにこの宿舎に向かって爆弾を投下する。黒いものが弧を描いて落ちてくる。宿舎はと見ると、まったく土煙と赤と黒の火柱と煙に包まれて、ぜんぜん見えない。

地軸をゆするような炸裂音、盛り上がる黒煙、千切れ飛ぶ椰子林、弧状に落下する無数の爆弾――。

その凄惨な状況に、いまさらながらに驚き、目をみはるばかりである。濛々たる黒煙が流れてくる。まったく一方的な戦闘である。

味方機は一機も上空にいない。完全に無抵抗の飛行場上空を、敵機群は、ゆうゆうと旋回しながら去っていった。

四人はやっとわれに返って、溝から起き上がった。

「やれやれ、ひどいことをやりやがったなあ」と話しながら宿舎の方を見ると、吹っ飛んでしまって影も形もなくなっている。きわどいところであった。

あと一分、気がつくのが遅かったら、またはやく溝に伏せていなかったならば、今頃はこの体も椰子の木のように、宿舎とともに、木っ端みじんに吹っ飛んでいたことだろうと思うと、背すじが寒くなった。

昔の人がよくいう、「虫が知らせる」とか「殺気を感ずる」とかは、このことだろうかと思った。若いパイロットの連中は、早くも馬鹿話を交わしながら宿舎跡に帰ってきた。

ある日、敵空襲部隊の百六十機が八十機ずつの大編隊で、マバラカット方面に接近中との警報が届いた。

「おい、今日はどうする？」

「今日はひどいかもしれんぞ、穴に行こうか」

穴とは飛行場の近くにある小高い丘陵に陸軍部隊がもぐらの巣のごとく掘りめぐらした収容人員数百名程度の壕のことである。私たちはそれぞれに大切な荷物をぶら下げて、ぶらりぶらりと、穴へ歩いていった。

「お願いします」

「どうぞ」と、まず陸軍さんに挨拶して一休みし、煙草に火をつけた。

静まりかえった飛行場が目の下に見えるが、人っ子一人いない。

「敵さんえらい遅いが、回り道をしているかな」と話し合っていると、ちょうどそのとき、丘の頂がさっとカゲったと思うと、B26の大編隊が椰子の葉をゆすって超低空で襲いかかった。防空壕の入口に砂塵が舞い上がった。

敵機は自分たちの目の前を横切って、飛行場に進入していく。爆音によって丘全体が震動した。

つぎの瞬間、飛行場全体が割れたかと思うような炸裂音、盛り上がる黒煙、火柱。ただもう見つめるばかり。とにかくみごとなものである。

敵機の攻撃をわれを忘れてみつめていた。そのとき、だれかが、

「おい！　あちらからも来るぞ！」と、見れば、他の方向からも、椰子の葉すれすれに、飛

行場に進入してきた。

今度は、パッパッパッと落下傘が落とされた。大空に純白の大きな花が咲いた。その数は無数である。

「落下傘部隊だ」とみんなが騒いでいる。

純白の花は空をおおった。私たち、小瀬本、安岡、山本兵曹は互いに顔を見合わせた。

「これは大変だ。飛行場を占領されてしまうぞ」

何とかしなければ、とは思うが、私たちが手に持っているのは拳銃一梃、弾は十六発だけだ。また穴の中には陸軍曹長を頭に三十人ほどの陸軍部隊がいたが、そのとき、陸軍曹長は私に向かって、

「海軍さん、貴方たちはここで待っていて下さい。私たちが斬り込みますから」

これには驚いた。わずか三十人あまりで、あの大軍に斬り込むとは——。

曹長は陸兵全員を集めて、

「ただいまより、飛行場に降下せる落下傘部隊に斬り込みを敢行する」

その訓示が終わるか終わらぬかに、飛行場の方向に、「ドカン、ドカン」と爆弾の炸裂音と猛烈な土煙である。よく見れば、落下傘に吊り下げられたものは、人間ではなくて爆弾らしい。それも一度に炸裂しないで、時間を置いて猛然と噴き上げる時限爆弾だ。

ついにその夜は、飛行場に帰ることもできず、一晩じゅう穴の中で蚊に攻められながら爆発の音を聞かしてもらった。

このときの空襲で、陸軍の気魄というか、攻撃精神というか、その偉大さにはほとほと感激した。

レイテ湾に突入

連日、敵の空襲にさらされながら、私たちは、敵機動部隊の姿をもとめて哨戒に出たが、敵空母を発見できなかった。

そのころ、飛行機隊は移動していった先の基地司令の指揮下に編入されたが、基地の上層部とはぜんぜん顔馴染みがなく、司令以下の幹部とも搭乗員にたいして温か味が感じられなかった。しかし、飛行隊指揮官の階級が高ければ高いほど羽振りがよかったが、わが攻撃第三飛行隊のごとく指揮官が中尉では、若い連中は特攻隊にとられ、あとに残された搭乗員は、毎日、攻撃待機を命ぜられる始末だった。

ある日、攻撃第三飛行隊の最後の飛行機が内地からくると知らされ、やがて待つ間もなく見えて来た彗星十五機がつぎつぎに着陸する。そして、向井大尉以下三十名の懐かしい部隊を迎えることができた。みな元気そうだ。われわれは向井大尉と手をとりあって喜んだ。

これでほかの攻撃隊に馬鹿にされずにすむ。よその隊員に負けるものかと話しあった。その喜びも束の間、向井大尉の報告を聞いた司令玉井中佐は、

「夜間攻撃のできる搭乗員は？」と訊いた。夜間攻撃のできる者は飯塚飛曹長ただ一人だっ

た。すると玉井中佐は、現在の状況を説明したあと、比島の一番北の端アパリ飛行場で、さらに訓練を続行せよと即座に命じた。

はるばる内地からきた連中は、ふたたび訓練を命じられ、戦列を離れていった。それでも彗星二機を私たちのために残してくれた。

当マバラカット基地に残るは、向井大尉、井口中尉、山田少尉と私、安岡、山本、西村各兵曹だけで、ほかの者は全員特攻隊に編入されてクラーク飛行場に移っていった。訓練部隊は百々瀬中尉を指揮官に、飯塚飛曹長がついていった。

向井大尉は到着早々高熱を出し、寝こんでしまった。またもや指揮官のいないわれわれは継子あつかいをうける日がつづいた。

敵機動部隊の所在がわからないので、連日、レイテ湾に輸送船団攻撃をかけるようになり、毎日四機編隊で出発していくが、帰還するのは一機か二機だった。

十二月八日、奇しくも開戦三年目、井口中尉を指揮官として、四機でレイテ湾内タクロバン沖、ドラック沖の敵輸送船に攻撃をかけることになった。攻撃第三飛行隊二機、攻撃第五飛行隊二機、いずれも彗星である。第三飛行隊は指揮官井口中尉（偵察）で私は操縦、二番機西村兵曹（操縦）、安岡兵曹（偵察）、第五飛行隊は下士官四名だった。

形のごとく司令の訓示をうけた私たちは機上の人となった。知人もなく見知らぬ人たちに送られながら、五百キロ爆弾を抱いて離陸していった。飛行場上空を一周して、針路をレイテ湾に向けた。しだいに高度をとりながら南下していく。

二十分ほどするとマニラ市が見えはじめた。一度は行ってみたいと願っていたが、マニラ見物の機会もなく、いま機上から見下ろしていると、なんの変わったところもない。赤い屋根、白い壁が目にうつる。しだいに高度をとりながら進むが、五百キロ爆弾を抱いているので、なかなか思うように高度がとれない。

やがてルソン島をすぎ、サマール島が左に見えるころ、しだいに雲が多くなってきた。雲上に出ようか、雲下を進もうかと迷ったが、雲上に出ることにした。

積乱雲も上から見ると、真っ白い綿か雪のごとく美しいもので、果てしない雲海は、居眠りをさそう。高度五千メートル、見渡す前方の雲はさらに高い。

私たちは酸素を積んでいないので、もはや酸素なしではこれ以上の高度はだめである。酸素吸入なしで昇りうる最高高度を飛んでいるのである。

雲の下に出ようにも雲の切れ目がない。出発以来約二時間、あと三十分ほどすればめざすレイテだが、無理を承知で高度をとりはじめた。身体がだるいように思われる。列機はと見れば、あえぎながらも編隊についてくる。いま少しだがんばれ、とわれとわが身にいい聞かせながら、高度をとる。

やっと高度六千メートル、このあえぎ飛ぶ彗星隊の前に現われた雲の切れ間。ハワイやダッチハーバー空襲で、つねに感じられた天佑神助か。

何はともあれ嬉しかった。急いで高度を下げると左手に島が見える。地図を出して見くらべると、レイテ島にそっくりだ。

「井口中尉、レイテ湾まで、あといくらですか」

「あと三十分」

「でもこれはレイテ島ですよ」

「変だなあ」

私は、どうしてもこれがレイテ島で、前方に見えるのがめざすレイテ湾だと思うが、時間があまり早過ぎる。高度五千メートルで、列機はピッタリとくっついてくる。右手に見える島は、地図とくらべると、セブ島にちがいない。

「井口中尉、前方レイテ湾」と知らせる。指揮官も雲上飛行で自信を失ったか、

「そうか！」とただ一言。

ぐんぐん湾が近づいてくる。よく見るといるわいるわ、タクロバン、ドラック両方面に無数の船団、ともに八十隻ないし九十隻か、ほとんど百隻に近い。レイテ上空にはグラマンF6F、P38がつねに上空哨戒に在空していることを聞いていたので、警戒を厳重にしながら進むが、敵機の影は見えない。

ものすごい悪天候に敵も油断したなと思いながら、接敵動作に移った。高角砲弾はぜんぜん来ないし、目標は山ほどある。ニタリと会心の笑みを浮かべ、攻撃隊形、空撃隊形をつくろうとした。とたんにエンジンがプルンプルンと空転した。

「エンジン停止」瞬間、ギクリとした。

いままで翼の下に吊り下げていた右増槽タンクを使っていたのであった。これを使い果た

して空になったことにやっと気がついた。左増槽タンクはもうすでにとっくに捨てていた。そこであわてて燃料コックを切り換え、ハンドポンプを三、四回押すとブルブルとエンジンがかかった。ふたたび快調な爆音が聞こえた。

「解散するぞ」と、後ろをふり返って見た瞬間、どうしたことか後ろに四機がついている。自分をふくめて四機のはずだが、いつのまに一機多くなったのか、変だなと思った。ふたたびよく見れば、味方彗星にあらず、双胴のP38だ。はじめて見るロッキードP38戦闘機。連日、味方が食われている敵機だ。

「井口中尉、P38！」

彼は空戦の経験がなく、今日の初陣、目の下に見える敵大船団に見惚れて、大切な後方の見張りが抜けていたのだ。

みるみるうちにP38は接近してくる。いまはもうはっきり見える双胴、何か怪物が襲いかかってくる感じだ。

私はとっさに左に機首を傾けながら、タクロバン沖の船団に向かって急降下に入った。P38一機は逃がさじと、そのときロケット噴射をはじめて追跡してきた（当時、P38はロケットを装備して離陸し、空戦中、零戦に食いつかれたときはこれを噴射して急速避退していた）。

このロケットを吹かしたために、青い大空に四条の黒煙を残しながら、いったん急降下にはいったわが機を、今度は執拗に撃ってくる。

井口中尉が後席の旋回銃を発射している。私は目標から目をはなして後ろをふり向いた。

手が届きそうな近距離に双胴の怪物が迫っている。勝ち誇った敵パイロットの顔が見えた。

P38はまだかまだかと撃ちこんでくる。私は何も考える暇がなかった。いままでの経験では、急降下に入ればグラマンは訳なくふりはなすことができ、高度さえあれば恐ろしいものはなかった。しかし、今日初見参のP38は、ちと勝手がちがう。

昭和19年12月8日、レイテ湾上空で著者の乗る彗星を襲ったP38戦闘機。当日、出撃した四機は無事に任務を果たした。

私は思いきって右に反転した。その瞬間に頭上を黒い大きなものが飛んで行った（後でわかったことであるが、これは自分の右翼に吊り下げられていた空になった増槽タンクであった）。

あまりにも操作が急であったので、空中分解したかとひやりとした。そして、つぎの瞬間、ほかの船を目標に入れていた。P38はあわてて切り返したがすでに遅かった。大きく旋回しながら遠ざかっていった。

この大空の戦闘に気を奪われているのか、地上砲火はぜんぜん来ない。愛機はものすごいスピードで降下して行く。

「高度二千メートル」

「高度千メートル」

「ヨーイ」照準器に敵輸送船が大きくせり上がってきた。照準器いっぱいに拡がってきた。風防を通して見る海面は船ばかりだ。このころ、あわてて射撃をはじめたようである。猛烈に撃ち上げてくるが、もう遅い。

「テー」五百キロ爆弾は唸りを生じて落ちていく。

ふり返る目に、判然と火柱が立っている。もくもくと煙が上がってくる。船団のマストを引っかけるほどの超低空を突っ走った。どの船も瞬間に飛行機が飛び過ぎていくので、射撃する暇がないらしい。あっと思うまに広い海上に出た。前方を見ると、グラマン四機が待っている。左前方に雲が目についた。

「よし、大丈夫だ」と固定銃がないのが残念だが、真正面にグラマンを見ながら引き上げると、グラマンは大きく旋回して後上方に回り込んでこようとする。その刹那、思い切って左に反転した。あわてたグラマンが切り返した。目前に雲の壁が立ちふさがっている。グラマンは逃がさじと、私の前方に威嚇射撃をかけてきた。赤い火が眼前を流れたと思った瞬間に何も見えなくなった。

やれやれ助かった、と思った。

列機はどうしたろうか、気になることおびただしい。やっと、グラマンの銃口を脱したいま、雲の中で少々考えざるを得ない。

五分も飛べば雲から出ると思ったのがあやまり、なかなか雲の中から抜けられない。機は上下左右に翻弄される。こうして十分も過ぎたろうか、飛行機の姿勢は全然、見当もつかない。あまりにも苛烈な実戦の、しかも初陣の印象に、井口中尉は無言のまま、私も飛行機を水平に保つのに精いっぱいで、後席をふりむく暇がない。機体はガクンガクンと上下左右に投げつけられる。

背面ではないだろうか、と計器を見ると、そうでもないらしい。まったく生きた心地はない。長い長い時間がたった。だが、実際には二十分ほどだった。計器は高度六千メートルをさしている。

――出た。前方にひろがる大海原……。

嬉しかった。まったく嬉しかった。

「よかったなあ」

「よかったなあ！」

同じ言葉を交わしながら、ふり返ってみると井口中尉の顔面が血に染まっている。

「どうした、やられたんですか」

「いや機銃じゃない。急降下にはいるとき、P38を射撃中、不意に反転したので、機銃に顔を打ちつけたんだよ」

「すまなかったな」

「いいや、いいんだよ、いいんだよ。あのとき反転していなかったら墜とされていたところだよ」

「それより、後方の見張りができんですまなんだなあ」

お互いになぐさめ合いながら帰途についたが、列機は果たしてどうなっただろう。単機で洋上を飛翔しつづけた。

列機が帰ってきてあとでわかったことであるが、私がふり返ってP38を見つけたときは、すでに四機編隊で一撃をかけたあとだったそうで、私は増槽タンクから燃料を切り換えるために、座席内に頭を突っこんだので見張りができず、一方、井口中尉も初めて見る敵大輸送船団に完全に見惚れてしまったわけである。

先に発見した列機二、三、四番機は、一番機に知らすまもない間にP38は一撃をかけてきた。列機はパッと散った。

私たちはそれを知らずにちょうど燃料が切れてエンジンが止まったとき、タンクを切り換えてハンドポンプをついたので、黒煙を噴いた。敵はそれで私を撃墜したと思って引き上げようとした。ところが見れば、まだ墜ちないで飛んでいるので、第二撃目にはいってきた。ようやく私が気がついて急降下に入り、さらに急反転したために右翼の増槽タンクが吹っ飛んだので、P38はそれに驚いたらしい。二、三、四番機も、船団に攻撃をかけて全弾命中し、避退直後、グラマンの攻撃をうけたが、いずれも前方の雲に助けられ、全機ぶじ帰還したのであった。

本日の攻撃を通じ、人間の力によってはどうすることもできない宿命というか、運命というものの、大いなるものであることを感ずるのだった。

基地では大喜びであった。全弾命中、全機帰還――。このころ、ともすれば悲報に沈みがちであった基地が、これによって喜び、いくらか元気づいたことは事実であった。

夕方、内地から攻撃第五飛行隊の彗星艦爆が飛来してきた。見れば同期生の土屋飛曹長が一番機から降りてくる。私は彼にとびついて喜びあった。互いに宇佐航空隊で別れて以来、約半年ぶりの再会で、話は山ほどもあるが、まず司令に報告しなければならない。

全員指揮所前に整列、いずれもものすごく張り切っている。司令は、

「さっそく明日、レイテ湾に碇泊中の敵輸送船団に攻撃をかける。くわしい敵状については本日の攻撃隊員にきくよう」と命令を与えられた。

私たちはできるだけ詳細に、敵状ならびにレイテ湾の状況を彼らに話して聞かせた。

土屋飛曹長は、

「山川、何かうまい物を出せ」と請求するが、私たちはその当時、すでに昼食には米がなくて、芋のふかしたのを食べていたほどで、航空食なども、長い間もらっていなくて、何もなかった。

先日もらったモンキーバナナが少し残してあったので、それを取り出し、美しい星を眺めながら、楽しかった練習生時代の話、艦隊や母艦生活など、話は尽きるところがなかった。

「山川、今度はおれの番だ、つぎはお前の番だぞ」

「江種の奴がとうとう一番になるか！」

(これは卒業成績をいい表わす言葉で、十二名の級友中、死んだ人々をつぎつぎと除き、生存者中の順位をいうのであるから、最後にただ一人残れば、これがつまりは一番というわけである)

「土屋さん、淋しいことをいわんでくれよ」

「山川、内地へ帰ったら、みんなによろしくいってくれ」

こんな調子で、どうも気の弱い話しぶりに、私はなんだか心配になってきた。私までもとうとつぎはおれの番かな、と思いだした。

現在残っている同期生は、土屋、江種、山川のただ三人で、江種兵曹は当時、名古屋航空隊で後輩の教育養成にあたっていた。

土屋飛曹長たちの明朝の攻撃にさしつかえるので、つきぬ話を切り上げて、その夜は休んだ。

翌未明、轟々たる爆音にとび起きて指揮所に出ていった。すでに攻撃第五飛行隊のパイロットたちは、土屋飛曹長を先頭に整列し、司令の訓示も終わり、出撃待機に移った。

「土屋さん、しっかり頼むぜ」

「おお、行ってくるぞ」

堅く握った二つの手、互いに見合わす目と目、これが最後であった。ふたたびあの元気のよい土屋飛曹長は還ってこなかった。

総員見送りの中を、勇ましく砂塵を巻いて飛び立った彗星四機。ぶじを祈り、成功を祈ったが、正午すぎ予定時刻をやや遅れて一機が還ってきた。つづいてまた一機、合計二機帰還したが、土屋飛曹長の降り立つ姿は見えない。降りた列機搭乗員の報告によれば……。

——予定どおり攻撃を実施し終わった四機は、海面すれすれで避退をはじめた。昨日の失敗にこりた敵は、急降下終了のわが彗星艦爆四機に、グラマン八機が待ち伏せていて、いっせいに襲いかかった。まず真っ先に先頭を飛ぶ一番機土屋飛曹長の彗星めがけて、グラマンは集中銃火を浴びせた。彼は右に左にかわしながら避退をつづけたが、ついにパッと火の塊となってレイテ湾上に自爆した。つづいて二番機に襲いかかったグラマンに、二番機も同様に湾上に火の塊となって散った。その間に三、四番機は危機を脱してようやく帰投した――との話を聞き、私たちはたまらず号泣した。

土屋飛曹長はとうとう死んでしまった。昨晩のさびしい話といい、今朝のあの顔色、手の感じがまだ残っている。そっと開いてみる自分の手。内地では彼の死をだれも知らない。結婚後まだ日も浅い奥さんが残っているはずだが、いずれは知るであろう夫の死。あえないパイロットの運命、三時間後の運命はわからない。否、生死は瞬間の境界線で決するのだ。

このころから、また急に内地から空輸されてくる飛行機が極度に減少した。それにつれて残念に思われるのは、戦争も押され気味になり、またいよいよ切迫してくると、なにかしら軍規のたるみが現われる。私たちが、最初、比島に到着したとき荷物がなくなったことがあったが、その後も飛行靴、拳銃などがつぎつぎとなくなっていた。

ある日、指揮所で一人で寝ていると、ふいに人の近づく気配がするので、ふと目を覚ました。見ると、搭乗員の命のつぎに大切な拳銃を持って行きかけている。

「おい待て！」一兵隊は、びっくりして拳銃を投げ出した。

「所属姓名を名乗れ」可哀想だとは思ったが、大切なことだと思ったので、ただちに警備隊長に報告した。

隊長は、ただちに全基地員を集めた。そして、今日の兵隊の仕業を説明して、

「いままでに盗んだ品物があれば、全部、ただいまここに持ってこい、罰しはしない」

「もし今後、そのような行為をした者は厳罰に処する」と訓示して集合を終わった。集合解散後、出るわ出るわ、いままでになくなった品物が山ほど出てきた。失くした人たちは、喜んでその中から自分の品物を選んでいた。そのとき不意に、

「空襲警報！」

「カンカンカン」

けたたましい声につづいて、鐘が乱打される。見れば東の空に群がってくる艦上機の編隊、一度にパッと全員が散った。ところがその後に残った品物は、また一物もなくなっていた。

緒戦のころの勝ち進んでいくころには、かつて見られなかった現象で、まったく割り切れない感じだった。

全機体当たり

十月二十日からはじまった神風特別攻撃隊は、連日出撃していった。海鷲も陸鷲もほとんどなんの区別もなく、最初はマバラカット基地およびセブ飛行場から発進していたが、現在

はクラーク地帯の全飛行場が、特別攻撃隊の基地と化してしまった。

十二月に入って、急激に内地から空輸されてくる飛行機がなくなった。当然、攻撃に出る飛行機もない。したがってレイテ島の勝敗が明確になってきた。また、米軍のルソン島上陸作戦も、単に時間の問題となってしまった。

特攻機はクラーク地域の各飛行場から、連日、レイテ湾めざして飛び立ち、レイテ湾上、ルソン島上空などに激しい消耗戦が展開されていった。開戦前からの古いパイロットはほとんど完全にいなくなり、その後の古いものも大部分失ってしまった。

だが、当時の日本海軍の搭乗員の技量は、まだまだ米空軍にくらべて自信があった。しかし、問題は数であり、量であった。それは圧倒的な差であった。こちらは当時ほとんど無に近い状態であり、向こうは一挙に数百機の飛行機を動員して、しかも多面作戦が可能な状態であったから、まったく同日の談でない。

米軍の半分でも、いや三分の一でもあればと、じつにくやしかったが、まさか敵の飛行機を借りるわけにもいかず、どうにも処置なしだった。

いっぽう、米軍の方は、消耗にたいしてはどんどん補充され、また搭乗員は短期間に、つぎつぎと新手と交替し、あとからあとから新品の飛行機に新手のパイロットが立ち向かってくる始末であった。

これに反し、わが方は連日の特攻攻撃で、出撃すればほとんど必ずといっていいほど還ってこなかった。飛行機も搭乗員も、ぜんぜん補給されないまま加速度的に減っていった。今朝の友は、もう夕方にはふたたび顔を見ることができなかった。

ある日、「空襲警報」が入った。珍しくその日は、海軍は零戦、陸軍は隼が砂塵を上げて離陸していった。どんどん高度をとる、その数およそ七十機か。

やがて敵艦載機に加えて、P38が八十機ほど東の空から現われた。地上砲火はなく、ただクラーク上空を圧するは敵味方の爆音のみ。地上からかたずをのんで見上げている。

味方戦闘機隊はほとんど同高度で相手に接近していく。ピカピカと光が目を射た。そして遠く機銃音が地面をふるわすごとく伝わってくる。激しい空戦が展開された。

グラマンに突撃していく零戦。その零戦の後ろにまたグラマンが食い下がっている。それを隼が追尾する。クラークの空をおおった戦闘機群は、地上からは敵味方の判別がつかなくなった。

二十ミリ、十三ミリの機銃弾は、あらゆる方向に乱れ飛び、真っ白い尾を引きながら落ちる飛行機、パッと火を吐く飛行機、どちらを向いてもバラバラ落ちる大乱戦だ。

火を吐いているのは味方機で、白くガソリンの尾を引きながら落ちるのは米軍機らしい。グーンと零戦が唸りを立てて切り返すが、グラマンもつづいて切り返す。零戦はさかんに二十ミリの火を吐いているが、グラマンはなかなか落ちない。これを見たP38は、いきなりロケットを噴射して、急速に零戦に接近していく。

「危ない！」思わずわれわれが声を発する。火の玉となった零戦が、真っ逆さまにP38めがけて逆襲し、パッと空中分解するP38、さらに追っかけていく隼、グラマンも息つくまもなく逃げ回っている。

べつのP38一機が零戦にとりつかれた。高度二千メートルほどだろうか。零戦の二十ミリ弾が霞のごとく飛んでいく。P38は瞬間、黒煙を吐いた。

やった、墜とした、と思ったとたんに、スウーと零戦を引きはなしていった。敵はロケットを噴射して虎口を脱したのだ。

こうして食うか食われるかの大空の決闘はつづく。空一面を彩る黒煙、炎の色、敵味方各機それぞれが、まったく思いのままの混戦となった。流星のごとく乱れ飛ぶ機銃弾、大空の決闘は十分余りつづけられただろうか、残るは敵味方約半数ほどらしい。

このころとしては予想外な日本空軍の反撃に出会って、いまや敵機は逃げはじめた。やがて戦闘は終わった。だが、これが日本戦闘機隊の活躍としては最後のものであった。

内地からの空輸はほとんどなく、連日特攻機は出るが、優秀な飛行機とパイロットがそのたびに減少していった。

ルソン島を失えば、本土と南方地域との交通輸送は完全に遮断され、日本の呼号する長期戦引き伸ばし作戦が不可能になる。大西瀧治郎中将によって、その心理的効果をねらって許可されたといわれるこの特攻作戦が、日本軍の最後の切り札となっていた。

特攻隊員は、もとよりその心算で若い生命を投げ捨てていったが、いっぽう、司令部ではそれによって破局を打開する道があったかのごとき錯覚に陥っていたように思われる。

ある日、「敵機動部隊発見」との報が入った。参謀は搭乗員たちに、

「君はどんな攻撃法がよいと思うか」と訊いた。

「私は大編隊で正攻法です」

「君はどの方法でやれば成功すると思うか」

「私は小編隊で夜間攻撃です」

など各人各様の意見をじっと聞いていた参謀の、最後の結論は、

「全機体当たり」の一言だった。それ以外に方法がないらしかった。

零戦に六百時間から八百時間乗った優秀なパイロットが特攻機に乗り、二百五十キロ爆弾を抱いて離陸すれば、同じく零戦にわずか百時間か二百時間程度の若いパイロットが上空直衛について行く。敵機動部隊の上空到達前に、グラマンの嵐が襲いかかると、直衛機はバタバタと墜とされるが、二百五十キロの爆弾を抱いていても、勇敢にもグラマンに反撃する特攻機の熟練パイロットがいるのを耳にした。

これはどうしたことだろう。上層部の考え方がわからない。そのパイロットを反対に使用したらどうなるだろうか。また、「お前は体当たりしろ」といわれなくとも、すでにパイロットにはみんな爆弾が命中不能と判断するか、または帰還不可能の場合は、かならず目標に体当たりする覚悟は持っているのであり、一撃必中、これは搭乗員になったその日から、頭の中にたたきこんであるはずである。人間とは実に面白いものだと思った。

おなじ死ぬにしても、死ねといわれると、最後まで反発して生きてやりたくなり、長生きしろ、命を大切にしろといわれると、簡単に平気で、あるいは争って死地に飛びこみたくな

る。いわゆるあまのじゃくというか、そんな気持が湧き上がってくるものだ。

また、しんみりと本当の腹の中を割って話しされると、よしやるぞと一層の元気が湧き上がってくるのは、私があまのじゃくであるせいばかりでもないようであった。

圧倒的物量で押しよせる米軍に対し、レイテ戦で初めて採用された体当たり戦法。写真は特攻攻撃に飛び立つ九九艦爆。

残りわずかの、しかも補充のめどもつかない貴重な飛行機を、なぜ一回かぎりの攻撃で捨てにいかなければならなかったか。

撃たれても撃たれてもしゃにむに突っこんでいくこの精神によって、戦局がまたちがってくることもあるいは考えられるかもしれないが、他動的に死を強制されたパイロットの士気に、かなりの影響を与えたことは事実であった。

ともあれ、圧倒的な物量の前にはほとんど尋常な手段で勝ちを制する術もなく、祖国の安泰を願う、ただ一つの目的をもって、多くの若い生命が来る日も去る日も、自ら求めて散っていったこの当時の心理状態など、とても今日よく筆舌に表現されるものではない。

彼我の勢力の差は、極端に大きくなり、さらに味方は飛行機の補充が完全に杜絶してしまっている。敵は昼間だけでなく、夜もクラーク上空を飛び回り、ときどき思い出したように爆撃を投下していく。まるで遊んでいるかのようであるが、われわれとしては、いつ爆弾が落ちてくるかもしれないので、安心ができない。四六時中、敵機に頭を圧迫されていては、どうにも手の出しようがない。くやしいが、ぜんぜん処置なしである。

とにかく飛行機がほしかった。ただの一機でもよい、飛べる飛行機があればなあ、と痛切に感じたものであった。

とうとう基地では、箸より堅い竹の子の澄まし汁もなく、さつま芋の腐ったのも途絶えがちになってきた（この食糧状態はマバラカット基地の海軍部隊のみであった）。

十二月も暮れが押しせまったある日、例のごとく、飛行場指揮所前に整列したところが、どうもいつもとは様子がちがう。

食卓の上には、盃とスルメが載っている。変だな、お正月にはまだ早いが、と攻撃第一、三、五飛行隊の各搭乗員が話し合っていた。そのとき、指揮所の前へ乗用車がスルスルと停止した。降り立った人は、だれあろう大西瀧治郎中将であった。壇上に立った中将は、

「本日、諸子は栄えある神風特別攻撃隊に編入された。旭日隊と命名する」とおごそかに宣言し、つづいて、

「現在、祖国の危機を救い得るものは大臣でも、大将でもない。諸子のごとき純真無垢な愛国心のみが、よく国難を救い得る」旨を訓示された。

いままで第二航空艦隊に所属し、大編隊攻撃法を採ってきた私たちも、ついに特別攻撃隊

に編入された。べつに何も考えることはない。

日の丸に神風と印された鉢巻と短刀を渡され、盃を手にした。長官は、「しっかり頼む」とただ一言、そして一人ひとりに堅い握手を交わした。式は終わった。そして、全機特攻隊の日が訪れた。祖国の危機がひしひしと身に感じられる。

敵のルソン島上陸作戦が、いよいよ開始されたとの噂がとびはじめた。一方、敵機の空襲は日一日と激しくなったが、年末をひかえたわが基地には、一機の飛行機もない。名は神風特攻隊旭日隊でも、乗るべき飛行機がない、翼のない特攻隊である。みな一様に飛行機がほしかった。ただ一機でもよい、飛べる飛行機が欲しかった。赤トンボ（練習機）でもよい、とにかく翼がほしかった。

内地では年の瀬もせまり。町には寒風が吹きすさんでいるころなのに、ここ常夏の国フィリピンの真昼の飛行場は、灼熱の暑さだった。それでも空には何か秋を想わせる深い青さがひろがり、野には名も知らぬ花が咲き乱れていた。

十二月十五日、ミンドロ島に上陸した米軍は物量にもの言わせ、たちまち飛行場をつくり上げた。

ここにルソン島全域が敵陸上機の威力圏内に入ってしまったので、敵の空襲はにわかに激しくなり、翼なき海鷲たちは、連日連夜の敵の連続空襲に空を見上げては、

「飛行機がほしい、一機でも二機でも飛行機があれば！」と口惜し涙を流したものである。

つい先ごろまでは、毎日、夕方になると北の空から空輸機が元気のよい爆音を聞かせてく

れたものだが、いまは一機の味方機も見えなくなってしまった。

翼無き操縦士——これはなんの戦力の足しにもならなかった。ただいたずらに北の空を物欲しそうに見上げながら、多端なりし昭和十九年を送り、決戦の年昭和二十年を、マバラカットの飛行場で迎えたのだった。

正月といっても口だけで、何一つ変わったことはなく、食事は相変わらずさつま芋の腐ったのを二個ほどもらうだけだった。戦況はいよいよ逼迫し、一月三日、クラーク基地から発進した海軍の偵察機は、ミンドロ島の西方海上を北上中の敵大輸送船団のあることを発見、報告してきた。

これらのリンガエンをめざす大部隊は、このミンドロ島には目もくれず、一路、北上をつづけた。

そのころ、米機動部隊はルソン島防備に必死の日本軍が、決戦場クラークに航空機を空輸することを防ぐために、台湾、沖縄に猛烈な攻撃をかけ、激しくたたいて回った。ルソン島の各飛行場では、残存の全機を挙げて、四日、五日とこの大船団に攻撃をかけた。私たちマバラカット基地でも、銃爆撃にやられて蜂の巣のようになった彗星を、方々から部品を寄せ集めてきて、やっと一機だけ完成した。

――八百隻の大船団にたいする彗星一機！

搭乗員には、攻撃第五飛行隊の阿部兵曹が選ばれた。ところが、出撃直前に十三期予備学生出身の一中尉が（他隊所属のため氏名失念）つかつかと進み出て、

「有為な熟達せるパイロットは得難い。最後まで国のために戦ってもらいたい。今日の攻撃は私で十分であると思うから、交替さしていただきたい」と申し出た。

阿部兵曹はこれを聞いてむくれたものの、予備中尉は、じゅんじゅんと君たちの技量まで搭乗員を育て上げるにはどれほどの年月がかかるか、そして、まだまだ後にくる重大な戦局に備えて自重してもらいたいと、阿部兵曹を説きすすめ、ついに搭乗割は書き替えられた。遠いはるかなる故郷には、親兄弟が、あるいは妻が待っていたかもしれない。だが、彼が顔色ひとつ変えないで、平然と申し出た態度には、荒武者ぞろいのパイロットたちも身をふるわせて感激した。身は学徒出身でありながら、みずから進んで死地に赴く。この国を憂える心情。大和民族は断じて滅亡することはあるまい。

司令は耐え切れぬ面持で、すがりつくように固く手を握った。

「頼む……」

ニッコリ笑ってから中尉は搭乗した。

マバラカット最後の急降下爆撃機彗星は、五百キロの巨弾を胴にしっかりと抱き、静かに滑り出した。総員、腕も折れよとばかりにうちふる帽子の波に送られて、砂塵を残して飛び立っていった。

飛行場上空を大きく一旋回、翼をふりながら、さようなら、さようならといっているように、リンガエンの空に消え去ってゆく。

めざすは八百隻の大船団、やがて、「我いまから突入す」の電報が入った。突撃を知らせる「トトト……」の電信が聞こえ、そして終わった。

最後の勝利を信じつつ肉弾となって体当たりを敢行し、比島の空に散華していった。

米軍は一月六日、七日と猛烈な空襲をかけ、日本軍を完全に釘づけにしてしまった。八日早朝から、リンガエン湾沿岸一帯に想像を絶する、じつに猛烈な艦砲射撃を加え、水際を徹底的にたたいた。

そして、九日午前七時、ついに米軍はリンガエン湾に上陸を開始した。

開戦当初、日本軍が上陸したそのリンガエン湾に、三年ののち攻守たがいにところを変えて悲愴な戦いが反復されたのである。われには当時、この八百隻の大船団、大上陸部隊にたいしてただ一機の飛行機も持たず、ただ見ているだけでまったく手の出しようもなく、いたずらに切歯扼腕するのみであった。飛行機さえあれば、飛行機があればと、ただ無念の涙を流すわれわれだった。

かつて日本軍が破竹の勢いで進撃した同じ道を、時は移り人は変わり、三年前の恥をそそぐべく、雪崩のごとく押し寄せてくる。われわれの飛行機が比島に進出した当時、比島の守りは自分たちでやってみせると張り切った陸軍部隊も、この米軍の圧倒的な物量の前には、まったく手も足も出なかった。

あとで聞けば、七万名もの大部隊が上陸したとのことであったが、この上陸作戦も、西南太平洋における作戦と同じく、巨人と赤ん坊との戦いであった。

竹槍をつくれ

無血上陸を敢行した米軍は、怒濤のごとく南へ、主都マニラへと向けて進撃を開始した。

昼間は制空権に自信がある米軍が完全に空を威圧して、日本軍は動くことすらできない。陣地に入っている日本軍は、近づいてくる米軍を待ってはいるが、米軍の進撃する前面には猛烈な弾丸のスコールが、すべての遮蔽物を払いのけて、完全に裸にして進んでくる。夜に入ってはじめて、日本軍独特の斬り込み隊が肉薄攻撃を加えるにすぎない。

日本軍はただ一機の飛行機も持たずに、この怒濤のごとき大軍を迎えたのである。われわれ航空隊員も、飛行機がないので整備員も搭乗員も総員、「陸戦用意」の命令によって準備に移った。司令部は、マバラカットの西北の山に立てこもるべく、食糧その他を運びはじめた。このとき私たち搭乗員に一束の日本刀が渡された。

「君たちは斬り込み隊となってバンバン川を渡る米軍の進撃を食い止めよ」との命令であった。その間に防備態勢を整える計画のようであった。

全機特攻体当たりで、出撃の際には、「君たちばかりは殺さぬ」といいながら、いま米軍の上陸にあたって、

「お前たちは斬り込みに行け、司令部は山に隠れる」とは驚いたしだいである。

「私たちは日本刀を使ったことがありません」

「日本人で日本刀の使えない者はいないはずだが」

「そんなら竹槍をつくれ」とまでいわれて、少々戸惑った。

開戦以来、米空母を戦艦を輸送船を撃沈撃破し、ただ一途に祖国の安泰を願って戦いつづけて、赤ん坊の手を捻じるごとく米軍に簡単に勝てるものと考えられていた緒戦当時においても、私たち艦隊航空隊、つまり空母搭乗員たちは、連日連夜、充分な睡眠もとる暇なく、酒も飲まずに死闘をつづけてきたものを、おれたちは山に入るから搭乗員は斬り込みに行けとは……。それでも固定七・七ミリ機銃を三梃もらって、かくなるうえはと、すべてを観念し、決心を固めた搭乗員は、持物全部、とくに飛行記録（搭乗員が個々に携帯する記録で、飛行機に乗りはじめたときから、その日その日の記録を詳細に記入、捺印したもの）までも完全に焼き払って、あとには何も残らなかった。

各自一本ずつもらった日本刀、これはすでに戦死した人々の持物だったものだが、それといつも肌身はなさず持っていた拳銃、これだけの物を持って私たち攻撃第三飛行隊の安岡、山本、西村各兵曹と私および山田少尉、攻撃第五飛行隊の小瀬本兵曹以下若干の搭乗員が、つぎの命令を待った。

昼すぎ、「搭乗員は大至急、司令部に集合」と伝令がきた。いよいよおいでなすったかと重い足を引きずりながら山に登ると、われわれのほかにもどこにいたのかと思うほどの搭乗員が集まってきている。聞けば、ルソン島以外の基地からもきている様子である。その数約百名以上で、各部隊ごとに集合していた。命令は意外にも、

「連合艦隊長官の命により、搭乗員全員、台湾および内地に帰せということであるが、現在見らるるとおり、諸君を送るべき飛行機も車輛もない。本日ただ今よりただちに行軍を開始して、比島最北端のアパリまで行くよう。そこには、台湾より輸送機が迎えに来ることになっており、また一部は潜水艦が迎えに来てくれるはずである」という。

かくて航空艦隊の司令部と搭乗員は、台湾に退ることになったが、多数の陸上勤務員は輸送不可能のためマバラカット西北の山中に立てこもり、陸戦の配置につくことになったという。そして、第二航空艦隊の杉本少将が陸戦の指揮をとることになった。攻撃第三飛行隊の向井大尉は病気のため行軍に耐える自信がなく、ついに山に立てこもることになった。

私たちが病室に見舞いにいくと、よくさつま芋を御馳走してくれた隊長向井大尉とも、ついに別れるときがきた。あとに残る隊長はさびしそうであった。はるばると一緒に出撃しながらも、一人だけ戦場に、しかも最後の墓場に残るその心中はいかばかりであろう。そしてついにふたたび向井大尉に会うことも、消息を聞くこともできなかった。

搭乗員たちの歩く道程は約百里、一ヵ月の予定であった。米、砂糖、乾麺麭など約一ヵ月分の食糧を配給され、ただちに行軍を開始した。一月十一日午前十時ごろのことであった。

南国の太陽は容赦なく照りつける。防暑服の上に飛行服を着け、背中に食糧を背負って刀を腰にぶら下げて歩くのだが、時間がたつと重みを増してくる。背中の食糧が重くて邪魔になってなかなか歩けない。

出発直後は元気に話し合っていたが、一人黙り、二人黙り、ついにみんな黙り込んでしまった。

汗はダラダラと流れ、水から引っぱり上げられたようである。顔から出る汗は、滝のごとく、手拭でぬぐってもぬぐっても間に合わない。しまいには頭を左右に強くふり回すと、汗はしぶきになって飛んでしまう。これは便利だと思ったが、それもつかのま、今度は頭をふるのが嫌になり、歩く以外に余分のエネルギーを使うのがおしくなり、汗は流れるにまかせておくと、目といわず口といわずどんどん流れこむ。ずいぶん塩辛い味だったが、その汗をペロペロなめながら喉の渇きを防ぎ、ただ黙々と歩きつづけた。

それでも最初の日は元気で歩いた。夜は早く泊まることになり、夕食の準備にとりかかった。当時、ゲリラ隊が活躍していたのだが、相手が大勢で強そうであれば手を出さず、反対に住民は丁寧に世話を焼いてくれたものである。

学校らしい建物に最初の一夜をすごすことになり、飯盒で飯を炊くことになった。搭乗員たちは早く荷物を軽くしようと、たくさんの米をじつに気前よく炊いた。そして、夜は行軍の疲れでぐっすりと寝た。

連日の汗と埃で、服は真っ黒になっていた。小川を見れば急いで衣類を濯ぎ、濡れたまま体につけてまた行軍に移る。見渡すかぎり果てしない中部ルソンの大平野、あくまでも緑濃く、空は澄んで碧い。ところどころに集落があり、椰子の木が茂っている。正月とはいえ、熱帯の平野は道路の黄色い土に照りかえる月光は強烈をきわめ、焼けるようである。

大部隊が移動すると埃が立ち昇る。大空をわがもの顔に飛んでいるグラマンは、それを見

昭和20年１月９日、リンガエン湾に上陸した米陸軍部隊。マッカーサーは日本軍が上陸した同じ所に反攻の歩を進めた。

ると隼のごとくに襲いかかってくる。ぱっと蜘蛛の子を散らすように各自思い思いの方向に避退する。ぐずぐずしていると、一瞬の間に血祭りに上げられる。疲れた足を引きずって、谷間へ窪地へと逃げ回らねばならない。そのうえ一瞬も休むことなく見張りをしていなければならない。生きるのもまた並みたいていの苦労ではない。

みんな黙って、そしてただ歩いている。歩きながら眠っている。馬は立って眠るというが、われわれは眠って歩いた。

一週間目くらいだったか、司令部のはからいで乗用者一台とトラック三台が配分され、追尾してきた。

トラックに乗せられたわれわれは、ガヤガヤガヤと無駄口をたたきながらも、それでも上空の見張りは厳重にした。ちょっと油断すれば音もなく忍びよってくるP38、雷のような音を立てて銃撃を加えてくるP47サンダーボルト戦闘機、われわれは目を皿のようにして見張りをしながら先を急いだ。

思いもよらぬトラックに恵まれて、最も険しいオリオン峠を難なく越し、エチアゲに着いたのは夕方だった。ここで疲れた体を二、三日休め、ふたたびエチアゲを出発したトラックは、完全無灯火のままで走った。

途中、どこの村でだったか、雨のあとのひどい泥んこ道でにっちもさっちもいかず、とうとうトラックを放棄したわれわれは、灼熱の陽を浴びて、黄塵をあげながら、なおも北へ北へと歩きに歩いた。

暑さ、空襲、それに加えて大小いくつかの渡河の障害は、いちじるしく行進を邪魔し、ともすると遅れがちで、行軍は過酷をきわめた。先のことも後のことも深くは考えずに、重いものは片っ端から食べてしまったので、米はすでになく、一粒の米の有難さ、偉大なエネルギーが、このときほど骨身にしみたことはない。何も食べるものがない。それでも一日二日と空腹をかかえて歩きに歩いた。ものをいうことすら苦痛だった。ものをいえば腹が減る。腹に何もなしではものがいえない。そんなことかもしれない。

やっとツゲガラオの町で休息し、まったく前後不覚に眠った。眠るばかりで、飛行機のことも銃爆撃のことも夢に出なかった。

このツゲガラオには飛行場があった。そしてたまには夜になると、台湾から中攻（一式陸攻）が飛来し、その夜の間にまた台湾へ引き返しているとの話であったが、きわめて少数の人員しか搭乗できないので、とても全員が乗り切れるものではない。やむなくわれわれは最後のコース国道五号線をアパリへ向けて、ふたたびまた歩きだした。ただ目をつぶって歩いた、汗と埃にまみれてひた歩きに歩いた。

一月の末、とうとう目的地アパリに到着した。すでに身の回りの品は、タオル靴下にいたるまで食糧と交換してしまって、手には一梃の拳銃、背中には一本の刀があるだけだった。わずか二十日余りの行軍であったが、ハダの色は黒く、髪は伸び、痩せおとろえた顔いっぱいに、目玉だけが気味悪く光っていた。

アパリ飛行場も、ご多分にもれずB25、グラマンなど米機の空襲で痛めつけられ、飛行場は穴だらけで、昼間は飛行場修理など思いもよらず、といって穴を埋めねば、台湾から命がけで迎えに来てくれる飛行機を危険に陥れる。敵機の去ったわずかの合間に、全員とび出して飛行場の穴埋め作業である。それも味方機が着陸するまでの、ごくわずかの時間しかできない。

それでも一同、配乗日割を楽しみに、作業にかかっていた。

真っ赤な、大きな太陽が、西に傾くころ、飛行場の周囲には数多くの翼なきパイロットが待機している。

灼熱の太陽が沈み、米機が去るころ、手に手にシャベルやモッコを持って、飛行場の穴埋め作業に走りだす。うす暗くなると北の空にかすかな爆音が聞こえてくる。「そら」とその日の搭乗員は飛行場中央にかけ出し、待つほどもなく滑りこんでくる中攻が、飛行場中央にスルスルと停止するやいなや、パッパッととび乗る。エンジンは回転したまま、急げ急げとせき立てている。最後の一人が乗り終わるか終わらないうちに、早くも機は滑りだす。そのまま離陸して、黒い遠い北の空へ消えていく。

こうして多いときは一日二機、少ないときは一機、確実に危険な米機の襲撃の目をかすめて迎えて来てくれるこの中攻輸送隊パイロットたちにたいし、われわれは身にしみて感謝感激した。

中攻の去ったあとには、早くも敵の夜間戦闘機が、ブンブン飛んでくる。ほんの十分か二十分ほどの間の発着作業なのだ。

いよいよ二月三日、今日は私たちの搭乗割である。天気はよかった。朝から、

「おい、今日はきてくれるだろうか?」

「くるよ」

「本当にきてくれるとよいがなあ」

などと何回となくくりかえしながらも、この比島の地に残る地上員たちに、身の守りとして大切に今日まで持ちつづけていた拳銃と日本刀をつぎつぎと渡してやった。

今日はランニングと半ズボンのみの体である。飛行帽も与えてしまった。もはや心は内地の空に飛んでいた。一ヵ月近くの行軍の苦しさも忘れ去って、ただ北の空を仰ぎ、日の暮れるのを待った。事実は敗れて後退しているのであるが、ちっともそんな気がしない、新しい任地に向かって移動中だという感じであった。

内地に帰れば、飛行機が待っている。内地には飛行機があるんだ、飛行機さえあれば負けるもんかと思いながら、頭の片隅に、内地の美しい山河が走馬灯のように走り去っていく。

まだ内地をはなれて二ヵ月有余、なぜに、こんなに祖国の影が浮かんでくるのだろうか。

南国の陽は西に傾き、そして沈んでいった。まもなくはるかな北の空に、かすかに爆音が聞こえてきた。

「きたきた！　飛行機がきたぞ」

私たちはかけ出した。そして、飛行場の中央に待機した。輸送機の中攻は滑走を停止し、つぎつぎとパイロットはタラップをかけ上がる。

ああ、いま比島を去るか……。

飛行機はすぐに滑りだした。光一つない暗黒の飛行場が後ろへ後ろへ流れていった。機体は軽く離陸した。星の美しい空の下、比島が、アパリが、闇の帳の下に流れ去っていった。

内地も戦場だった

九六式陸上攻撃機（輸送機）は、暗いバシー海峡を台湾に向けて、ひたむきに翔ける。これで厳しい戦場とも暫時のお別れか。

〝祇園精舎の鐘の声、諸行無常の響きあり、生者必滅、会者定離〟の平家物語の句をふと思いうかべた。

昨年の秋、台湾沖に池田少佐を指揮官に彗星艦爆十八機を先発隊として、数日後に、小川大尉を隊長とする十八機の第二次攻撃隊、そして攻撃第三飛行隊の総兵力、最後の二十七機……。しかし、ついに敵機動部隊を捕捉し撃滅の機会をつかむこともなく、武運つたなく消耗した彗星艦爆隊！

一旦、母艦をはなれるや、かならず米艦を仕留めた過ぎし栄光の日のことどもが脳裏をかすめる。

幸いにも、われわれを乗せた輸送機は、グラマンやP38の攻撃をうけることもなく、台湾の高雄航空隊基地に着陸した。やれやれ日本だ、今夜から寝首をかかれることもなく寝られると、宿舎に案内された。と、つぎの瞬間、「空襲警報」のけたたましく唸るサイレン。

ここも安住の地ではなかった、戦場だ。

比島から帰った搭乗員の大部分は、ふたたびこの地で特別攻撃隊に編入されていった。

攻撃第三飛行隊の先任搭乗員である私、安岡、山本、西村の各兵曹と、攻撃第五飛行隊の先任搭乗員の小瀬本兵曹ほか若干の搭乗員は、内地に帰ることになり、ふたたび輸送機（九六式陸上攻撃機）で鹿児島県国分基地に向かった。

わずか三ヵ月前、彗星艦爆で飛んだ同じ海上を輸送機で帰るとは、夢想だにしないことだった。

国分基地に着陸したが、全攻撃隊を台湾沖に、比島沖に送り出したあとの部隊は、すでに解散してしまっていて、整備の人たちや知人もいなかった。索漠とした飛行場の寒さがいっそう、身にしみる。

見知らぬ若い主計科の兵隊さんが、薪をどんどん燃やしてくれた。基地の幹部にわれわれは攻撃第三飛行隊の搭乗員だと告げたが、東京に行ってもらわねば何もわからないとのことである。

汽車にゆられて東京に着いた。すでに戦死となり、生存者の部には私の名前はなかった。

「どうせもとの部隊はないんだから、新しく香取で編成中の攻撃第三飛行隊が、もとの部隊名と同じだからよかろう」と担当の士官がいった。

そこで千葉県香取基地の攻撃第三飛行隊に着任した。

まったく知らぬ多くの若い搭乗員たちが、激しい訓練に従事していた。

隊長、藤井浩大尉、分隊長、田上吉信大尉、新谷大尉である。飛行機は彗星三三型、胴体の下、爆弾倉の後ろに大きな切り込みがある。

「あれは何だ」

「ロケットを積むところです」

「ホオー」と、私はレイテ湾上空で見たP38の強烈なロケットを思い出した。

「力はどれくらいだ」

「二十ノットくらい増速されます」とのことだ。なんとか使えるなと思ったら、列線で整備中の一機が操作を誤ってロケットを発動した。大きな吹き出し音とともに尾部がわずかに浮き上がり、ストンと落下した。

――なんだこれでは使いものにならぬ、と失望した。

「切りとった胴体の穴が大きな空気抵抗となる」といったら、ベニヤ板をくっつけられた。なんともやり切れない気持だ。

数日後、ついに本土も戦場になった。二月十六日だったか、夜が明けてまもなく、

「空襲」

「戦闘配置につけ」

基地全体がいっせいに動き出した。

やがて東南の方向、雲の切れまに見えるグラマンの群れ。隊形を開いて戦闘隊形をとったとみるや、キラキラと光りながら飛行場に突っこんできた。

機銃陣地からいっせいに機関銃弾が火を曳いて飛び出した。グラマンが猛烈な機銃射撃を加えてきた。飛行場に土煙をあげてゆく……。

しばらくは耳を襲する機銃音と炸裂音につつまれた。応戦する味方砲火も、苛烈をきわめた。やがて敵機は去り、静まりかえった飛行場に煙が立ちのぼり、掩待壕の飛行機が燃えている。

いまや本土も敵艦載機の行動範囲となったのだ。ただちに彗星艦爆六機が索敵攻撃に飛び立った。

索敵機は敵機動部隊を発見し、敵を捕捉しながらも、グラマンF6Fの攻撃をうけ、かつ攻撃機が足りないばかりに、戦果を挙げることができなかった。

米機動部隊は、二月十六、十七日の二日間、関東地方を制圧して、硫黄島攻略の意図をみ

せた。基地隊員はこの機動部隊攻撃の命を待った。

十八日にいたり、編成中の攻撃第三飛行隊をのぞき、特別攻撃隊の編成発表があった。

内地から飛び立つ初めての特別攻撃隊である。これを見送るために基地隊の全員が飛行場に整列した。

第一攻撃隊一番機の指揮官村川大尉の偵察員原田嘉太男飛曹長は、私と時を同じくして母艦搭乗員となり、ともに艦隊訓練にはげみ、ハワイ攻撃のときは空母「赤城」から、私の同期生武居一馬君とペアを組み、米戦艦に直撃弾を見舞った歴戦の勇士であり、第二攻撃隊の三番機操縦員小松武上等飛行兵曹は高知県出身で、宇佐海軍航空隊での私の直接の教え子で操縦技量は抜群であった。

搭乗員は、開け放たれた風防から手をあげて、隊員に別れの合図をして、順序よく離陸してゆく。飛び立つ特攻機、これを見送る隊員。教え子は笑って離陸にうつった。ただただ感無量……。これが明日の自分の姿でもあるのだ。離陸した特攻機は、飛行場上空を一周して東南の空に消えていった。

第一攻撃隊、第二攻撃隊、第三攻撃隊（各彗星四機、零戦四機）、第四攻撃隊、第五攻撃隊（天山艦攻各四機、零戦五機）第二御楯特別攻撃隊を主隊とした五十機ほどの特攻機が、米機動部隊に突入した。

教え子小松武上飛曹は、「われ敵艦に突入す」の電報を最後に、二月二十一日、米機動部隊に体当たりを敢行した。空母二隻轟沈、巡洋艦二隻、戦艦二隻撃沈、輸送船数隻撃沈と大きな戦果をあげたが、しかし、物量の差は悲しく、ついに力つきて、三月十七日、硫黄島守備部隊は玉砕した。

このころ、われわれ攻撃第三飛行隊は、おなじ千葉県の茂原基地に移動して、一日も早く出陣できるように、急降下爆撃、射撃訓練と、猛訓練に明け暮れていた。

攻撃第三飛行隊における実戦の経験者は私一人で、急降下にはいっても爆弾は当たらず、それでも田上大尉とペアを組み、どうにか標的の近くに弾を落とすことができるようになった。いま一息だ、あと二ヵ月もすれば体当たりも可能だと、一段と激しい訓練に突入した。

しかし、敵はわれわれの訓練完了を待ってはくれなかった。厳しかった寒さもやわらぎ、春たけなわの候となった三月末、米軍の沖縄進攻が開始されたのである。

四月一日早朝、米軍部隊は沖縄本島に上陸をはじめた。米軍は沖縄を攻略して、つぎはいよいよ本土に攻撃をかけてくることが確実になった。陸海軍は沖縄作戦に全力を投入することになり、海軍としては、練習航空隊の教官教員までくり出し、挙げてこの決戦にのぞむこととなった。

私たち四十八期の同期生十二名が、春爛漫の宇佐海軍航空隊を巣立って約五年、すでに十名は戦死して、残るは江種繁樹君と私のただ二名のみである。

私は比島から帰ると、ふたたび決戦部隊に配置され、攻撃第三飛行隊の育成にあたり、江種飛曹長は教育部隊の名古屋航空隊で、搭乗員の教育にたずさわっていた。

「つぎに三途の川を渡るのは、山川、お前だ」と言い、

「四十八期操縦術練習生、急降下専習のトップ（卒業成績が一番のこと）はおれだ」と江種飛曹長は笑っていた。

ところが、当然、新式の彗星艦爆に乗っていて先に征くはずであった私があとに残され、旧式の九九艦爆の江種飛曹長が、一足早く沖縄戦に出陣して行った。

攻撃第三飛行隊も、山田良彦中尉を指揮官に、甲本信義少尉（偵）、金山英敏上飛曹、藤井之治少尉、今関義郎二飛曹、金縄熊義上飛曹、福本猛寛少尉、岩崎豊秀二飛曹、園部勇上飛曹、坂野行彦二飛曹、藪野俊雄少尉、堀部修二飛曹、福本晴雄少尉、溜一二三二飛曹らが訓練なかばにして鹿児島県国分基地に進出していった。

私は部隊の訓練に必要だと残されたのである。

同期の江種飛曹長たちより、すぐれた彗星艦爆隊の第三攻撃飛行隊に所属する私が、あとに残されたということに、何か目に見えぬ運命の定めを感ずる。

圧倒的な物量にものを言わせた米軍攻撃下の沖縄には、私の弟武兵曹も戦っていた。私は行きたかった。そして、米艦船を海の藻屑と化し、洞窟内の弟たちを救い出してやりたかった。だが、部隊の練度はまだまだであり、私情は許されるはずもなかった。

四月六日午前、ただ一人の同期、江種飛曹長は、野村浩三大尉の二番機として出撃、壮烈な戦死をとげた。

菊水一号作戦、二号作戦、三号作戦と、つぎつぎに発令されて、四月十七日の夜明け、攻撃第三飛行隊の攻撃は国分基地を発進した。

「航空母艦二隻見ゆ」「大型空母二隻、特設空母一隻、輸送船二十隻」「われ空母に体当たりす」の電報を発しながら、敵機動部隊に突入していった。

不沈戦艦といわれた「大和」までもくり出し、これを失いながらも、四月初旬から中旬にかけて、神風特別攻撃隊は、三月二十六日の戦艦ネバダ攻撃に火ぶたを切って、メリーランド、アイダホなど戦艦十隻、エンタープライズ、エセックスなど空母九隻、重巡、駆逐艦その他二百隻以上に大損害を与えた。

神風特攻攻撃により、米軍は退却寸前にまで追いこまれていた事実が、戦後米側の資料によって明らかにされている。

米機動部隊は、この神風特攻隊を粉砕しようと、九州の各基地に大規模な空襲をかけてきた。日本側も大きな損害をうけて、多くの尊い犠牲を出し、沖縄の運命も時間の問題となった。つぎにくるものは本土上陸作戦であろう。

私たち攻撃第三飛行隊は、米軍が関東に上陸作戦を開始しても、本州中部に攻撃をかけてきても、九州に上陸してこようとも、容易にこれを迎え撃つことができるようにと、本土の中部、名古屋航空隊に移動した。

五月、六月と、空襲はしだいに激しくなり、その空襲の合間を見ては訓練にはげんだ。

七月に入って、わが攻撃第三飛行隊は二五二空から、六〇一空に所属が変わった。若い搭乗員の練度も、彼らの意気込みに比例して、すさまじいカーブをえがいて上昇していった。訓練中の事故はなく、戦果も被害もなく、ただ満を持して攻撃の時機を待った。

八月十三日の夜、外出していると、「至急部隊に帰れ」と連絡がきた、急遽、部隊に帰ると、明早朝、出動命令があるとのことである。

十四日の朝、「搭乗員集合」がかかり、身支度をととのえて全員集合した。日ごろ見かけぬ参謀や、報道班員なども現われており、いつもと様子がちがうな、と思ったら、意外にも「ソビエトのウラジオストクを攻撃」とのことである。燃料が片道分しかないので「ウラジオを攻撃の後、朝鮮にたどり着くように。そうしたら内地に送り帰す」との要旨であった。八月に入ってソビエトは、日ソ不可侵条約を一方的に破棄して、日本に宣戦布告、満州の日本軍に攻撃をかけてきていた。

私は、これが私の最後の攻撃になると思った。報道班の人に、三途の川を渡る金も残さずに、自分の全所持金をはたいて、空襲で家を焼かれて困っている人にあげて下さい、と渡した。私がハワイ攻撃以来の搭乗員だったとわかると、報道班の人たちはさらに感激をました。

昭和20年春、茂原基地で出撃の時を待つ著者（当時飛曹長）

彗星には陸上攻撃用爆弾が搭載されて、攻撃待機にはいった。待つことしばし、司令部からの電報で、「関東沖に来襲の米機動部隊に攻撃をかけよ」と、攻撃目標が変更され、ふたたび艦船攻撃用の五百キロ爆弾を搭載した。

離陸地点に向けて滑走にうつると、「離陸待て」との命令である。どういうことなのだ。列線に帰ると、現在、関東沖の天候が非常にわるく、急降下爆撃不可能の状態である。攻撃待機にはいれとのことで、一撃必中の意気に燃えながら、夕方まで待った。

敵機動部隊はいぜんとして悪天候の中にいるという。マンジリともせず夜は明けた。

八月十五日、天候は回復せず、「即時待機」はつづく。関東に配置された一部の急降下爆撃隊は出動したが、戦果不明とのことである。

早い昼食を終わり、爆弾搭載の愛機のもとに帰りかかると、食堂のおばさんに、

「山川さん行ってはだめよ、戦争は終わったのよ」といわれ、その意味がわからず、

「おばさん、私たちはいまから米機動部隊の攻撃に出るんだよ、見てごらん、大きな爆弾をつんでいるから」

「だめよ行っては」とふたたび同じことをくりかえす。

私は愛機のそばに行かず。指揮所に行った。そして、藤井隊長に、

「いま変な話があって、戦争が終わったといっている」というと、

「うん、いま陛下の重大放送があったが、内容がよくわからないので、そのまま、待機をつづけるように」といわれ、愛機の翼の下に座わって、何が起きたのか攻撃隊員たちと話し合っていると、どうも一般の隊員の様子がおかしい。

すると、藤井隊長が、

「いまから木更津の司令部に行ってくる、私が帰るまで絶対に動かないように」といって、彗星艦爆一機で飛び立った。

じりじり照りつける暑い日ざしに、蟬がうるさく鳴いている。夕方、彗星は帰った。一同隊長のそばにかけ寄り、異口同音に、

「どうしたんですか」

それにたいし、藤井隊長は、

「敗けたよ」のただ一言である。

悲しかった。負けたのだ。涙が流れた。

夜はひっそりとして、B29の爆音も、空襲警報もない、恐るべき悲しい静寂である。日本は敗れたのだ。

沖縄方面の特攻作戦を指揮してきた第五航空艦隊司令長官宇垣纒海軍中将が、十五日、彗星艦爆に搭乗し、沖縄方面に特攻出撃した。

特攻作戦生みの親、大西瀧治郎海軍中将は、特攻隊隊員とその家族に、詫びの遺書を残して壮烈な自刃を遂げた。

われらは、命じられるままに、ただ祖国を護るため、青春をかけて戦い、究極は惨敗をまぬかれなかったが、個々の戦闘においては米艦船に痛撃をあたえた。空母艦爆隊の一撃必中の急降下爆撃は、悲惨の中にもただ一つ、無限の慰めとなるであろう。

つぎの日、田上大尉とともに、彗星一機（操縦・藪野俊雄中尉、偵察・堀部修上飛曹）をつ

れて、名古屋航空隊を離陸した。爆弾はつんでいない。

空は青く、太平洋は何事もなかったかのようにおだやかだった。米潜水艦の数隻が張りこんでいるのが見られた。わが彗星艦爆が近づくと、大急ぎでもぐってしまった。

私たちは、いま敵のいない空で、亡き戦友たちを偲び、深く頭を垂れた。

空も海もはてしなく広がっていた。この海に、この空に、多くの戦友たちの血が流されたのだ。空と海の無窮の深さが、またあらためて悲しみをそそるのであった。

文庫版のあとがき

果てしない大空、碧空に悠々と浮かぶ白雲、その大空を飛ぶことは、人類の大きな夢であった。

この夢が、ライト兄弟によって実現されて百年足らず、とくに第二次大戦後の航空技術の発達はめざましく、ついに音速突破、いや音の早さの三倍で飛ぶことが可能になった。しかし、この飛行機が第一次大戦に登場し、第二次大戦においては全面的に活用された。だが、それは人類相剋のための武器としてであった。

まことにこれは悲しむべき事実である

私も大空に憧れ、ようやく一人前のパイロットになったころ、ちょうど太平洋戦争が始まった。戦争原因の論議、是非はべつとして、ただわれわれが戦い、勝つことによって、祖国日本に平和が訪れ、同胞が幸せになるならと、ただ一途に身命を賭して戦った。

そして多くの友は、酷熱の南溟の空に、あるいは寒風荒ぶ北洋の空を血に染めて、つぎつぎに散っていった。

私は昨年十月、フィリピンのコレヒドール島を訪れた。それは、戦争で亡くなった人々の霊を祀る観音像が当地に建立され、その開眼供養に参列するためであった。

そのとき、案内されたフィリピン人から、

「日本に大和魂なくなったね。フィリピンにはあるよ。日本人はもっと自信を持ってもらいたいね」と言われた。

私はこの一言に愕然とした。

あの日から早くも半世紀近く、灰燼の中から立ち上がった祖国日本は、現在の繁栄を築き上げ、困窮の時代の面影もなく、戦争の苛烈さを物語るものもなく、いつとはなく、人々の脳裏から往時のことは忘れ去られてゆく。

だが、ふりかえって考えてみると、わが海軍が長崎に練兵館を設けてから八十年あまり、すべてに乏しかった島国が、あれだけの立派な海軍を築き上げた。とくに造艦技術にいたっては、当時の最高水準にあり、世界に比類がなかった。

われわれはそれを民族の誇りとしていた。これが有効に用いられたならばと思うとき、何ともいえない歯痒さをおぼえる。それにつけても、今の日本の姿には、何かしら足りないものが感ぜられる。

われわれは戦った。そのわれわれ自身が信じていた大目的は、平和を得ることであり、祖国同胞を安泰のうちに繁栄させせんとする、ただそれだけであった。

北辺、南溟の大空に、あるいは地の果てに、不幸にして散っていった多くの友だちは、はるかなあの世にあって、必ずや幸せな生活を、平和な月日を同胞が迎えていることを信じているにちがいない。

本書を、まず大空に散華した亡き戦友たちの霊に捧げたいと思う。

平成六年五月

山川新作

解説

野原　茂

新たなピンポイント爆撃術

第一次世界大戦において兵器としての存在価値を確立した航空機が、爆弾を空中から投下して地上、あるいは海上の目標を攻撃する場合、双発以上の大型機であれば水平飛行しつつ、単発機であれば浅い角度で降下しつつ行なうのが常道であった。

しかし、車輌や水上艦船などのように動き回る目標に対しては、命中率がきわめて低くなるのが悩みの種で、これをなんとかしようと一九二〇年代末にアメリカ海軍／海兵隊によって開択されたのが〝ヘル・ダイブ〟、すなわち急降下爆撃戦術だった。

爆弾を懸吊した単発機が五〇度以上の深角度で急降下し、動き回る目標に対しても追従して照準を定め、一定の高度（地上より数百メートル上空）で爆弾を投下。その直後、急激に機体を引き起こして上昇離脱するという戦術である。

開択のきっかけは、当時カリブ海周辺のハイチ、ニカラグアに派遣されていた海兵隊の複葉機DH・4が、小型爆弾を使い小さな目標である地上のゲリラ兵士に対して試み、有効だったからとされる。

もっとも、その後は海軍の担当により、防御装甲の強力な水上艦船に対する戦術として磨きがかけられ、航空母艦に搭載する専用の機種、艦上爆撃機が開発されるようになった。

日本海軍艦爆史の始まり

こうしてアメリカ海軍／海兵隊が先鞭をつけた急降下爆撃戦術は、事あるごとに同国内の各種航空イベントで派手に〝実演PR〟されたので、各国の注目を集めた。とりわけアメリカ海軍を宿敵とみなしていた日本海軍は、その導入に力を入れ、昭和五（一九三〇）年に技術研究所の長畑順一郎技師を同国に派遣して、機体の設計技術資料などの収集にあたらせた。

そして、翌昭和六（一九三一）年に帰国した長畑技師と航空廠に対し「六試特殊爆撃機」の名称で最初の機体の試作を命じ、民間の中島飛行機に細部設計を委託した。

しかし、確かな技術的ノウハウを欠いていたため、翌七（一九三二）年に完成した機体は、設計不適切が原因で墜落、操縦員が殉職する惨事に見舞われた。さらに雪辱を期して同年に「七試特殊爆撃機」が試作発注されたものの、設計、性能ともに振るわず不採用となった。急降下爆撃機を、当時の日本が独力でモノにするのは難しかったのである。

ドイツの航空技術に頼る

再度の挑戦も実らなかった海軍だが、なんとしても急降下爆撃機を得たいという執念は衰えず、翌八（一九三三）年の「八試特殊爆撃機」の試作発注へとつながる。ただ、それまでと違ったのは航空廠／中島の他に、海軍機専門メーカーの愛知時計電機にも参加させ、競争試作という形をとったことだった。

愛知とて独力で急降下爆撃機をモノにするノウハウは持っていなかったが、技術提携していたドイツのハインケル社から、Ｈｅ66と称した複葉固定脚の爆撃機を購入。同機のエンジンを国産の中島製「寿」二型改一空冷九気筒に換装し、主翼に五度の後退角をつけるなどの改修を施して提出した。

そして航空廠／中島の「ＲＺ」と称した機体との比較審査が行なわれ、圧倒的な差で愛知機が勝利。翌九（一九三四）年十二月、「九四式艦上爆撃機」の名称で制式兵器採用され、日本海軍はようやくにして急降下爆撃機を手にすることが出来たのである。まさに〝ドイツさまさま〟だった。

本機は複葉機ながら、垂直に近い角度でも急降下できる強度を備え、その状態で胴体下面に懸吊した爆弾を投下する際、プロペラに接触せぬよう、回転圏外に出してから投下できる装置を備えるなど〝本家〟アメリカ海軍の同時期の機体と比較しても遜色はなかった。

九四式艦爆と、その改良型である九六式艦上爆撃機は折りからの日中戦争に投入され、地上目標に対するピンポイントの急降下爆撃で目覚しい活躍を演じ、その有効性を示した。

艦爆の近代化

昭和十一（一九三六）年、海軍は九四／九六式艦爆の後継機となるべき機体として、「十一試艦上爆撃機」の競争試作を提示。愛知と中島がこれに応じ、翌十二（一九三七）年十二月、同十三（一九三八）年四月にそれぞれ原型一号機を完成させた。

両社機とも、世界の趨勢に沿った全金属製単楽形態を採ており、中島の社内名「D

B」は進歩的な引込式主脚としたが、愛知の「AM-17」は敢えて手堅い固定式主脚にしていた。

比較審査では、意外にも手堅くまとめたAM-17が速度、上昇性能などでDBを凌ぎ、新しい発想の「空気抵抗板」(エア・ブレーキ)が、急降下の際の過速防止に効果的だった。その結果、AM-17が昭和十四(一九三九)年十二月に「九九式艦上爆撃機」の名称で制式兵器採用された。

ただ、本機の機体設計も、九四/九六式艦爆に続き、ハインケル社のHe70高速旅客機の技法が多く採り入れられており、空気抵抗板の形態がユンカース社Ju87急降下爆撃機と同じであることなど、ドイツ航空技術の恩恵にあずかった感が強い。

九九式艦爆は、日中戦争参加中の陸上基地部隊の所属機によって実戦デビューし、太平洋戦争の緒戦期にかけて零戦、九七式艦攻とともに空母部隊の花形トリオとして活躍。とりわけ、十七(一九四二)年四月のインド洋海戦では、八八パーセントという驚異的な命中率を記録した。これはひとえに、高度に訓練された搭乗員のなせる技だった。

しかし、その反面きわめて高い損耗率を生じたのも事実で、翌十八(一九四三)年に入ると性能上の旧式化、アメリカ軍側対空防御網の充実もあって損害が急増。搭乗員間では〝九九式棺桶〟などと自虐的な呼称が囁かれた。

艦爆と艦攻の一元化

九九式艦爆の損耗率の高さを憂慮する現場からは、一刻も早い後継機への改変が望まれたが、日本海軍はその対象となる機体の開発で、重大な過失を犯していた。すなわち、航空廠自らが設計した新機軸の塊のような実験機、十三試艦上爆撃機の試作に傾倒しすぎ、順当なる後継機開発をしなかったのだ。そのため、強引に実用機に仕立てあげた「彗星」（十三試艦爆の制式採用名）は、液冷発動機の不調、〝オール電化〟システムの不具合、取扱不馴れなどで稼働率は低く、実績もからきしだった。最後は零戦に次ぐ特攻隊用の主力機として使われた。

彗星の空冷発動機換装型が就役しはじめた昭和十九（一九四四）年秋頃には、既に艦隊航空隊は壊滅状態で、艦上爆撃機という機種名称自体が〝死語〟になりつつあった。

実際、空冷版彗星は全て陸上基地部隊への配備となり、本機を最後に艦上爆撃機としての開発は行なわれず、その代わりに登場したのは、艦爆と艦攻を一元化した新しい発想の艦（陸）上攻撃機「流星」だった。奇しくも、アメリカ海軍においてもカーチスSB2Cヘルダイバーを最後に艦上爆撃機というカテゴリーはなくなり、同様に一元化した「A」（艦上攻撃機）の接頭記号を冠する機体に置き換えられている。

単行本　昭和六十年六月　今日の話題社刊

ＮＦ文庫

空母艦爆隊　新装解説版

二〇二三年十二月十九日　第一刷発行

著　者　山川新作

発行者　赤堀正卓

発行所　株式会社　潮書房光人新社

〒100-8077　東京都千代田区大手町一-七-二

電話／〇三-六二八一-九八九一（代）

印刷・製本　中央精版印刷株式会社

定価はカバーに表示してあります
乱丁・落丁のものはお取りかえ
致します。本文は中性紙を使用

ISBN978-4-7698-3340-6　C0195

http://www.kojinsha.co.jp

NF文庫

刊行のことば

第二次世界大戦の戦火が熄《や》んで五〇年——その間、小社は夥しい数の戦争の記録を渉猟し、発掘し、常に公正なる立場を貫いて書誌とし、大方の絶讃を博して今日に及ぶが、その源は、散華された世代への熱き思い入れであり、同時に、その記録を誌して平和の礎とし、後世に伝えんとするにある。

小社の出版物は、戦記、伝記、文学、エッセイ、写真集、その他、すでに一、〇〇〇点を越え、加えて戦後五〇年になんなんとするを契機として、「光人社NF（ノンフィクション）文庫」を創刊して、読者諸賢の熱烈要望におこたえする次第である。人生のバイブルとして、心弱きときの活性の糧《かて》として、散華の世代からの感動の肉声に、あなたもぜひ、耳を傾けて下さい。